MONDSCHEIN, FLAN UND WINTERHERZEN

© 2022 Ivonne Keller | Stina Jensen

Robert-Bosch-Straße 48

61184 Karben

info@stina-jensen.de

www.stina-jensen.de

Bibliografische Information der Deutschen Nationalbibliothek: Die Deutsche Nationalbibliothek verzeichnet diese Publikation in der Deutschen Nationalbibliografie; detaillierte bibliografische Daten sind im Internet über http://dnb.dnb.de abrufbar.

Lektorat: Ricarda Oertel www.lektorat-oertel.de
Korrektorat: Ruth Pöß www.das-kleine-korrektorat.de
Covergestaltung © Traumstoff Buchdesign traumstoff.at
Covermotive © Africa Studio, DD Images und Civil, shutterstock.com

ISBN: 978-3-754-68681-2

Herstellung und Druck über tolino media GmbH & Co. KG, Albrechtstr. 14, 80636 München. Printed in Germany. Fragen zu Produktsicherheit an: gpsr@tolino.media.

DIE AUTORIN

STINA JENSEN liebt das Reisen und saugt neue Umgebungen in sich auf wie ein Schwamm. Meist kommen dabei wie von selbst die Figuren in ihren Kopf und ringen dort um die Hauptrolle in ihrem nächsten Roman. Wenn sie nicht verreist, lebt die Autorin mit ihrer Familie in der Nähe von Frankfurt am Main.

Die WINTERknistern-Reihe (Stand 2022):

> *Plätzchen, Tee und Winterwünsche*
> *Misteln, Schnee und Winterwunder*
> *Sterne, Zimt und Winterträume*
> *Muscheln, Gold und Winterglück*
> *Vanille, Punsch und Winterzauber*
> *Mondschein, Flan und Winterherzen*

Alle Titel sind in sich abgeschlossene Geschichten und können unabhängig voneinander gelesen werden.

Weitere Romane finden Sie auf
www.stina-jensen.de

MONDSCHEIN, FLAN UND WINTERHERZEN

STINA JENSEN

ROMAN

Mama?« Jemand rüttelte an meiner Schulter. »Hey! Mama! Wach auf!«

Mühsam öffnete ich die Lider. Die Augenbrauen meines bald zwanzigjährigen Sohnes, der sich auf dem Sofa über mich beugte, waren zu einer steilen Linie zusammengezogen. Um Jakobs Hals war ein Schal geschlungen, auf dem ein paar Schneeflocken schmolzen.

»Hey«, wiederholte er, leiser diesmal. »Was geht denn bei dir ab?« Er legte sich die Finger auf die Brust. »Ich hab einen riesigen Schrecken bekommen! Erst machst du nicht auf, dann find ich dich hier halb bewusstlos!«

Benommen murmelte ich einen Protest. Ich hatte bloß tief geschlafen. »Hilf mir mal auf«, bat ich und tastete nach seiner Hand.

Im Augenwinkel nahm ich seine Freundin Tala wahr, die im Türrahmen stand und mich mit offenem Mund anstarrte.

Mit dem Fuß stieß ich versehentlich gegen die Flasche Wein, die in der Nacht vom Couchtisch gefallen sein musste.

Überrascht betrachtete ich die Misere auf dem Fußboden. Eine Lache Roter hatte sich auf dem Laminat gebildet. Eine Ecke von dem Brief, der gestern beim Betrachten des alten Fotoalbums herausgefallen war, hatte sich damit vollgesaugt. Auf dem Sofatisch waren außerdem ein paar Schlaftabletten aus dem offenen Döschen herausgekullert.

Verlegen bändigte ich die aus meinem geflochtenen Zopf gerutschten Haarsträhnen und glättete mit beiden Händen das zerknitterte Dirndl. Ich bückte mich nach dem befleckten Brief und faltete ihn eilig zusammen, presste ihn an mich. Ich wollte nicht, dass Jakob ihn sah.

Mein Sohn setzte sich neben mich, er lockerte seinen Schal. »Mensch, Mama. Ist irgendwas passiert?«

»Aber nein. Ich hab mir nur einen entspannten Abend gemacht.«

Er betrachtete mich skeptisch. Dann schweifte sein Blick über das Durcheinander. Außer der Weinflasche auf dem Boden und den Tabletten lagen auch noch die Engelskarten verstreut auf dem Tisch. Himmel. Was hatte ich eigentlich getrieben? Hatte ich etwa wieder versucht, in die Zukunft zu schauen? Dabei hatte ich diesen »Humbug«, wie mein gesamtes Umfeld dieses Hobby nannte, doch ein für alle Mal sein lassen wollen. Jemand wie ich würde bestimmt niemanden mehr finden, auch nicht mit Hilfe der Engel. Ich hing fest. In jeglicher Beziehung.

Jakob betrachtete mich weiterhin prüfend. »Hast du irgendwelche Sorgen?«, wiederholte er.

»I wo, es ist alles in Ordnung!« Ich lächelte seiner Freundin zu. »Holst mir rasch ein Glas Wasser aus der Küche?«

Tala begab sich sofort auf den Weg.

»Was macht ihr zwei überhaupt hier?«, flüsterte ich meinem Sohn zu.

»Oma und Opa haben uns heute zum Mittagessen eingeladen, weißt du das nicht mehr?«, fragte er. »Sie wollen doch endlich Tala kennenlernen.«

Natürlich. Deswegen hatte ich gestern Abend das Album hervorgekramt und nach einem Foto gesucht. Mein Vater und ich hatten zuletzt über die Marke des Wagens debattiert, den ich rund um Jakobs Geburt gefahren war. Und siehe da, der Schnappschuss hatte meine Vermutung bestätigt. Ich hatte das Beweisfoto vorsichtig von der Seite gelöst, es lag zwischen den Engelskarten auf dem Tisch.

Tala kehrte zurück und hielt mir das Wasserglas hin. Ich trank gierig, spülte das Schamgefühl, das in mir brannte, so gut es ging fort. Rückversichernd lächelte ich den beiden zu. »Gebt mir ein paar Minuten, ich mach mich rasch fertig.«

»Soll ich in der Zwischenzeit hier ein bisschen aufräumen?«, bot Tala an. Schon bückte sie sich nach der Weinflasche und fischte unterm Sofa eine zweite hervor. Jakobs Augen weiteten sich.

»Die war gestern schon fast alle«, erklärte ich ihm. »Außerdem ist Wochenende, das darf man ja wohl ein bisschen feiern.«

»Man feiert aber nicht allein, Mutter.« Jakob hob die Fernbedienung vom Boden auf und legte sie auf dem Sofatisch neben dem leeren Weinglas ab. Dann reichte er mir die Hand und zog mich auf die Füße. »Auf gehts. Du brauchst eine Dusche.«

»Ja, ja.« Ich fischte das Foto für meinen Vater vom Tisch und verstaute es im Flur zusammen mit dem zerknitterten Brief in meiner Handtasche. Auf unsicheren Beinen wankte ich ins Bad, schlüpfte aus Dirndl und Feinstrumpfhose, stieg aus der Unterwäsche und streifte mir die BH-Träger von den Schultern.

Es war nie eine gute Idee, in der Arbeitskluft zu schlafen.

Erstens mussten die Kleider zu oft in die Reinigung. Zweitens war es unbequem. Zwar nahm ich mir ständig vor, in den Pyjama zu schlüpfen, bevor ich es mir am Abend auf dem Sofa gemütlich machte. Aber dann lag ich nach dem ersten Gläschen schon so entspannt da, dass ich mich manchmal nicht mehr aufraffen konnte. Als Jakob noch bei mir gelebt hatte, hätte ich das niemals getan, aber so ganz allein, wen störte es? Im Gegensatz zur Arbeit, wo jeder alle Nase lang etwas von mir wollte, krähte hier kein Hahn nach mir.

Ich löste das Haargummi aus dem Zopf und stellte die Dusche an, trat unters Wasser. Versuchte, die Gedanken an meine Arbeitsstelle zu verdrängen. An den bedrückenden Personalmangel und den Stapel Rechnungen, die ich gestern nicht mehr zu überprüfen geschafft hatte. Eigentlich hatte ich außerdem mit dem Inhaber der Metzgerei telefonieren wollen, der uns mit Biofleisch belieferte. Aber auch das hatte ich nicht mehr hinbekommen. Ich drückte einen Klecks Shampoo auf die Hand und seifte mein Haar ein. Jeder normale Mensch hatte zwei Tage in der Woche frei, ich schaffte meistens nur den Sonntag. Das war der einzige Tag, an dem im Hotel mal keiner etwas von mir wollte. Wenigstens blieb ich als Chefin vom Schichtdienst verschont.

Ich spülte das Shampoo aus und reckte das Gesicht unter den Wasserstrahl, spürte meinem Herzschlag nach, der aufgeregt vor sich hin stolperte, wie so oft in den letzten Monaten. Ich hätte mal zum Arzt gemusst, aber wann? Keine Zeit!

Das Haar flocht ich nach dem Föhnen gleich wieder zu einem Zopf und schlüpfte in das winterliche Dirndl, das Mama mir mal zu Weihnachten geschenkt hatte; sie würde sich darüber freuen. Meine Mutter war Schneiderin, sie hatte sich auf Trachtenkleidung spezialisiert. Eine geeignetere Modepuppe als mich mit meinen ausladenden Hüften konnte es gar nicht geben, sagte sie immer.

Nachdem ich Make-up aufgelegt hatte, fühlte ich mich wieder halbwegs vorzeigbar und konnte klarer denken. Der Tag durfte kommen. Selbst dass wir zu meinen Eltern fuhren, schien erträglich. Die Besuche bei ihnen waren mitunter anstrengend für mich, weil ich so tun musste, als ginge es mir hervorragend. Solche lächerlichen Streits darüber, wer wann welches Auto gefahren hatte, gehörten dazu. Hauptsache, wir sprachen nicht über meine Schwester Melanie, die auch auf den Fotos im Album zu sehen gewesen war. Genau wie meine Jugendliebe Alexander. Und wie Peter, der Juniorchef aus dem Allgäuer Adler, wo ich die Ausbildung zur Hotelfachfrau absolviert hatte. Insgesamt war es keine gute Idee gewesen, das Fotobuch hervorzukramen. Es gab zu viele Dinge, an die ich gar nicht so gerne erinnert werden wollte. Erst recht nicht an diesen vermaledeiten Brief.

Als ich ins Wohnzimmer zurückkehrte, erntete ich fragende Blicke der beiden. Tala, die Gute, hatte inzwischen aufgeräumt, Jakob rubbelte mit einem Lappen über den eingetrockneten Weinfleck auf dem Fußboden.

»Nun macht mal nicht so ein Theater«, befahl ich lachend. »Ihr führt euch auf wie Bewährungshelfer.«

Jakob richtete sich auf und rückte mit dem Knie den Couchtisch an Ort und Stelle. Dann tippte er mit dem Lappen auf seine Armbanduhr. »Können wir dann? Ich hab Oma schon Bescheid gegeben, dass wir ein bisschen später kommen.«

Seitdem mein Sohn vor knapp einem Jahr ausgezogen war und Agrarwissenschaften in Kempten studierte, war er so viel ernsthafter geworden als früher. Ich hatte mich noch immer nicht an diesen neuen Jakob gewöhnt. Und dass er mich mit meinen neununddreißig Lenzen wie eine Greisin behandelte, gefiel mir auch nicht.

»Hört mal«, sagte ich fest, »kommt bloß nicht auf die Idee, das hier«, ich zeigte ins Wohnzimmer, »bei Oma und Opa zu erwähnen. Ich hab mich ein bisserl gehen lassen, nicht mehr und nicht weniger. Daraus müsst ihr keine Staatsaffäre machen.«

»Machen wir doch gar nicht.« Tala strich sich eine Locke aus der Stirn. »Wenn ich eine so erfolgreiche Hotelmanagerin wäre wie du, würde ich bestimmt auch mal einen, wie sagt man, über den Durst trinken.«

Jakob verdrehte die Augen. Trotz Tala, die aus Syrien stammte, verfiel er in Dialekt. »Nah, glaub mir, das würdst ned. Und jetzt packmers bitte.«

Vorm Haus schlug uns eisiger Wind ins Gesicht; einzelne Schneeflocken schwirrten durch die Luft. Tala stieg hinten ein, Jakob fuhr. Mein Elternhaus lag am Rand von Pfronten; es war Teil einer alten Hofreite, deren drei Bauernhäuser sich mein Vater mit seinen Geschwistern aufgeteilt hatte. Der ehemalige Landwirtschaftsbetrieb lag schon lange brach, doch noch immer war ein halb verrosteter Traktor auf dem Hof vorhanden, auf dem früher Melanie und ich, meine Cousins und Cousinen und später unsere Kinder gespielt hatten. Mein Vater befreite regelmäßig die Ritzen des alten Kopfsteinpflasters von Unkraut und fegte den Hof. Heute hatte er einen Weg durch den frisch gefallenen Schnee geschaufelt und mit Splitt bestreut. Meiner Mutter, die stets wie aus dem Ei gepellt war, gelang es selbst bei dieser Wetterlage, mit ihren Stöckelschuhen diesen Hof ohne Blessuren zu überqueren. Ich hatte mich heute lieber für Stiefeletten mit einem breiteren Absatz entschieden.

Mama hatte bereits den Tisch gedeckt, und kaum hatten wir einander begrüßt und uns auf unsere Plätze gesetzt, verteilte sie auch schon den Sonntagsbraten auf unseren Tellern. Es gab Rinderbraten, aus Rücksicht auf Tala, die kein Schweinefleisch aß. Dazu reichte Mama Knödel und Rotkohl.

Das Ticken der Standuhr in der guten Stube tönte heute besonders laut. Hoffentlich ging alles gut und mein Vater verlor nicht irgendwelche kritischen Bemerkungen über den Islam im Allgemeinen oder darüber, ob die ganzen allein reisenden jungen Männer aus Syrien wirklich in der Heimat um ihr Leben fürchten mussten.

Vor lauter Nervosität zeichneten sich rote Flecken auf dem Gesicht des Mädchens ab. Sie erinnerte mich an mich selbst, als ich bei meinem ersten Freund zu Gast war und Alexanders Vater mich gefragt hatte, ob ich auch noch Abi machen wollte, wie sein Sohn. Nein, hatte ich nicht gewollt. Mir machte die Schule nicht so viel Spaß, ich wollte in die Hotellerie, es bereitete mir Freude, wenn andere sich als Gast wohlfühlten. Rückblickend hatte diese Aussage wohl weder den Vater noch den Sohn gefreut.

Jedenfalls hielten Tala und Jakob einander gerade unter der Tischdecke an den Händen, wie Alexander und ich es damals noch getan hatten. Hoffentlich ging es mit den beiden nicht eines Tages so schmerzhaft zu Ende wie mit uns.

Mein Sohn, der nichts von diesen Gedanken ahnte, lächelte seiner Freundin aufmunternd zu. Sie sah heute mal wieder bezaubernd aus. Tala trug ein grünes Wollkleid, das ihre zarte Figur betonte. Ihre dunklen Locken und hellgrünen Augen faszinierten mich jedes Mal aufs Neue. Die beiden waren ein so hübsches Paar.

Meine Eltern lobten Tala eben für ihr gutes Deutsch, dabei war das absurd, man hörte nicht im Geringsten, dass sie nicht hier geboren war. Schon fragten sie weiter und erfuhren, dass sie eine Ausbildung zur Krankenpflegerin absolvierte, um die Wartesemester an der Uni für ein Studium der Tiermedizin zu überbrücken. Ich war schwer beeindruckt, und so anerkennend, wie Mama und Papa sie musterten, ging es ihnen nicht anders. Sie mochten sie, stellte ich erleichtert fest. Das war schon einmal ein guter Anfang.

Von der Wand lächelte Melanie auf uns herab, als würde die Situation sie köstlich amüsieren. Das Foto zeigte meine Schwester und mich an ihrem achtzehnten Geburtstag auf der Seeterrasse der Pizzeria am Weißensee. Jakob war schon geboren, auf meiner Bluse schimmerte ein Fleck, den seine allezeit klebrigen Fingerchen hinterlassen hatten. Melanies Augen strahlten. Sie trug knappe Shorts und ein ärmelloses Shirt, wirkte bubenhaft mit ihrem kurzen Haarschnitt und dem kleinen Busen. Mein offenes Haar fiel mir locker über die Schultern. Wir hätten nicht unterschiedlicher sein können, aber umso lieber hatten wir uns gehabt. Herzensschwestern waren wir. Wie stolz sie an diesem Tag gewesen war. Endlich volljährig. Papa hatte ihr einen gebrauchten VW-Polo geschenkt, an dessen Rückspiegel sie einen Glücksbringer befestigt hatte. Er hatte ihr sieben Jahre später leider nichts genutzt.

Unsere Familie hat sich von diesem Verlust nie ganz erholt. Von meiner chronischen Überarbeitung hätte ich meinen Eltern schon allein deshalb nichts erzählen können – sie hatten genug Kummer. Obendrein war ich am Leben, dafür sollte ich dankbar sein. Außerdem war mein Vater der Meinung, viel Arbeit hätte noch niemandem geschadet.

Keine zwanzig Minuten nach dem Mittagessen schleppte Mama die Buttercremetorte an. Mein Vater rührte in seinem Kaffee, der wie immer zu dünn war. Tala, die von Haus aus gewiss ein anderes Gebräu gewöhnt war, fragte sich wahrscheinlich, ob das hier eventuell Tee sein könnte.

»Und sonst?«, erkundigte ich mich betont gut gelaunt. »Irgendwelche Neuigkeiten in der Nachbarschaft?« Ich zwinkerte Tala zu. Auf der Hinfahrt hatte ich sie vorgewarnt, dass meine Mutter Klatsch und Tratsch liebte. In ihrer Schneiderei wurden immer die frischesten News ausgetauscht.

Prompt beugte Mama sich über den Tisch. »Ja, stell dir vor.« Sie sprach leiser. »Die Annabell hat den Peter angezeigt.«

Überrascht hob ich eine Augenbraue. Annabell Obermeier, die Nachbarstochter meiner Eltern, absolvierte eine Ausbildung zur Hotelfachfrau im Allgäuer Adler, genauso wie ich es vor zwanzig Jahren getan hatte.

»Den Peter Vogl?«, hakte ich nach. Ich hatte aus gutem Grund nicht mehr viel mit dem Juniorchef zu tun. Mit seinem Vater allerdings schon. Alois Vogl gehörte auch das Bergglühen, das ich leitete.

Meine Mutter nickte, und mein Vater sagte: »Wegen Mietu.«

Verständnislos sah ich ihn an.

Jakob und Tala kicherten.

»*MeToo*, Mama«, klärte mein Sohn mich auf. »Was wirft sie ihm denn genau vor?«, wandte er sich an Papa.

Unruhig rutschte ich auf dem Stuhl hin und her. Ich betrachtete ihn ebenfalls gespannt, dabei konnte ich es mir leider denken. Mein Herz sank.

»Der kann die Finger nicht von den Madeln lassen, schon immer«, erklärte mein Vater lapidar und nahm einen Bissen Torte. Kauend sprach er weiter. »Aber der ist ganz harmlos.«

Mein Blick ging zu Melanies Foto an der Wand. Meine Schwester schien mich zu fragen, ob ich dazu etwa schweigen wollte.

»Aber weswegen hat sie ihn denn *genau* angezeigt?« Jakob ließ nicht locker. Dabei hätte ich mir gewünscht, sie würden das Thema wechseln. Ich wollte viel lieber über irgendetwas Belangloses reden.

»Angeblich hat er sie«, Vaters Blick ging zu Tala, er suchte nach Worten, »unsittlich berührt.«

Meine Mutter wiegte den Kopf. »Nach Feierabend. Behauptet jedenfalls die Annabell. Und jetzt steht natürlich Wort gegen Wort. Das Madel geht nicht mehr zur Arbeit, und die Daniela, ihre arme Mutter, macht die Nacht kein Auge zu.«

Unsittlich berührt. Ob bei Annabell auch jemand dazwischen gegangen war, ehe mehr geschehen konnte? Meine Kehle war trocken, ich trank einen Schluck von dem dünnen Kaffee. Insgeheim hatte ich in den letzten Jahren gehofft, der Kerl hätte sich inzwischen im Griff oder die Sache damals sei ihm eine Lehre gewesen. Aber offenbar nicht.

»Ist dir jemals etwas aufgefallen, wie du dort noch gearbeitet hast?«, fragte Mama mich prompt.

Melanies Augen von der Wand schienen mich durchbohren zu wollen. Nicht nur ich hatte dort gearbeitet. Meine Schwester hatte dort mal ein Praktikum durchlaufen. Aber nicht für lange.

Ich wischte einen Kuchenkrümel von der Tischdecke. »Ist doch schon so lange her, dass ich dort war.«

Jakob betrachtete mich mit schräggelegtem Kopf. Er kannte mich gut.

Entschlossen zog ich die Handtasche von der Stuhllehne. »Übrigens Papa«, sagte ich, »rate mal, wer von uns beiden recht hatte mit dem Auto damals?« Triumphierend überreichte ich ihm den Schnappschuss. »Hier siehst du es: Ich hatte noch den Ford Escort und nicht den Passat.«

Das Bild zeigte mich mit Jakob auf dem Arm vor besagtem Wagen; hinter mir mühten sich Papa und Hubert damit ab, einen neuen Kindersitz auf der Rückbank zu befestigen. Jakobs Vater war inzwischen mein Ex-Mann. Wie Alexander war er groß gewachsen – damit hörte die Ähnlichkeit zu meiner Jugendliebe allerdings auf. Hubert war ein eher grobschlächtiger, bäriger Typ. Ich hatte mich sicher gefühlt bei ihm. Doch leider hatte er auch anderen Frauen gefallen, und er konnte nicht besonders gut Nein sagen. So weh wie die Kränkung durch Alexander hatte das allerdings nie getan.

Mama spähte anerkennend auf das Bild. »Du hast aber auch immer das letzte Wort, Carola!«

Mein Vater schob sich zwinkernd ein Stück Kuchen in den Mund. »Na gut. Dann schulde ich dir wohl den versprochenen Schnaps.« Er sah in die Runde. »Möcht noch wer einen?«

Mein Sohn schüttelte den Kopf, er griff nach Talas Hand. »Wenn sie dabei ist, trink ich nichts.«

Papa schnalzte mit der Zunge. Von den Traditionen anderer Kulturen hielt er selten etwas.

»Gibst mir halt einen Doppelten«, sagte ich schnell. Der Schreck wegen der Neuigkeiten um Annabell steckte mir in den Gliedern.

Jakob schoss mir einen prüfenden Blick zu. Was hatte er jetzt wieder? Ein Verdauungsschnäpschen war unsere Tradition.

Mein Vater verteilte die Gläser an uns beide, wir stießen an. »Zum Wohl!«

Ich sah zur Standuhr. Wir waren jetzt seit zwei Stunden hier, das sollte eigentlich genügen. Mich zog es nach Hause aufs Sofa. Ein Gläschen Wein zur Belohnung für den Nachmittag bei meinen Eltern und als Motivation für die vor mir liegende Woche wartete auf mich. Die Sache mit Annabell würde ich darüber hoffentlich schnell wieder vergessen.

2

Früher trieb mich der Gedanke an die Arbeit aus dem Bett, ganz egal, wie kalt oder dunkel es draußen war. Die Aussicht auf das, was mich im Hotel erwarten würde – Geplantes wie Unvorhergesehenes –, war das Benzin für meinen Motor. Oft war ich wach, bevor der Wecker klingelte. Bis Jakob ausgezogen war, hatte ich ihn geweckt, anschließend das Radio in der Küche angedreht und den ersten Kaffee für mich und die Vesper für meinen Jungen zubereitet. Bis mein Sohn sich dann zur Schule verabschiedete, plauderte ich mit ihm, nahm danach eine Dusche und machte mich schick. Legte immer viel Wert darauf, gut auszusehen. Für die Hotelgäste, für die Kolleginnen und Kollegen, für die Kundschaft. Bereits am Küchentisch checkte ich geschäftliche E-Mails und To-do-Listen, spielte gedanklich bevorstehende Gespräche durch und lächelte beim Verlassen der Wohnung meinem Spiegelbild im Flur zu. Etwas angespannt vielleicht. Aber immerhin.

Heutzutage fiel mir das alles so viel schwerer. Seit Jakob

ausgezogen war, kam ich nicht gut hoch. Der Gedanke an den vor mir liegenden Arbeitstag lähmte mich. Meine Knochen schienen bleischwer. Die Angst bohrte in mir, ob ich alles gut genug schaffen würde. Manchmal schälte ich mich buchstäblich auf allen Vieren aus den Federn. Wenn der erste Kaffee endlich seine Wirkung zeigte, verbrachte ich viel zu viel Zeit vorm Kleiderschrank und verzweifelte daran, das Dirndl für den Tag auszuwählen. Ich nahm eines heraus, zog es über den Kopf, betrachtete mich von allen Seiten, entschied mich dagegen und warf es aufs Bett. Das ging ein paarmal so, bis Eile geboten war und ich keine Zeit mehr hatte, die herumliegenden Kleider zurückzuhängen.

Später stand ich dann im Bad und inspizierte die dunklen Augenringe und die feinen Fältchen um den Mund. Dass ich älter wurde, war an sich nichts Schlimmes. Aber dass ich älter aussah als ich war, das schon. Zwischen den Augenbrauen hatte sich eine steile Falte gebildet, die meinem Gesicht einen angespannten Ausdruck verlieh. Andere Frauen in meinem Alter genossen nach dem Auszug ihrer Kinder ihre wiedergewonnene Freiheit. Blühten auf. Bei mir blühte nichts. Dabei hatte ich noch die zweite Hälfte meines Lebens vor mir. Doch dieser Gedanke schreckte mich mehr, als er mich freute. Was erwartete mich noch? Würde diese Sorge, beruflich zu versagen, immer größer werden? Und was mein Privatleben betraf: Würde ich wirklich für alle Zeit alleine bleiben?

Nach der Scheidung von Jakobs Vater hatte ich mich nur in einen einzigen Mann verliebt. Sebastian Liebermann war als Schulleiter an Jakobs damaliges Gymnasium gekommen, und allein sein Anblick hatte mir Schmetterlinge in den Bauch gezaubert. Ein verantwortungsvoller, alleinerziehender Vater mit so lieben Augen und schlanken Händen, dass ich ihn manchmal regelrecht angeschmachtet hatte.

Groß, sportlich und zuverlässig. Doch nachdem ich ihn wegen eines Trauerfalls an meine Freundin Maja verwiesen hatte, die Grabreden verfasste, hatte er sich in sie verliebt. Und seither hatte ich gar keine Hoffnung mehr auf eine neue Liebe.

Für ein Frühstück daheim blieb oft keine Zeit; ich holte mir meist eine belegte Semmel an einer Tankstelle und biss während der Fahrt hinein. Früher hatte ich mich auf meinem Weg die Serpentinen hinauf an der Weite des Alpenvorlands erfreut. Am Schnee, der alles überzog, an den hohen Bergen. An den Eiskristallen, die von den Zweigen der Fichten hingen. Doch heutzutage dachte ich auf der Fahrt bergauf nur an die vor mir liegenden Aufgaben und wäre am liebsten umgekehrt, hätte mich zurück ins Bett verkrochen. Aber das kam natürlich nicht in Frage. Auf Carola Hübner war Verlass. Das gehörte sich so für eine Hotelchefin. Die zerbrach doch nicht einfach in zwei Teile.

Auf dem Bergplateau bog ich auf den Parkplatz ein und schaltete den Motor aus. Mein Handy signalisierte eine eingegangene Nachricht. Kauend legte ich die angebissene Semmel beiseite und griff nach dem Gerät. Meine Freundin Maja hatte mir einen Schnappschuss von sich und Levi geschickt. Ihr kleiner Sohn riss in einem entzückenden Lachen den zahnlosen Mund auf, dabei kamen die Grübchen zum Vorschein, die er von ihr geerbt hatte. Kein Wunder, dass Sebastian sich in sie verguckt hatte. Sie war ein so liebenswerter, natürlicher Mensch. Nicht so verkrampft wie ich. Ich schickte ein Herz und steckte das Smartphone wieder ein.

Für einen Moment blieb ich noch im Auto sitzen, nahm die weihnachtlich geschmückten Tannenbäumchen links und rechts des Hoteleingangs in Augenschein. Eine Lichterkette schlängelte sich am Flachdach entlang; nachts erstrahlte alles in romantischem Schein. Ringsherum gruppierten sich hohe, schneebedeckte Fichten, in denen der Wind rauschte.

Als Alois Vogl mich aus dem Allgäuer Adler hierher versetzte und mir die Leitung übertrug, hatte sich jeder gefragt, wie ausgerechnet ich, die einfache Hotelfachfrau und obendrein alleinerziehende Mutter, an diesen Job gekommen war. Nur Melanie hatte den wahren Grund gekannt.

Ich schnallte mich ab und stieg aus.

Als ich die Lobby betrat, überprüfte ich gewohnheitsmäßig, ob alles am rechten Platz war. Alois hatte sich einen Architekten ins Boot geholt, der das stylishe Interieur in Eichenholz gestaltet hatte. Hinter den Sitzgruppen zeigte eine Glasfront nach draußen zum Schwimmteich, der selbst im Winter die Gäste nach der Sauna zu einem kurzen Tauchgang einlud. Auf den Beistelltischchen und Sideboards stellte das Housekeeping täglich Schalen mit frischem Obst auf. Waren die samtenen senfgelben Sessel nur ein wenig verschoben, konnte es schon unordentlich wirken, und augenblicklich fühlten die Gäste sich nicht mehr wohl. Das musste unbedingt vermieden werden.

In der Mitte der Halle leuchtete heimelig der Weihnachtsbaum, den unsere Hausdame Erika mit den Azubis geschmückt hatte. In diesem Jahr hatte ich mich für verschiedene Violett- und Fliedertöne entschieden. Erika und die anderen hätten lieber eine buntere Variante gewählt und den Baum außerdem weiter nach rechts in Richtung der Rezeption verschoben, doch ich hatte mich nicht umstimmen lassen. Hier in der Mitte hatte er immer gestanden, und so sollte es auch bleiben. Allein der Anblick dieses schönen Baums hob meine Stimmung.

Kaum betrat ich mein Büro, das im hinteren Bereich des

Hotels lag, sank sie allerdings wieder auf den Nullpunkt. Der Berg von Angeboten, Rechnungen und allgemeiner Post auf dem Schreibtisch wuchs ständig. Ehe ich alles in die Buchhaltung gab oder mit Erika durchsprach, ging jeder Vorgang durch meine Hände. Obendrein las ich täglich die Rezensionen im Internet und betreute unsere Social Media Seiten. Ich führte Mitarbeitergespräche, gab Stellenanzeigen auf, sprach mit Bewerbern. Manchmal wusste ich nicht, wo mir der Kopf stand.

Seufzend sank ich auf meinen Stuhl. Als erstes wartete der Anruf bei der örtlichen Metzgerei auf mich, deren Inhaber ohne jegliche Vorwarnung die Preise angehoben hatte. Das war äußerst ungünstig für unsere Kalkulation. Die Gäste bezahlten für die Vollpension einen Komplettpreis. Wenn der Einkauf sich verteuerte, machten wir Verlust. Sollte ich die Sache nicht regeln können, würde ich Alois einschalten müssen, der nicht das Geringste davon ahnte, dass ich mir die letzten Preisabsprachen mit dem Metzgermeister nicht hatte schriftlich bestätigen lassen. Es lag nun mal so viel anderes auf meinem Tisch!

Zögernd zog ich das Schreiben von Markus Sojer heran. Der Metzger verarbeitete bestes Biofleisch aus der Umgebung, mit dem wir auch auf unserer Webseite warben. Die Zusammenarbeit mit ihm zu verlieren, wäre ein herber Schlag.

Im selben Augenblick läutete der Apparat. Die Durchwahl der Rezeption leuchtete auf dem Display.

Ich nahm den Hörer ab. »Ja?«

Es war Erika, unsere Hausdame. »Könntest du eben am Empfang aushelfen, die Lara hat so arge Migräne. Ich muss sie nach Haus schicken, es geht nicht anders. Und hier sind gerade ein paar Leute, die einchecken wollen. Alles gleichzeitig kann ich nicht machen.«

»Natürlich, ich komme.« Schnell legte ich auf und schob den Stuhl zurück, war insgeheim erleichtert darüber, um den brenzligen Anruf herumgekommen zu sein. Außerdem war es gut, wenn die Hotelleitung sich ab und zu am Empfang zeigte. Die Gäste fühlten sich dann gut aufgehoben und wertgeschätzt, ebenso wie die Mitarbeiter. Wenn jetzt obendrein eine unserer Auszubildenden ausfiel, würden wir den Schichtplan ändern müssen. Dafür war zwar eigentlich Erika verantwortlich, aber damit wirklich kein Fehler passierte, warf ich auch hier immer noch einmal einen Blick drauf. Und beim Abendessen drehte ich zum Abschluss des Tages eine Runde durch den Saal, wünschte den Gästen *Guten Appetit* und erkundigte mich, ob sie sich bei uns wohl-fühlten.

Lara sah blass um die Nase aus. Das junge Mädchen war im dritten Jahr ihrer Ausbildung, bisher hatte sie sich hervorragend entwickelt. Hoffentlich machte ihr die Migräne keinen Strich durch die Rechnung bei den anste-henden Prüfungen.

Erika strich ihr über den Rücken. »Sie hat sich schon übergeben müssen, weißt«, sagte sie zu mir. »Sie muss jetzt wirklich schauen, dass sie wieder auf die Beine kommt.«

»Holt dich wer ab?«, fragte ich Lara.

Das Mädchen nickte und verzog das Gesicht. »Ich denk, ich muss mal zum Arzt.«

»Gute Idee«, bestätigte ich. »Du brauchst eine gescheite Medizin, und zwar schnell.« Eilig trat ich an die Rezeption und verschaffte mir einen Überblick über die Anreisenden des Tages, sah nach, welche Zimmer bereits verfügbar waren und welche momentan gereinigt wurden. Manche Gäste begaben sich bei Nacht und Nebel auf die Reise zu uns, um hier schon den ganzen Tag genießen zu können. Wenn die Zimmer noch nicht frei waren, händigten wir ihnen eine

Badetasche mit Mantel, Saunatuch und Badelatschen aus, sodass sie es sich in unserem Wellnessbereich schon einmal gutgehen lassen konnten.

Auch heute waren einige zu früher Stunde angereist. Vor der Rezeption hatte sich eine Schlange gebildet.

Zuerst checkte ich ein Paar um die fünfzig ein, danach Jungverliebte. Der Vorgang zog sich in die Länge, unser Buchungssystem brauchte wieder einmal ewig. Nervös sah ich auf. Die Gäste in der Wartereihe schauten auf die Uhr.

Ein Herr trat aus der Schlange heran. »Dauert das hier immer so lange?« Er zeigte auf seinen Begleiter. »Wir sind schon ziemlich lange auf den Beinen.«

Ich entschuldigte mich tausend Mal, meine Hände wurden feucht. Die beiden Auszubildenden aus dem ersten Lehrjahr sahen zu mir herüber und tuschelten miteinander.

Endlich ging es im Buchungssystem wieder voran. Ich checkte die beiden Männer ein, danach waren drei Frauen an der Reihe. Mit geübtem Blick schätzte ich das Alter der drei auf Mitte, höchstens Ende dreißig. Sie kicherten zusammen, als wären sie junge Mädchen. Eine trug einen Pferdeschwanz, der bei jedem ihrer Schritte wippte, die zweite einen lockigen Pagenkopf, der ihr ums Kinn schwang, bei der dritten lugten kurze Haare unter einer Mütze hervor.

»Hübsches Kleid«, lobte Letztere mein Dirndl. »Wir haben uns vorgenommen, aus diesem Urlaub solche in der Art mitzunehmen, damit wir sie nächstes Jahr auf der Wies'n tragen können.«

»Eine sehr gute Entscheidung!« Ich fischte den Flyer von der Schneiderei meiner Mutter aus dem Prospektständer und übergab ihn ihr. Mama verkaufte auch Dirndl in Standardmaßen, nicht jede Frau hatte die Zeit und das Geld für ein maßgeschneidertes Kleid.

Weitere Gäste trafen ein, bald kam Erika und drückte mir

einen frischen Stapel Post in die Hand, ich durfte zurück ins Büro.

Augenblicklich stieg mein Adrenalin noch höher. Das Telefonat mit Metzgermeister Sojer wartete auf mich. Am Schreibtisch griff ich nicht zum Hörer, sondern betrachtete meine zittrigen Finger. Das taten sie öfter in letzter Zeit, und es verlangte höchste Konzentration, sie wieder zur Ruhe zu bringen. Zögernd öffnete ich die Schublade des Rollcontainers und beäugte die Flasche Wein, die ich dort samt einem Glas aufbewahrte.

Ich schob die Lade zu und griff zum Telefonhörer.

Nachdem ich wieder aufgelegt hatte, starrte ich eine Weile vor mich hin. Das war leider nicht so gelaufen, wie ich es mir vorgestellt hatte. Sojer hatte nicht mit sich reden lassen. An unsere mündlichen Absprachen konnte er sich angeblich nicht erinnern, im Gegenteil, er wisse ganz genau, dass im Sommer abgesprochen worden sei, im Winter neu zu verhandeln.

Ich wusste von nichts.

Tatsache war, dass er die Preise für das Biofleisch um satte zwanzig Prozent erhöht hatte. Ich musste mir etwas einfallen lassen. Nur was? Alois würde das gar nicht gefallen. War das nicht der endgültige Beweis dafür, dass ich für diesen Job nicht taugte?

Ich atmete tief durch und zog die ungeöffnete Post zu mir heran.

Als ich spät abends nach Hause zurückkehrte, goss ich mir in der Küche das ersehnte Glas Rotwein ein und nahm die Flasche mit ins Wohnzimmer. Dort sank ich aufs Sofa, trank drei große Schlucke und streckte mich der Länge nach aus.

Endlich.

Von dem Stapel auf meinem Schreibtisch hatte ich einiges abarbeiten können. An den Metzgermeister hatte ich noch eine längere E-Mail geschrieben, in der ich ihn erneut darauf hinwies, dass unter Kaufleuten auch mündliche Absprachen galten. Von einer Neuverhandlung im Winter war nie die Rede gewesen, da war ich ganz sicher. Mal schauen, was er antworten würde.

Noch fünf Tage, dann war die Woche zu Ende. Vielleicht würde es mir ja sogar gelingen, am Samstag mal freizumachen.

Innerlich zeigte ich mir einen Vogel.

Als es an der Tür klingelte, schälte ich mich vom Sofa und sprach im Flur in die Gegensprechanlage. »Hallo?«

»Ich bin's, die Maja!«

Überrascht betätigte ich den Summer.

Erwartungsvoll sah ich meiner Freundin auf der Treppe entgegen. »Ist was passiert?« Dass Maja mich zuletzt besucht hatte, war eine Ewigkeit her. Ihr junges Familienglück nahm sie vollkommen in Anspruch.

Maja strich sich eine Locke hinters Ohr. »Aber nein, ich hatte nur mal Lust, dich zu sehen. Darf ich für einen Moment reinkommen?«

Ich winkte sie mit mir ins Wohnzimmer. »Magst auch einen Wein?« Schon war ich im Begriff, ein Glas aus der Vitrine zu fischen.

»Aber nein, ich stille doch noch«, stoppte sie mich.

»Ein Wasser dann?«

»Ein stilles gern, danke.«

Nachdem ich das Glas vor ihr abgestellt hatte, goss ich mir selbst Wein nach. »Wir haben uns ja ewig nicht gesehen«, sagte ich. »Wenn du mir nicht ab und an ein paar

Schnappschüsse von deinem Kleinen schicken würdest, würde ich meinen, dich gäb's gar nicht mehr.«

Verlegen zog Maja die Nase kraus. »Du weißt doch bestimmt noch, wie das für dich war mit Baby. Aber jetzt wird Levi langsam etwas pflegeleichter, und da wollte ich mal schauen, was du so machst, wenn du hier ganz allein in deiner Wohnung sitzt. Ist doch sicher nicht ganz einfach für dich, seitdem der Jakob ausgezogen ist?«

Misstrauisch beäugte ich sie. »Hat er dich etwa angerufen?«

Maja tat, als wäre das absurd. »Wie kommst du denn auf die Idee?«

Ich lächelte nachsichtig. »Es ist mein Job, Gedanken zu lesen.«

Meine Freundin schlug die Beine übereinander. »Na gut, ja, er hat sich bei mir gemeldet, weil er sich Sorgen um dich macht. Er hat gesagt, dass du die letzten Male, wenn ihr euch gesehen habt, ganz gut dem Wein zugesprochen hast. Und gestern, da –«

Ich schüttelte amüsiert den Kopf. »Da trinkt man mal am Wochenende einen Schluck, weil man weiß, dass man am nächsten Morgen nicht arbeiten muss. Und schon schickt mir der Junge einen Babysitter vorbei.« Früher hatte mein Sohn bald jeden Muttertag vergessen, und jetzt entpuppte er sich als Kümmerer?

Maja zeigte auf die Flasche Wein auf dem Couchtisch. »Unter der Woche trinkst du ja offenbar auch einen Schluck so ganz mit dir allein.«

Entgeistert fasste ich sie ins Auge. »Zur Entspannung! Du hast keine Vorstellung, was bei mir beruflich los ist.«

»Wieso, was ist denn los?«

Ich zählte ihr an den Fingern auf, was sich derzeit bei mir anhäufte, dann prostete ich ihr zu. »Nimm mir nicht die einzige Freude, die ich noch habe«, murmelte ich ironisch.

Meine Freundin verzog keine Miene. »Jetzt mal Hand aufs Herz. Wie viel trinkst du so in der Woche?«

»Nicht mehr als andere, Maja! Und nur nach Feierabend.« Zur Verdeutlichung sagte ich: »Nehmen wir heute Mittag. Da hätte mir ein Schlückchen gutgetan, um die Nerven zu beruhigen, aber auf der Arbeit habe ich es selbstverständlich gelassen.«

»Aber du hast daran gedacht«, erwiderte sie.

»Wenn du so viel Stress hättest wie ich, würdest du auch daran denken!«

»Wenn du meinst.«

Ich legte meine Hand auf ihren Arm. »Natürlich hast auch du Stress, so hab ich das nicht gemeint. Pass auf«, bot ich an, »damit Jakob und du einseht, dass nicht das geringste Problem besteht, trinke ich jetzt einfach mal ein paar Tage keinen Tropfen. Ich kann es mir genauso gut abends mit einer Flasche Bionade auf dem Sofa gemütlich machen. Oder einen Tee trinken, noch besser.«

»Du musst mir rein gar nichts beweisen«, entgegnete Maja. »Wenn du sagst, es gibt kein Problem, dann ist das so. Ich glaube dir.«

Ich sah ihr an der Nasenspitze an, dass das Gegenteil der Fall war. Es war nicht zu fassen, wie sehr Jakob die Angelegenheit aufgebauscht haben musste.

Nachdem wir eine Weile geplaudert hatten, sah sie auf die Uhr. »Ich müsste dann leider wieder zurück zu Levi, er wird gleich Hunger haben, und dann wird er ungemütlich.«

»Geh du nur.« Ich nickte ihr aufmunternd zu. »Und nochmal: Es besteht nicht der geringste Anlass zur Sorge. Ab sofort beschränke ich meinen geliebten Wein aufs Wochenende.« Ich streckte ihr die Hand hin. »Schlag ein. Du darfst mich gern am Freitagabend interviewen, ob es geklappt hat.«

Maja lächelte unglücklich, gab mir dennoch die Hand auf unsere Abmachung. »Ich kann mich ja auch morgen noch mal melden«, sagte sie. »Bitte sei mir nicht bös.«

»Bin ich nicht«, versicherte ich und schloss die Tür hinter ihr.

Nachdem ihre Schritte im Treppenhaus verklungen waren, trank ich den letzten Schluck aus meinem Glas und verkorkte die Flasche, verstaute sie im Sideboard und setzte mein Vorhaben mit dem Tee sogleich in die Tat um. Da saß ich dann mit der dampfenden Tasse auf dem Sofa und erinnerte mich daran, dass ich früher im Winter sehr oft Tee getrunken hatte. Weil es so etwas Heimeliges und Gemütliches mit sich brachte. Es war nicht einmal so sehr lange her, dass ich das getan hatte. Nach Jakobs Auszug war ich dann auf Wein umgeschwenkt.

Als der Sud etwas abgekühlt war, nippte ich am Kräutertee und spürte der heißen Flüssigkeit in meiner Kehle nach. Ich schaltete den Fernseher ein und zappte durch die Programme. Normalerweise spielte es keine Rolle, was ich einschaltete, denn es dauerte ohnehin nie allzu lange, bis mich der Alkohol entspannte und ich schläfrig wurde. Dazu hatte ich heute allerdings noch nicht genug getrunken. Ob ich vielleicht doch erst morgen mit dem Vorhaben starten sollte? Aber nein, Maja und ich hatten es anders besprochen.

Jetzt blieb mir nur die Schlaftablette. Die half mir ja sonst auch, wenn ich mitten in der Nacht zu mir kam und mich herumwälzte. Am besten nahm ich gleich eine ganze, dann schlief ich vielleicht mal wieder durch.

Ich spülte das Pillchen mit dem Tee hinunter und begab mich ins Bad.

Anschließend ging ich zu Bett.

Sofort setzte das Gedankenkarussell ein.

Alois musste von der Angelegenheit mit Sojer erfahren, falls dieser sich stur stellte. Und dann war da ja noch die Sache mit Annabell und Peter, die sich in mein Gedächtnis drängte.

Zwangsläufig dachte ich wieder an Melanie.

Meine Schwester war der einzige Mensch gewesen, dem ich blind vertrauen konnte. Und dennoch hatte ich sie maßlos enttäuscht. Während ihres Praktikums im Allgäuer Adler hatte ich sie im Stich gelassen, als sie mich am nötigsten gebraucht hätte. Und später dann, als ich die Stelle im Bergglühen annahm, hatte sie mir vorgeworfen, ich hätte nicht nur sie, sondern auch mich selbst verraten. Aber was hätte ich tun sollen? Mich wie sie als Lügnerin bezeichnen lassen sollen? Meinen Job verlieren? Diese Riesenchance verstreichen lassen?

Wir hatten uns bitterlich gestritten. Sie hatte mir sogar einen Brief geschrieben, den ich unbeantwortet ließ. Und dann verunglückte sie. War einfach weg. Wir konnten uns nicht mehr aussprechen. Uns nicht versöhnen. Und mit all diesen ungesagten Worten musste ich seither leben.

Unruhig wälzte ich mich hin und her, nahm schließlich eine weitere Schlaftablette und wartete auf den erlösenden Schlummer.

3

Als der Wecker klingelte, bekam ich wegen der Schlaftabletten kaum die Augen auf. Ich fühlte mich noch gelähmter als sonst. Da hatte ich auf meinen Schlummertrunk verzichtet, und das war nun der Preis?

Ich hätte mindestens zwei Kaffee gebraucht, um halbwegs wach zu werden, doch leider reichten die Bohnen in der Maschine nur noch für eine Tasse. Auf dem Heimweg vom Hotel musste ich dringend Nachschub besorgen. Zunächst aber hieß es, zu meinem Auto zu stapfen. Es hatte abermals geschneit. Eilig befreite ich die Scheiben vom Schnee. Die Semmel von der Tankstelle stopfte ich wieder auf der Fahrt in mich hinein.

Im Hotel angekommen, öffnete ich mit nervösem Magengrummeln mein E-Mail-Postfach. Ob Sojer mir auf meine Nachricht geantwortet hatte? Schon sprang mir die vor wenigen Minuten eingetrudelte Message ins Auge.

Sie erinnern sich nicht an meine Worte, werte Frau Hübner,
ich mich nicht an Ihre. Insofern gibt es keine mündlichen
Absprachen. Was machen wir denn jetzt? Ich schlage vor, ich
erhöhe die Preise und Sie tun einfach dasselbe. Win-win.
Mit freundlichen Grüßen
Markus Sojer

Bedrückt sackte ich auf dem Stuhl zusammen. Win-win, von
wegen. Unsere Gäste hatten schon gebucht, die vereinbarten
Preise mussten wir ihnen gewähren. Er saß ja am längeren
Hebel. Es sei denn, wir besorgten das Fleisch fortan beim
Großhändler, konnten dann aber nicht mehr mit der Bioqua-
lität von örtlichen Bauern werben.

Ich zwang die zitternden Finger auf die Tischplatte.

Ängstlich wählte ich Alois' Nummer und lauschte dem
Tuten in der Leitung.

Mein Chef meldete sich nach dem ersten Klingeln. Er
klang wütend. »Willst du jetzt etwa auch noch deinen Senf
zu dieser Sache dazugeben?«

Erschrocken holte ich Luft, doch er sprach schon weiter.
»Wohnt die Annabell nicht in deiner Nachbarschaft? Du solltest mal mit den Eltern sprechen und denen verständlich
machen, dass ihre Tochter gerade gehörig übers Ziel hinaus-
schießt.«

»Ich ruf wegen etwas anderem an«, antwortete ich klop-
fenden Herzens.

»Und das wäre?«

Ich bemühte mich um eine feste Stimme und umriss ihm
die Situation mit Sojer. »Und ich muss dir leider außerdem
sagen, dass unsere personelle Lage angespannt ist. Im
Restaurant fehlen drei Leute wegen Magen-Darm, der Felix
an der Rezeption hat die Grippe, und gerade macht auch
noch die Auszubildende schlapp, die den Felix ersetzen

sollte. Wir bräuchten mindestens noch drei Leute, aber du weißt ja –«

»Dann beschaff halt welche, das gehört doch zu deiner Stellenbeschreibung«, blaffte er. »Du musst dafür sorgen, dass der Laden läuft, Carola. Wenn du der Sache nicht gewachsen bist, musst du es sagen. Mit dem Sojer red ich, aber der Rest ist deine Angelegenheit!« Ohne einen Abschiedsgruß legte er auf.

Wie betäubt blieb ich sitzen. Wie viele Stellenanzeigen sollte ich denn schalten? Es meldeten sich nicht einmal schlechte Leute! Aus der Ferne hörte ich ein feines Klingeln. Oder eher ein Pfeifen. Als ich aufstand und in den Flur lauschte, stellte ich fest, dass es in meinem Ohr war.

»Hallo?«, sprach ich ins leere Zimmer hinein. Meine Stimme klang wie durch Watte.

Ich klopfte mir mit der flachen Hand gegen die Ohrmuschel, doch das ferne Pfeifen blieb. Kraftlos sank ich wieder auf den Stuhl und zog die Schublade meines Rollcontainers auf. Dass ich jetzt ein Gläschen nötig hatte, dagegen konnte Maja wirklich nichts einwenden.

Mit einem Ploppen öffnete ich den Korken und goss mir ein. Der Wein prickelte auf meiner Zunge. Das Klirren im Ohr war noch da, doch jetzt war es mir egal. Es würde schon wieder vergehen.

Vom Flur her näherten sich Schritte. Schnell stellte ich Weinglas und Flasche zurück in den Rollcontainer. Ich strich mir über den Kopf, bändigte ein paar aus meinem Zopf herausgerutschte Haare und fuhr mir übers Dirndl.

Schon klopfte es. Es war Erika.

»Hast du eine Minute?«, fragte die Hausdame.

»Auch zwei.« Hoffentlich fing sie nicht wieder mit dem Baum an, dass der angeblich die Sicht nach draußen versperrte. Die Sache hatten wir doch ein für alle Mal geklärt.

Erika setzte sich. »Wir müssen über die Lara reden.«

»Geht es ihr nicht gut mit ihrer Migräne?«, fragte ich matt.

»Ich hab leider keine guten Neuigkeiten, Carola. Sie hat gar keine Migräne.«

»Ist sie schwanger?«

»Nah, das nicht. Du hast doch sicher schon von der Geschichte im Allgäuer Adler gehört?«

»Hm hm.«

»Die zwei Madel sind ja zusammen auf der Berufsschule«, fuhr sie fort.

»Ja – und?«

»Die Lara will aus Solidarität zur Annabell hinschmeißen.«

Mein Kinn fiel.

Jetzt verschränkte Erika die Arme. »Man weiß ja, welche Gerüchte so junge Dinger gern in die Welt setzen. Und nachher stellt sich raus, es war alles nur erfunden. Du weißt sicher von dem Prozess mit dem Schauspieler und seiner –«

Meine Hände gingen zu den Ohren. Ich rubbelte darauf herum.

Erika sah mich fragend an. »Ist dir was?«

»Nein, nein, ist schon recht. Ich überleg mir was, in Ordnung? Aber heut nicht mehr, ich hab den Tisch voll.« Demonstrativ deutete ich auf den Stapel Papiere, der abermals angewachsen war.

»Brauchst du vielleicht Hilfe?«, fragte sie nun. Ein Beweis dafür, dass auch sie glaubte, ich wäre meinem Job nicht gewachsen.

»Nein, nein. Ich muss mich jetzt nur konzentrieren, das ist alles.«

Nachdem Erika gegangen war, stellte ich das Radio an und drehte es so laut, dass es das Klingeln in meinen Ohren übertönte.

Immerhin arbeitete ich ein paar Stunden ungestört, der Stapel nahm ab, ich hätte zufrieden sein können. Doch leider beging ich den Fehler, am Nachmittag einen Blick auf die letzten Rezensionen im Buchungsportal zu werfen.

Die neueste Bewertung vergab gerade mal einen Stern.

Ich scrollte zum Text.

Eigentlich hätte ich mich in diesem Hotel pudelwohl gefühlt, doch leider kommt es an der Rezeption zu viel zu langen Wartezeiten, und auch im Restaurant gibt es zu wenig Personal. Am schlimmsten fand ich aber, dass mir die Leiterin des Hauses einen Flyer für ein Trachtengeschäft übergab, das ihrer eigenen Mutter gehört. Dabei gibt es in Pfronten auch noch andere, vor allem günstigere Geschäfte. Vetternwirtschaft gefällt mir überhaupt nicht!

Ich legte den Kopf in die Hände. Dann packte ich meine Sachen zusammen und ging zum ersten Mal seit Monaten vor dem Abendbuffet nach Hause.

Bei der Ankunft fischte ich sofort die Flasche aus dem Sideboard und machte es mir auf dem Sofa bequem. Morgen konnte ich genauso gut mit der Abstinenz beginnen. Diesen Tag heute wollte ich schnellstmöglich vergessen.

In meinen Ohren schrillte es noch immer. Zumindest deswegen hätte ich dringend zum Arzt gehen sollen, aber jetzt waren alle Praxen geschlossen. Und morgen früh blieb mir keine Zeit. Ich würde mit Lara sprechen müssen. Sie durfte nicht einfach hinwerfen, das war undenkbar. Doch was sollte ich zu ihr sagen, wenn sie auch noch von Annabell anfing? Meine Brust zog sich angstvoll zusammen.

Das Handy klingelte aus der Handtasche im Flur. Bestimmt war das Maja. Ich ging nicht ran, hatte keine Lust, mich dafür zu rechtfertigen, dass ich für mein Wohlbefinden sorgte.

Nun läutete auch noch der Festnetzapparat auf dem Beistelltisch im Flur. Das Teil wählte heutzutage kaum jemand an. Kannte Maja diese Nummer? Und warum ließ sie mich nicht einfach in Ruhe?

Ich zog das Telefonkabel aus der Wand, schaltete das Handy aus und den Fernseher ein, goss mir Wein nach. Wenn schon, denn schon, dachte ich trotzig. Und weil ich sichergehen wollte, dass ich endlich mal wieder durchschlafen würde, trank ich obendrein einen Schnaps.

Mitten in der Nacht wachte ich auf dem Sofa auf und musste eine halbe Schlaftablette schlucken, um wieder einzuschlafen.

4

Am anderen Morgen tappte ich benommen in die
Küche, um mir einen Kaffee zu machen, doch die
Bohnen waren noch immer leer. Über all dem
Stress hatte ich vergessen, neue zu besorgen. Zähneknir-
schend setzte ich den Wasserkocher in Gang. Ich hängte
einen Beutel in die Tasse und lauschte dem Blubbern des
Kochers, stellte erleichtert fest, dass das Klingeln in meinem
Ohr der Vergangenheit angehörte. Wenigstens das.

Ich übergoss den Tee und begab mich mit der Tasse im
Flur zu meinem Handy. Während ich mit der freien Hand
nach dem Smartphone griff, bemerkte ich das Blinken des
Festnetzapparats auf dem Flurschränkchen. In der Linken
das Handy, drückte ich mit der rechten auf Play. Die Tasse
war reichlich voll. Schon floss ein Schwall heißes Wasser
über meine Hand. Mit einem Aufschrei schreckte ich zurück,
knallte dabei mit dem Gesicht gegen die Garderobe, ließ den
Becher fallen. Es tat einen ohrenbetäubenden Schlag.

»Mist, Mist, Mist!« Während vom Anrufbeantworter
Daniela Obermeier mich dringend wegen ihrer Tochter

Annabell um Rückruf bat, taumelte ich fluchend ins Bad, ließ mir Wasser über die Hand rinnen. Dabei tropfte etwas von meiner Stirn ins Waschbecken. Das Wasser färbte sich hellrosa. Ich hob den Kopf und inspizierte im Spiegel die Augenbraue. Aus einem Riss quoll Blut.

Frustriert unterdrückte ich einen Schrei. So konnte ich nicht ins Büro. Zähneknirschend ließ ich weiter Wasser über den Arm fließen, bis er weniger schmerzte, mit der anderen Hand presste ich mir ein Tuch auf die Braue. Dann rief ich ein Taxi.

Vom Rücksitz textete ich an Erika, dass ich mich heute verspäten würde; nach einem Missgeschick müsse ich zum Arzt.

Gute Besserung!, schrieb sie zurück. **Komm schnell wieder auf die Beine, hier ist der Teufel los!**

Unter Tränen tippte ich: *Ich gebe mein Bestes!*

Normalerweise lege ich keinen Wert darauf, als Privatpatientin bevorzugt zu werden, doch an diesem Tag war ich froh darüber. Frau Doktor Beringer war seit Langem meine Hausärztin. Ich mochte ihre einfühlsame Art, mit der sie sich Zeit für ihre Patienten nahm. Krankheiten beleuchtete sie meist auch von der psychologischen Seite. Nach Melanies Tod vor sechs Jahren war sie mir eine wertvolle Unterstützung gewesen. Damals war ich eines Morgens aufgewacht und hatte mich nicht mehr bewegen können. Dieser Zustand dauerte tagelang an. Meine Ärztin hatte ein Burn-out diagnostiziert. Die Angst, mir könnte so etwas ein zweites Mal passieren, saß mir noch immer im Nacken.

Zunächst besah sich die Ärztin meine Verletzungen und klammerte die Wunde an der Augenbraue. Die Verbrühung an der Hand hielt sich in Grenzen, ich hatte schnell genug reagiert. Feuerrot war es trotzdem und schmerzte furchtbar. Sie trug ein kühlendes Brandgel auf, von einem Verband riet sie mir ab.

»Wie soll ich bloß damit arbeiten?«, jammerte ich.

»Gar nicht natürlich.« Doktor Beringer gab etwas in ihren Computer ein. »Ich schreibe Sie für den Rest der Woche krank, damit das hier gut abheilt und Sie sich erholen.« Sie zwinkerte mir zu. »Lassen Sie einfach mal ein paar Tage Fünfe gerade sein, Frau Hübner. Sie scheinen mir ein bisschen überlastet.«

Tränen stiegen in mir auf, mein Hals wurde eng. Von dem gestrigen Pfeifen in meinem Ohr hatte ich ihr ja noch gar nichts erzählt. Hoffentlich kam es nicht wieder! Ich kramte ein Papiertaschentuch aus der Handtasche und tupfte mir die Augen. »Ich darf auf keinen Fall im Hotel ausfallen. Die glauben sowieso schon alle, dass ich nichts hinbekomme. Und gestern«, ich schnäuzte mir die Nase, »hatte ich Angst, ich bekäme einen Hörsturz.« Stockend berichtete ich der Ärztin, was vorgefallen war.

Sie rollte auf ihrem Stuhl näher an mich heran. »Wir kennen uns schon lange, Frau Hübner. Abgesehen von der Wunde und der Verbrühung – in so einem Zustand habe ich Sie noch nie gesehen. Selbst damals nicht, als Ihre Schwester gestorben ist und Sie zusammengeklappt sind.« Sie betrachtete mich von oben bis unten.

Verlegen sah ich an mir hinab. Das Dirndl war zerknittert. Ich hatte wieder darin geschlafen. Sie roch doch hoffentlich nicht den Schnaps, den ich mir gestern zu später Stunde gegönnt hatte?

»Was ist los?«, fragte sie. »Haben Sie noch andere Sorgen?«

Ich verneinte. »Einfach nur viel zu viel Arbeit. Mir wächst derzeit alles über den Kopf.«

Sie rollte mit ihrem Stuhl zurück zu ihrem Schreibtisch und zog einen Flyer aus der Schublade. »Es gibt eine private Kurklinik auf Sylt. Da würden Sie lange Strandspaziergänge, Wind, Yoga und Sauna erwarten. Vielleicht wäre das etwas für Sie? Mit etwas Glück ist da zeitnah ein Platz frei.« Sie lächelte. »Nach Ihrer Vorgeschichte und mit den jetzigen Symptomen kann ich Sie ohne Weiteres zwei Wochen aus dem Verkehr ziehen. Und falls Sie noch Resturlaub haben, könnten Sie den noch dranhängen.«

Resturlaub, da sagte sie etwas. Ich hatte noch zwanzig Tage.

»Die Gesundheit geht vor, Frau Hübner«, bekräftigte Frau Doktor Beringer, die mein Zögern bemerkte. »Wenn Sie wieder zusammenklappen, dauert es noch länger. Und falls in der Klinik doch nichts frei ist, machen Sie einfach mal Urlaub.«

»Es ist kurz vor Weihnachten«, widersprach ich. »Ich kann nicht fehlen.«

»Ich sagte es gerade schon, ich ziehe Sie aus dem Verkehr. Sonst passiert noch etwas Schlimmeres als das hier.« Sie zeigte auf meine Blessuren.

Nun tippte sie etwas in ihren Computer ein; aus dem Drucker kam ratternd eine Krankmeldung. Sie drückte sie mir zusammen mit dem Flyer der Sylter Privatklinik in die Hand. »Sehen Sie diesen Vorfall als Warnsignal. Die anderen müssen sich selbst um ihre Probleme kümmern. Sie sind reif für die Insel.«

Ein Taxi brachte mich zu meinen Eltern. Niedergeschlagen berichtete ich ihnen vom Rat der Ärztin, aus dem Hamsterrad auszusteigen und mich um mich selbst zu kümmern. Ich brauchte ihren Rat, und ich sehnte mich nach Trost.

Mit diesem Bedürfnis war ich bei meinem Vater allerdings an der falschen Adresse. »Hast du nicht erzählt, dass euch Personal fehlt?«, fragte er, nachdem er einen oberflächlichen Blick auf meine Verletzungen geworfen hatte. »Der Alois braucht doch jede Hand. Gerade jetzt bei dem ganzen Ärger mit der Annabell.«

»Und wir drei feiern doch immer Heiligabend zusammen«, fiel Mama ein. »Was sollen wir denn ohne dich machen, wenn du einfach so wegfährst?« Ihr Blick ging zu dem Bild von Melanie und mir an der Wand.

Auf der Anrichte klingelte Mamas Handy. Sie und mein Vater wechselten einen Blick.

»Ist sie das schon wieder?«, wollte Papa wissen, nachdem Mama aufs Display geschaut hatte. Mit den Augen gab sie ihm zu verstehen, dass er richtig lag.

»Wer?«, fragte ich.

Meine Mutter fuhr sich mit der Zunge über die Lippen. »Die Daniela hat wohl gestern Abend versucht, dich zu erreichen. Aber da du nicht rangegangen bist, drangsaliert sie jetzt uns. Sie verlangt, dass wir mit dir reden. Du sollst dich bei ihr melden. Anscheinend denkt sie, dass du etwas zu der Geschichte mit der Annabell beitragen könntest. Sie sucht«, sie markierte Anführungszeichen in der Luft, »›Zeuginnen‹, auch unter früheren Mitarbeiterinnen. Ich hab ihr schon gesagt, dass du dem Madel nicht helfen kannst. Wenn der Peter so etwas in der Vergangenheit schon mal gemacht hätt – falls es überhaupt stimmt – dann hättest du das ja wohl bei uns daheim erzählt.«

Ich fühlte mich vollkommen ohnmächtig. Was sollte ich tun? Alois wollte auch, dass ich mit Daniela sprach, jedoch aus einem anderen Grund. Ich sollte sie und ihre Tochter dazu bringen, klein beizugeben. So wie Melanie damals Ruhe gegeben hatte und später ich. Zwar wussten meine

Eltern generell von dem Konflikt zwischen Peter und meiner Schwester während ihres Praktikums. Doch wie es wirklich abgelaufen war, ahnten sie nicht. Ich selbst hatte dafür gesorgt, dass Melanie schließlich einlenkte. Aus Angst um meinen Job. Und später, da hatte ich dann wieder den Mund gehalten. Hatte mich, statt auszupacken, ins Bergglühen versetzen lassen. An meine Traumstelle.

Alles in mir schrie auf. Wie oft sollte der Peter eigentlich noch davonkommen?

»Carola?« Meine Mutter sah mich prüfend an.

Ich presste die Lippen aufeinander. Mit Lara aus dem Bergglühen hätte ich vielleicht das Gespräch führen können, ihr sagen, dass sie ihre berufliche Zukunft nicht aufs Spiel setzen solle, wo sie doch gar nicht persönlich betroffen war. Aber weder mit Daniela noch mit ihrer Tochter konnte ich mich jetzt auseinandersetzen. Schon gar nicht mit meinen Eltern. Eines war sicher: Sobald ich das tat, würde ganz gewiss dieses furchtbare Pfeifen im Ohr zurückkehren.

Mein Vater sah mich nun doch mitleidig an. »Brauchst einen Schnaps?«

»Ich hab noch nicht mal gefrühstückt, Papa!« Das war heftiger aus mir herausgekommen als beabsichtigt.

»Vielleicht ist es doch das Beste, wenn du eine Kur machst«, schaltete Mama sich wieder ein. »Du bist ja gar nicht du selbst.«

Mein Vater fuhr mich nach Hause. Beim Aussteigen versprach ich ihm, meine Mutter und ihn wegen meiner Kurpläne auf dem Laufenden zu halten.

Daheim fiel mein erster Blick auf den Anrufbeantworter. Daniela hatte mich so dringlich um Rückruf gebeten. Lauschend legte ich den Kopf schräg. War da etwa wieder dieses schrille Pfeifen in meinem Ohr? Aber nein, diesmal kam es wirklich von draußen. Eine Kreissäge.

Frau Doktor Beringers Worte kamen mir erneut in den Sinn. Ich sollte mich um mich kümmern, statt um die Probleme der anderen. Aber ging das so einfach? Abgesehen von Annabell – was war mit Erika und den anderen Mitarbeitenden? Wenn ich obendrein fehlte, würde das komplette Chaos ausbrechen.

Statt Daniela zurückzurufen, wählte ich mit zittrigen Fingern Alois' Nummer.

Noch ehe ich loswerden konnte, weswegen ich anrief, legte mein Chef wieder los. »Erika hat gesagt, du wolltest zum Arzt? Lass mich raten. Du meldest dich vorsichtshalber krank, und dann ziehst du uns in den Dreck. Dass ausgerechnet du mir nach all den Jahren in den Rücken fällst, hätt ich nie gedacht. Nach allem, was ich dir ermöglicht hab!«

Vor Schreck presste ich die Hand aufs Herz. »Ich ziehe niemanden in den Dreck, Alois«, antwortete ich atemlos. »Ich hab mich heut früh am heißen Tee verbrüht und mir obendrein eine Platzwunde zugezogen – ich musste zum Arzt. Meine Ärztin hat mich für vierzehn Tage krankgeschrieben.«

Schweigen am anderen Ende der Leitung. »Ist es arg?«, rang mein Chef sich schließlich ab.

Ich betrachtete meine Hand, als wäre sie ein Fremdkörper. Wenn ich sie nicht bewegte, war der Schmerz auszuhalten. Doch sobald Spannung auf die Haut geriet, tat es trotz Schmerzmittel ziemlich weh. Bei der Krankschreibung war es aber vornehmlich um meinen mentalen Zustand gegangen. Wie sollte ich Alois nur beibringen, wozu die Ärztin mir obendrein geraten hatte?

»Es wird ein paar Tage dauern, bis ich wieder einsatzfähig bin«, erklärte ich. »Allerdings ist das noch nicht alles.«

»Also doch. Wie ich's schon vermutet hab, du willst zu der G'schicht auch noch deinen Senf dazugeben.«

Ja, ich hätte einiges zu sagen gehabt. Aber ich konnte jetzt keine alten Wunden aufreißen. Ich würde vollends durchdrehen, wenn ich das tat. Im Gegenteil, ich wollte nur noch fort von hier. Nach Sylt.

Mit bemüht fester Stimme widersprach ich ihm. »Im Gegenteil. Die Frau Doktor Beringer hat mir zu einer Kur geraten. Zwar hat sie mich nur vierzehn Tage krankgeschrieben, aber ich könnte noch Resturlaub dranhängen. Du weißt vielleicht nicht, wie lange mein letzter Urlaub her ist, Alois. Das letzte Mal hatte ich im März frei. Ich bin wirklich fix und fertig. Auch wegen dieser Geschichte mit der Annabell. Ich will nicht wieder ein Burn-out bekommen, und das wirst du auch nicht wollen.«

Alois schwieg.

»Bist du noch dran?«, fragte ich nach einer Weile. Mein Herz schlug noch immer so furchtbar schnell. Holte er zu einer Schimpftirade aus? Würde er mich als Niete oder Versagerin beschimpfen, Dinge sagen wie »Es war doch von Anfang an klar, dass du eine Fehlbesetzung bist«?

Stattdessen hatte seine Stimme einen ungewohnt sanften Klang, als er schließlich antwortete. »Weißt, der Peter könnt sich in der Zeit oben der Geschäfte annehmen. Dann hätt ich den hier auch ein bisserl aus der Schusslinie. Und die Sach mit dem Sojer regelt der mit links.«

Ich ließ die Schultern sinken. Ausgerechnet der Peter. Er würde in meinen Unterlagen kramen und nach Nadeln im Heuhaufen suchen, um mir irgendeine Nachlässigkeit anzulasten. Vielleicht würde er sogar etwas finden. Ach, was hatte ich nun wieder angezettelt?

»Ich weiß noch gar nicht, ob es überhaupt klappt mit der

Kur«, wandte ich kleinlaut ein. »Ich muss erst schauen, ob ich so kurzfristig einen Platz bekomm.«

»Falls nicht, fährst eben einfach so fort. Wir kümmern uns um alles. Das mit dem Urlaub kannst ruhig machen.«

»Alois, ich –«

»Keine Widerrede. Du schaust jetzt, dass du wieder auf die Beine kommst, Madel. Und dann sehen wir weiter.«

»Wir müssten ja noch eine Übergabe machen. Peter weiß doch gar nicht –«

»Peter weiß, wie man ein Hotel führt. Er wird sich schon zurechtfinden.«

»Ich hab noch ein paar Sachen in meinem Büro, und den Schreibtisch würde ich schon gern noch aufräumen!« Vor allem die Rotweinflasche und das benutzte Glas. Und Erika wollte ich gern persönlich beichten, dass ich sie auch noch im Stich lassen würde.

Alois brummte eine Zustimmung. »Wie du meinst, dann mach das noch. Aber eine Bitte hätt ich: Bring mir die Leut nicht gegen den Peter auf. Hörst du?«

»Natürlich nicht, ich –«

»Dann sind wir uns ja einig. Servus, Carola. Meld dich, wenn du weißt, wann du wieder zurückkommst.«

Als ich aufgelegt hatte, fühlte ich mich wie benommen. Freilich konnte ich mir denken, woher sein plötzlicher Sinneswandel kam. Er wollte mich aus dem Weg haben.

Zögernd zog ich den Flyer der Sylter Kurklinik aus der Tasche. Frau Doktor Beringer hatte gesagt, ich sei reif für die Insel. Das war ich wirklich.

Keine zehn Minuten später saß ich mit einem dicken Kloß im Hals da und konnte mein Pech nicht fassen. Die Leiterin, mit der ich gesprochen hatte, war sehr nett gewesen. Doch die Klinik war auf Monate ausgebucht. Für den Sommer könnte ich mich auf eine Warteliste setzen lassen.

Allein der Gedanke, bis dahin weiterzumachen wie bisher, versetzte mich in stumpfe Hoffnungslosigkeit. Wenn ich jetzt einen Rückzieher machte, würde Alois mich erst recht auf die Probe stellen. Schon sah ich abermals meine Position in Gefahr. So sehr die Arbeit mich derzeit überforderte – ich wollte nichts anderes tun. Ich liebte meinen Job! Wenn ich mich endlich mal richtig erholen würde, könnte ich auch wieder mit alter Kraft weitermachen.

In der Küche zog ich den Laptop zu mir heran. Unschlüssig gab ich die Suchbegriffe Kur, Burn-out und Insel in die Suchmaschine ein. Es gab jede Menge Treffer. Sogar die Klinik, bei der ich angerufen hatte, war darunter. Außerdem stach mir noch die Anzeige einer Einrichtung auf Mallorca ins Auge, die sich »Pura Vida« nannte. Eine Heilpraktikerin und ihr Team begleiteten Menschen dabei, wieder zu Kräften zu kommen. Täglich gab es Angebote in Gesprächstherapie, Yoga und Sport. Außerdem wurde gemalt, man arbeitete mit Pferden, und natürlich genoss man gesunde Ernährung. Ganz nebenbei war der Aufenthalt strikt alkoholfrei. Sieh an. Eine Gänsehaut krabbelte mir über die Arme. Schnell las ich weiter. Man bot drei- und vierwöchige Kuren an. Es gab Programme für Burn-out-Patienten, für Menschen, die sich mit »Aggressions-Management« beschäftigen wollten, aber auch Alkoholentzug. Ich fragte mich, wie so ein armer Alkoholiker es schaffen sollte, innerhalb von drei Wochen trocken zu werden. Litten die nicht unter körperlichen Schmerzen? Ich scrollte durch die Seite und klickte auf verschiedene Links. Die Bilder von einer mitten in den Bergen gelegenen Finca sahen ansprechend aus. Es gab ein Haupt- und ein paar kleinere Nebengebäude, eine gepflegte Außenanlage mit Pool, einen Kamin. Auch eine Köchin wurde erwähnt, die die Klienten rund um die Uhr mit leckerem Essen versorgte. Ich dachte an frische

Kräuter, Knoblauch, Meerestiere und überhaupt: Ich liebte die mediterrane Küche. Mittwochvormittag sowie Samstag und Sonntag standen zur freien Verfügung. Das klang doch nach einer perfekten Mischung aus Kur und Ferien.

Die Sache hatte freilich auch ihren Preis. Und ein Flugticket brauchte ich ebenfalls noch. Allerdings hatte ich bei dem wenigen Urlaub der letzten Jahre so viel zurückgelegt – einen Kredit würde ich nicht aufnehmen müssen.

Entschlossen griff ich abermals zum Handy. Vielleicht meinte es das Schicksal doch einmal gut mit mir.

5

I nteressant, dass Sie ausgerechnet jetzt anrufen«, sagte die Dame, die sich mit dem Namen Lydia Bertram gemeldet hatte. Ich hatte ihr kurz erläutert, worum es bei mir ging: Runterkommen, erholen, Kraft tanken. »Gerade hat jemand abgesagt. Unser anderer Gast war schon ganz traurig, dass er über Weihnachten womöglich alleine hier sein würde. Wann könnten Sie denn anreisen?«

Ich hustete trocken. »Im Prinzip ziemlich bald«, antwortete ich. »Allerdings … Verstehe ich das richtig, wir wären dann nur zwei Gäste?«

»Ja, wir nehmen ohnehin nie mehr als vier Personen bei uns auf. Und ab dem 29. machen wir dann auch für eine Woche zu, daher sind wir nicht voll. Ich könnte Ihnen also genau drei Wochen anbieten.«

Das klang zwar alles gut, aber zwei Leute fand ich arg wenig. Was, wenn es sich bei diesem Sparringspartner um einen tapsigen Alkoholiker handelte? Ich bezweifelte, dass so jemand für mich im Moment der richtige Umgang wäre. Zögernd brachte ich meinen Einwand vor.

»Da brauchen Sie sich gar keine Sorgen zu machen, das ist nicht sein Thema«, versicherte Lydia Bertram. »Sie können sich bei uns ohnehin ganz auf sich besinnen, Sie haben ja ein eigenes, sehr komfortables Zimmer, und wir bieten genügend Programm, sodass Sie sich nicht langweilen werden. Je weniger Teilnehmer bei uns sind, desto besser ist es für jeden Einzelnen. Überlegen Sie sich das einfach ganz in Ruhe«, sagte sie nun. »Es ist keine leichte Entscheidung, gewohnte Pfade zu verlassen.«

»Ähm, nein, nein. Es ist genau das, was ich möchte. Etwas ändern.« Der Vorfall in meinem Flur und das Pfeifen im Ohr hatten mir wirklich Angst eingejagt. Ganz abgesehen von dem desolaten Zustand, in dem Jacob und Tala mich vorgefunden hatten. Ich mochte gar nicht daran denken.

»Wie ist denn eigentlich das Wetter?«, fragte ich hastig. »Was muss ich einpacken?«

»Bequeme Kleidung für Yoga, Sportsachen, Wanderschuhe und ansonsten alles, worin Sie sich wohlfühlen. Hier oben ist es recht kühl, es hat vor Kurzem geschneit. Denken Sie auch an Mütze und Schal.«

Schnee? Ich lachte auf. Damit hatte ich nicht gerechnet.

»Und nehmen Sie sich genügend Lesestoff mit, wir haben keinen Fernseher. Außerdem gibt es wenige Ecken mit gutem Netz. Manche Provider haben hier oben gar keinen Empfang.«

Schlechtes Netz waren wir im Allgäu gewöhnt. Im Hotel verfügten unsere Gäste allerdings über WLan.

»Wir empfehlen unseren Klienten ohnehin, die Kontakte in die Heimat auf ein Minimum zu beschränken. Besonders die zur Arbeit. Auch Internet und Social Media sollten ruhen. Es ist gut, den Alltag mal ganz hinter sich zu lassen«, fuhr Lydia Bertram fort. »Jetzt schicke ich Ihnen aber erst einmal alle Unterlagen zu, und falls Sie noch Fragen haben, melden Sie sich.«

»Das mache ich. Aber die Zusage kann ich Ihnen jetzt schon geben.« Innerlich schnappte ich nach Luft. Eine Auszeit auf Mallorca. Ich!

»Das freut mich! Lesen Sie sich trotzdem bitte erst einmal alles durch und beantworten Sie auch den beiliegenden Fragebogen, den Sie dann einfach mitbringen. Und wir bräuchten vorab auch noch eine schriftliche Erklärung von Ihnen, die Ihren Hausarzt von seiner Schweigepflicht entbindet. Aber da schicke ich Ihnen dann auch noch einen Vordruck.«

»Es ist eine Ärztin«, korrigierte ich. »Wofür soll das gut sein?«

»Reine Routine, damit wir nichts übersehen. Und falls eine Medikation nötig wäre, würde ich dementsprechend Rücksprache halten.«

»Verstehe. Kein Problem.« Es würde ohnehin keine notwendig werden. Welche denn auch?

Nach einem letzten Gruß legte ich auf.

Aufgeregt horchte ich in mich hinein. Wer hätte gedacht, dass aus dem Unfall am Morgen noch etwas Gutes hervorgehen könnte? Meine verbrühte Hand schmerzte auch schon viel weniger.

Hoffentlich war dieser andere Gast ein Netter. Ach, selbst wenn nicht. Wir mussten ja keine Freunde werden.

Zur Feier des Tages öffnete ich eine Flasche Sekt.

Während ich das erste Glas süffelte, rief ich Maja an und berichtete ihr von den Neuigkeiten.

Zuerst zeigte sie sich besorgt wegen meiner Blessuren, doch da konnte ich sie beruhigen. »Alles halb so wild. Meine Ärztin war eher alarmiert wegen meiner Überarbeitung –

sonst wäre das heute Morgen ja auch gar nicht passiert. Sie wollte, dass ich die Reißleine ziehe, und das tue ich jetzt.«

»Eine Kur also. Wow«, sagte Maja bewundernd. »Ich beneide dich fast ein bisschen! Diese Finca hört sich traumhaft an. Und Palma soll in der Weihnachtszeit wunderschön geschmückt sein. Noch dazu die feine mallorquinische Küche!«

Es tat gut, dass sie sich für mich freute und nicht alle möglichen Bedenken anführte, mit denen ich selbst zu kämpfen hatte. Hoffentlich machte ich mich mit dieser Maßnahme nicht überflüssig im Hotel. Angenommen, Peter wuppte alles mit links, wofür ich in letzter Zeit Ewigkeiten gebraucht hatte?

Jakob, den ich als nächstes anrief, streute Salz in genau diese Wunde. »Du willst wirklich dem Peter Vogl das Feld überlassen?«, fragte mein Sohn. »Aber du hasst diesen Kerl. Immer schon!«

Da hatte er recht, allerdings wusste er nicht weshalb. »Es geht hier um meine Gesundheit«, stellte ich klar. »Da ist es ganz egal, wer mich vertritt. Und wenn ich ihn auch nicht mag – von der Hotellerie versteht er immerhin etwas.«

»Und was ist mit Oma und Opa? Wer kümmert sich Heiligabend um die beiden?«

»Was hältst du davon, wenn du dieses Jahr den Hüttenzauber mit dem Clan deines Vaters sausen lässt und stattdessen mit Tala bei ihnen vorbeikommst? Sie würden sich riesig freuen.«

»Tala feiert kein Weihnachten.«

»Aber vielleicht fände sie es ja mal ganz spannend, wie das so abläuft. Christmesse und Heringssalat. Carmen Nebel im ZDF.« Ich bemerkte, wie sich etwas in mein Herz schlich, dass sich wie Heimweh nach Volksmusik anfühlte. Verrückt.

Jakob schnaubte. »Super Vorschlag, danke.«

»Für mich wird sonst nie der richtige Zeitpunkt kommen, Schatz. Dass ich mich verletzt habe, war mein Zeichen. Bevor Schlimmeres passiert.«

»Warst du etwa wieder betrunken?«

Ich schnappte nach Luft. »Jakob. Ich trinke doch nicht ständig so viel, dass ich betrunken wäre. Aber ich kann dir gern mal aufzählen, wie oft du in deinem jungen Leben schon besoffen warst. Einmal habe ich dich besinnungslos von einer Party abgeholt. Deine Freunde hatten dich gerade noch daran hindern können, in einer Schubkarre einen Hügel hinunterzurollen.« Hilflos nippte ich am Sekt, stellte das Glas sofort wieder ab.

»Mama, ehrlich, so eine Sauforgie macht jeder Junge mal durch. Irgendwann ist das vorbei. Aber als ich dich am Sonntag so gefunden hab …«

»Ich hab es dir schon gesagt, du übertreibst. Es war unnötig, gleich noch die Maja auf mich anzusetzen.«

»Ich bin halt nicht vor Ort, irgendwem musste ich doch was sagen.«

Ich atmete tief durch. Diese Diskussion führte zu nichts. »Also. Fassen wir zusammen: Du sorgst dich um mich. Da solltest du dich freuen, dass ich diese Kur antrete. Und zu deiner Beruhigung: Dort herrscht striktes Alkoholverbot.«

»Oha.«

»Traust du mir das etwa nicht zu, oder was willst du damit sagen?«

»Doch, das traue ich dir zu, Mama. Ich finde es sogar ziemlich toll.«

Ich schluckte. »Schau nach den Großeltern, versprich mir das, ja?«

Zum Abschied wünschte er mir eine gute Zeit und bat darum, mich zu melden, sobald ich angekommen war. »Sonst mache ich mir Sorgen.«

Sagte ich schon, dass ich mich fühlte, als hätten wir zwei die Rollen getauscht?

»Nach Mallorca? Und so schnell schon?«, fragte Mama, als ich sie anrief und ihr berichtete, dass ich die Sache mit der Kur wirklich wahr machen würde. Den Fragebogen von Lydia Bertram hatte ich bereits ausgefüllt.

»Ja, und mir wurde außerdem angeraten, mich in den drei Wochen ganz auf mich zu besinnen. Telefonate mit der Heimat sollen auf ein Minimum beschränkt werden. Du wirst also nicht allzu oft von mir hören.« Ich hielt die Luft an, was sie dazu sagen würde.

»Aber hoffentlich einmal pro Woche?«

Einmal alle sieben Tage klang gut. Ich versprach es.

Dass Alois mich mit Freuden ziehen lassen würde, wusste ich ja schon. Ich fuhr ein letztes Mal zum Bergglühen hinauf, um dort meinen Schreibtisch aufzuräumen und die wichtigsten Dinge mit Erika zu besprechen.

Unsere Hausdame war bereits im Bilde, Alois hatte sie sofort gebrieft. Zuerst betrachtete sie betroffen meine geklammerte Augenbraue, dann rang sie die Hände. »Der Peter hier oben, ich hoffe, das geht gut«, flüsterte sie. »Der braucht sich nicht einzubilden, dass die Buschtrommeln nicht längst auch hier für Unruhe gesorgt hätten. Von unseren Leuten ist keiner begeistert davon, dass er kommt.«

»Vielleicht macht er ja alles viel besser als ich«, sagte ich leise und starrte auf meine Füße. Die angebrochene Weinflasche und das Glas hatte ich entfernt, anschließend den Schreibtisch aufgeräumt und den Stapel mit den unerledigten Papieren in der Mitte abgelegt. Es gab kein Zurück.

Erika tätschelte mir die Schulter. »Wir lassen uns schon

nicht vom Peter einlullen. Komm du mal zu Kräften. Wir freuen uns drauf, wenn du wieder da bist.«

Meinte sie das wirklich? Gerührt schloss ich sie in die Arme.

Den Donnerstag nutzte ich für letzte Besorgungen – darunter auch die Weihnachtsgeschenke für meine Eltern, Jakob und Tala. Traditionsgemäß schenkten wir einander meistens eine schöne Veranstaltung – Theater oder ein Konzert – die wir dann zusammen besuchten. Für Tala erstand ich einen Kinogutschein inklusive Snacks und Getränken für zwei, den würde sie bestimmt mit meinem Sohn einlösen. Jakob sollte die Kopfhörer bekommen, die er sich schon lange gewünscht hatte, und außerdem etwas Geld, das ich in einen hübschen Umschlag steckte.

Für den Aufenthalt auf Mallorca kaufte ich zwei bequeme Yoga-Outfits, packte meine Lieblingskleider und auch zwei lange Hosen und Blusen ein, wusch Unterwäsche und brachte, soweit das mit der wunden Hand gelang, die Wohnung in Ordnung. Papa würde mich am Freitag in aller Frühe abholen, wir mussten pünktlich los. Bei dieser Gelegenheit würde ich ihm auch die Geschenke für alle übergeben. Ich leerte die Reste aus der angebrochenen Wein- und Sektflasche in den Ausguss, die übliche Schlaftablette wollte ich sofort weglassen.

In der Nacht wälzte ich mich hin und her wie noch nie. Ich spürte der Nervosität nach, die mit jeder Viertelstunde, die verging, größer wurde. Was würde mein Aufenthalt bei Pura Vida bringen? Drei Wochen ohne die Arbeit. Kein WLan, kein Fernseher. Kein Schlummertrunk am Abend. O Gott.

6

W as darf es bei Ihnen zu trinken sein?«, fragte die Stewardess, nachdem die Anschnallzeichen erloschen waren.

Ich hatte mir überlegt, statt Wein ein Tonicwater zu nehmen. Doch als mein Sitznachbar einen Tomatensaft bestellte, sagte ich: »Für mich auch einen, bitte.«

Eigentlich hasste ich dieses Getränk, doch nun war es zu spät. Salz und Pfeffer konnten daran nichts ändern. Nach den ersten Schlucken ließ ich den Rest stehen und wischte die schweißnassen Hände an meinem Kleid ab, versuchte eine Weile zu schlafen, doch auch das misslang. Abwesend blätterte ich im Bordmagazin, war kurz davor, mir ein Parfüm zu kaufen, ließ es dann aber bleiben.

Schließlich sank der Flieger durch die Wolkendecke, das Meer kam in Sicht. Grau und dunkel lag es da, wir wurden von Regen empfangen. Ein leises Bedauern schlich sich in mein Herz. War nicht sogar von Schnee in den Bergen die Rede gewesen? Ich hätte mich viel mehr über Sonne gefreut, aber die konnte ja in den kommenden drei Wochen noch kommen.

Ich schaltete das Handy ein und schrieb Jakob, dass ich gut gelandet sei und mich in den nächsten Tagen melden würde; bat ihn außerdem, meinen Eltern und auch Maja Bescheid zu geben. Dann reihte ich mich in die Schlange der Fluggäste zum Ausstieg ein.

Lydia Bertrams hennarotes Haar fiel ihr in sanften Wellen über die Schultern. Sie trug eine Jeans, eine geblümte Bluse und Stiefeletten, dazu eine Steppweste. Ich schätzte sie auf um die Fünfzig. Wie mit ihr verabredet, wartete sie hinter der Gepäckausgabe auf mich. Sie reichte mir die Hand und bot mir gleich nach unserer Begrüßung das Du an, das sei bei Pura Vida so üblich.

Ich stimmte zu, ohne zu zögern. In der Hotellerie duzte sich jeder mit jedem.

»Hattest du einen guten Flug?«, erkundigte sie sich, während wir Richtung Ausgang gingen.

»Abgesehen von meiner Nervosität schon«, antwortete ich verlegen. Ich wusste gar nicht, weshalb meine Aufregung noch immer wuchs. Auf mich wartete doch etwas Schönes. Besonders auf die leckeren Tapas freute ich mich.

Die Therapeutin lächelte mir aufmunternd zu. »Einige Teilnehmende unseres Programms kommen hier als wahre Nervenbündel an. Die Vorstellung, drei Wochen mit sich selbst beschäftigt zu sein, bereitet manchen Sorge. Aber du wirst sehen, wir begleiten euch dabei und sind immer für euch da.«

Mit Schwung lud sie meinen Koffer und die Reisetasche in einen Lieferwagen und bat mich, auf dem Beifahrersitz Platz zu nehmen. Während sie das Auto vom Flughafengelände lenkte, erklärte sie mir, dass dieser Wagen uns Klienten nach Absprache in unserer Freizeit zur Verfügung stehe. »Ihr müsst ihn nur immer betanken.«

Schon starteten wir die Fahrt über die Insel. Es war nicht besonders kalt, die Temperaturanzeige meldete zwölf Grad. Der Regen hatte inzwischen aufgehört.

Bewundernd betrachtete ich die fremde Landschaft. Hier war alles recht flach. Brachliegendes Land mit einzelnen Gebäuden darauf kam in Sicht, Lagerhallen, Wohnhäuser. In der Ferne waren ein paar rostige Windmühlen zu erkennen, die nicht mehr in Betrieb waren. Die Umgebung war grüner, als ich gedacht hatte. Hinter allem war das Meer zu erahnen, das ich vom Flugzeug aus gesehen hatte.

»Hat es viel geregnet in letzter Zeit?«, fragte ich meine Fahrerin.

»Den ganzen Herbst kam einiges runter, ja – zum Leidwesen der Touristen. Uns hat es natürlich gefreut. Bei uns oben sind auch noch weitere Schneefälle angekündigt.« Sie lächelte. »Mit den Alpen können wir natürlich nicht mithalten. Und Skifahren kann man hier auch nicht. Aber einen kleinen Schneemann haben wir dieses Jahr schon gebaut.«

Auf der Strecke Richtung Tramuntana-Gebirge berichtete Lydia über Land und Leute der Insel. Die größte Gruppe an Ausländern waren gar nicht Deutsche, so wie ich es erwartet hätte, sondern Marokkaner. Außerdem gab es noch Engländer und Schweden, die ganze Viertel bewohnten. Sie erzählte das alles mit einem Augenzwinkern; sie war ja selbst eine Ausländerin, die einen kleinen Teil der Insel für sich beanspruchte.

»Seit wann lebst du hier?«, fragte ich.

»Seit knapp acht Jahren.« Lydia lächelte mir von der Seite zu. »Ich hatte zwei Jahre zuvor die Ausbildung zur Heilpraktikerin für Psychotherapie abgeschlossen und machte hier Urlaub. Dabei habe ich mich so in die Insel verliebt, dass ich geblieben bin. Die Finca habe ich aber erst vor drei Jahren gekauft. Fast hätte sie mir ein anderer vor der Nase weggeschnappt, aber dann habe doch ich den Zuschlag bekommen.« Ein wehmütiger Zug umspielte ihren Mund, als bedaure sie das sogar ein bisschen.

»Was macht eine Heilpraktikerin für Psychotherapie eigentlich genau? Psychologie studiert hast du nicht?«

Lydia schüttelte den Kopf. »Nein, aber an dieser Ausbildung scheitern ebenso viele wie andere am Studium. Eine Therapie bei mir ersetzt natürlich keine jahrelange Psychotherapie. Sie ist enger gefasst, isolierter auf ein Problem. Letzten Endes muss jeder Klient für sich herausfinden, was für ihn die passende Methode ist, was er oder sie braucht. Nach ihrem Aufenthalt hier suchen manche sich in der Heimat dann weitere Unterstützung.«

Bald lenkte Lydia den Lieferwagen Serpentinen hinauf. Am Straßenrand tauchten Reste von Schnee auf. Staunend sah ich hinaus.

»Stammen alle eure Klienten aus Deutschland?«, fragte ich. Ins Bergglühen kam internationales Publikum. Ich mochte das sehr. Wenn ich schon nicht in die Welt hinaus kam, kam die Welt wenigstens zu mir.

»Die meisten sind Deutsche, ja. Wir haben aber auch Gäste aus Amerika oder Fernost. Meistens Manager mit Burn-out. Siehst du dort hinten?« Sie zeigte zu meiner Rechten in den Eichenwald, auf dessen Zweigen Schneereste lagen. »Da liegt unsere Finca samt Nebengebäuden.«

Sie bog von der Hauptstraße auf einen Schotterweg ein, die Häuser gerieten nun besser in Sicht. An der zweigeschossigen Finca aus Naturstein rankten Klematis empor, die im Sommer sicher bezaubernd blühten. Ein Balkon überdachte die Terrasse. Das abfallende Ziegeldach zeichnete sich blassrot vorm grauen Himmel ab. Rechts neben dem Hauptgebäude lagen zwei weitere schmalere Fincas hintereinander.

Wir befuhren einen Parkplatz, den eine niedrige Mauer von dem ganzen Ensemble trennte. Kurz darauf durchschritten wir mit meinem Gepäck das eingelassene Tor und überquerten einen Patio, in dessen Mitte ein abgedeckter Pool lag; rechts davon eine Gruppe Terrassenmöbel. Ich stellte mir vor, wie sich hier im Sommer die Sonne im Wasser brach. Wie hübsch wäre das, hier zu liegen und ein Buch zu lesen, dabei gemütlich einen Cocktail zu schlürfen. Ach so, nein, keinen Cocktail.

Um diese Jahreszeit sah der Pool nicht so verlockend aus. Auf der Abdeckung und zwischen den Terrassenmöbeln sammelten sich Blätter und Tannennadeln.

»Der Hausmeister könnte auch mal wieder fegen«, scherzte ich. Im Hotel hätte ich sofort Erika informiert.

Lydia lächelte mir über ihre Schulter hinweg zu. »Unser Enrico hat so viel anderes zu tun, und er kommt auch nicht jeden Tag. Patrick – unser anderer Gast – ist heute noch nicht dazu gekommen. Wenn du magst, kannst du ihm ja später dabei helfen.«

Ich lachte über ihren Scherz und folgte ihr weiter auf dem Weg an der Hauptfinca vorbei.

Auf dem Pfad begegnete uns ein junger Typ im Sportdress. Die Baseballkappe trug er verkehrt herum auf dem Kopf. Er musterte mich aus blauen Augen und streckte mir die Hand hin. »Ich bin Malte, dein Sportcoach. Du dürftest Carola sein, richtig?«

Ich nickte, und schon verabschiedete er sich mit einem »Wir sehen uns morgen« von uns.

Mein Zimmer lag im vorderen Nebengebäude im Erdgeschoss. Ein Himmelbett mit türkisfarbenem Volant dominierte den Raum, dessen Wände weiß gekalkt waren. Den Fußboden bedeckten sandfarbene Fliesen und zwei passend gemusterte Teppiche. Es gab einen Schrank aus dunklem Holz und eine Kommode, auf der ein Festnetzapparat stand. Waschbecken und Duschkabine waren in den Raum integriert, nur die Toilette lag separat. Unter dem Fenster war ein Heizkörper befestigt, der eine angenehme Wärme verbreitete. Vor einer Glasfront befand sich eine von einer Hecke umrahmte Terrasse mit Liegestuhl.

Ich stellte meinen Koffer in der Ecke ab und legte die Handtasche auf einen Stuhl. »Wie schön das hier ist.« Andächtig setzte ich mich aufs Bett, wippte auf und ab. »Ich habe das Gefühl, hier werde ich sehr gut schlafen.«

Lydia lächelte. »Magst du dich erst mal ausruhen, oder soll ich dir gleich den Rest zeigen?«

»Gern gleich auch den Rest.«

Über einen Weg zwischen den beiden Nebengebäuden gelangte man zum Eingang der Hauptfinca. Lydia führte mich in eine großzügige Diele, in der eine Stehlampe sanftes Licht verbreitete. Auf einem Beistelltisch fanden ein Blumengesteck und ein Prospektständer Platz. Es roch nach Zimt und Limone, eine interessante Mischung. Lydia führte mich weiter in ein Wohnzimmer mit Kamin und gemütlichem Sofa mit Samtbezug und bunten Kissen. Von der Couch aus konnte man durch die doppelflügelige Terrassentür nach draußen zum Pool sehen. Acht mit Ziegenfell bezogene Stühle waren um einen Holztisch mit zerfurchter Tischplatte gruppiert. Auf dem Boden lagen weitere Felle. In einer Schale aus Olivenholz lagerten Bananen, Birnen und Orangen. Daneben fanden sich eine Karaffe Wasser und Gläser sowie kleine Obstteller mit Messern. Auf einer hölzernen Truhe stand ein Adventskranz – das einzige weihnachtliche Detail im Raum.

Aus der Ferne vernahm ich ein Blöken.

»Ihr haltet Tiere?«

Lydia nickte. »Ziegen, Hühner und auch zwei Hängebauchschweine, die unsere Küchenabfälle verwerten.«

»Auf der Internetseite war auch von Pferden die Rede«, sagte ich. »Haltet ihr die auch hier?«

»Nein, wir arbeiten mit einer Reittherapeutin zusammen. Die Termine bei ihr finden meistens donnerstags statt.«

In einer knappen Woche also.

»Wie verbringt man hier denn eigentlich die Abende?«, erkundigte ich mich nun. Dass es keinen Fernseher und nur spärliches Internet gab, bereitete mir etwas Sorgen. »Es wird ja schon früh dunkel.«

»Jeder wie er möchte. Ihr könnt es euch in euren Zimmern oder hier vorm Kamin gemütlich machen. Ihr könnt lesen, manche Gäste machen auch ein Spiel zusammen … je nach Bedürfnis.« Nun lud sie mich an den Tisch ein. »Möchtest du ein Wasser oder lieber einen Tee? Und bedien dich gern am Obst.«

Dankend nahm ich mir eine Orange. »Ein Glas Wasser wäre prima.«

Während ich die Apfelsine schälte, goss Lydia uns ein und zog eine Mappe vom Sideboard. Auf dem Deckblatt stand mein Name.

Ich schob mir ein Stück von der Frucht in den Mund und verzog genüsslich das Gesicht.

»Lecker, stimmt's?«, fragte Lydia.

Ich murmelte eine Bestätigung. »So süß und saftig.« Schnell wischte ich mir mit einer Serviette übers Kinn.

Lydia reichte mir aus der Mappe ein Blatt Papier. »Hier wäre der Ablaufplan für deine erste Woche. Wir gehen alles in Ruhe durch. Wenn du Fragen hast, frag.«

Ich überflog die Zeilen. Die Tage begannen mit einer

halben Stunde Yoga. Anschließend gab es Frühstück. Um 10.30 Uhr stand Coaching mit Lydia oder Sport auf dem Stundenplan. Nach dem Mittagessen war eine zweistündige Siesta angesagt, in dieser Zeit hatte man auch Gelegenheit für Massagen. Um 15 Uhr war wieder eine Therapiesitzung oder Sport an der Reihe. Um 19 Uhr gab es Abendessen. *Hilfsarbeiten in Haus und Hof sowie Freizeit nach Absprache.*

Ich steckte mir ein weiteres Stück Orange in den Mund und kaute schnell.

»Hast du Fragen?«, wollte Lydia wissen.

Verlegen tippte ich auf den Zettel. »Nur zur Sicherheit: Die Gäste sind bei der Hausarbeit involviert, oder wie ist das gemeint?«

»Vielleicht hört sich das für dich seltsam an, wo du ja aus der Hotellerie stammst. Aber unsere Gäste sind meist sogar dankbar, mit anpacken zu dürfen. Bloß unsere Rita in der Küche führt ihr ganz eigenes Regiment, sie lässt sich nicht gern helfen. Aber du wirst schon etwas finden. Schau, was dir guttut.«

Schlafen würde mir guttun, dachte ich. Immerhin litt ich unter Erschöpfung.

»Und noch etwas«, fuhr Lydia fort. »Jeder hier hat mit seinen ganz eigenen Sachverhalten zu kämpfen, für die er oder sie Zeit braucht. Ich gehe da in den Coachings sehr behutsam vor, und es wäre kontraproduktiv, wenn ihr untereinander schon erste Analysen durchführt.« Sie zwinkerte wohlwollend. »Die meisten verspüren das Bedürfnis, sich auf die Schwierigkeiten der anderen zu stürzen, weil sie zu denen einen größeren Abstand haben als zu den eigenen. Daher bitte ich dich sehr darum, Patrick – du wirst ihn gleich kennenlernen – möglichst keine Fragen zu stellen. Wenn er von sich aus etwas erzählt, ist das etwas anderes.

Aber bitte nimm es nur wertfrei zur Kenntnis – dasselbe gilt natürlich auch umgekehrt.«

Ihre Ansage erleichterte mich. Keine Fragen gestellt zu bekommen, kam mir entgegen.

»Ihr seid in diesen Tagen hier nur zu zweit, daher wirkt meine nächste Bitte vielleicht etwas weit hergeholt, aber ich sage es zu allen Teilnehmenden – ihr solltet euch emotional besser nicht aufeinander einlassen.«

»Wie meinst du das? Im Sinne von verlieben?«

»Verlieben oder körperliche Nähe – von beidem rate ich euch dringend ab, da es euch von euren eigenen Themen wegbringen würde.«

Ich schnaubte. »Ich habe keineswegs vor, mich hier in jemanden zu vergucken.«

Lydia lächelte. »Noch hast du Patrick ja auch nicht kennengelernt.«

Aus der Diele drangen Stimmen zu uns. Ein Mann und eine Frau. Der Herr klang jung, mein Alter vielleicht. Aus einem unerfindlichen Grund hatte ich bei diesem Patrick mit einem Mann um die sechzig gerechnet.

Im selben Augenblick betraten eine in weiß gekleidete Mittzwanzigerin – wahrscheinlich die Masseurin – und ein dunkelhaariger Typ, dessen Aussehen mich an eine jüngere Version des Schauspielers Charly Hübner erinnerte, den Wohn- und Essbereich. Er trug eine graue Jogginghose und ein Langarmshirt. Auf seiner Wange zeichnete sich das Muster eines Handtuchs ab. Seine nackten Füße steckten in schwarzen Adiletten. Im Hotel machten wir uns manchmal einen Spaß daraus, Berufe zu raten. Wenn man jemanden in Freizeitklamotten vor sich hatte, konnte man oft nur schwer einschätzen, womit derjenige sein Geld verdiente. In Bade-latschen und Frotteemantel ließ sich der Fliesenleger eben nicht mehr vom Direktor unterscheiden. Es sei denn, die

Herrschaften behielten ihre teure Uhr am Handgelenk. Mein Gegenüber trug keine. Zeit spielte hier ja auch eine untergeordnete Rolle.

Der hat irgendeinen Laden, dachte ich spontan. Für Autozubehör. Oder er verkauft Motorräder. Jedenfalls etwas mit Kraftfahrzeugen. Wieso ich mir da so sicher war, konnte ich auch nicht sagen.

Sein Blick glitt an meinem Glockenkleid entlang. Es war kein Dirndl, aber es hatte einen ausgestellten Rock. »Patrick«, stellte er sich vor und gab mir die Hand.

Vermutlich machten wir nun beide ein gleichermaßen verdutztes Gesicht, denn auf seiner Nase klebten ganz ähnliche Klammerpflaster wie auf meiner Augenbraue.

»Ich bin Caro-« Carola wollte ich eigentlich sagen. Aber ich verschluckte mich an einer Orangenfaser.

»Freut mich, Caro.«

Während ich vor mich hin hustete, wandte er sich Lydia zu. »Dank dir übrigens für heute früh. Das mit dem Sack werde ich öfter tun. Und entschuldige noch mal für –« Er hob beide Hände.

»Mach dir doch bitte keine Gedanken.« Lydia lächelte warmherzig. »Dafür sind wir hier.«

Die junge Frau stellte sich mir als Julia vor. Sie war die Yogalehrerin und gleichzeitig Masseurin des Hauses. Im nahegelegenen Dorf betrieb sie ein kleines Studio, doch wenn dort nicht viel los war, so wie jetzt im Winter, war sie öfter hier. Während sie sprach, löste sie mit flinken Handgriffen ihren Pferdeschwanz und steckte sich die Haare hoch.

»Eine Massage in den nächsten Tagen wäre toll«, erwiderte ich.

»Morgen nach dem Mittagessen?«, schlug sie vor.

Ich nickte, und Patrick zeigte mit dem Daumen durch die

Terrassenfenster. »Ich mach mich kurz frisch, danach würd ich mal eine Runde fegen?«

»Wann immer du magst«, entgegnete Lydia.

Nachdem Patrick und Julia gegangen waren, lächelte die Heilpraktikerin mir erneut zu. »Damit hättest du schon mal einen guten Teil der anderen lieben Menschen hier kennengelernt. Jetzt fehlen nur noch Rita, unsere Köchin, und Enrico, der für alles Handwerkliche verantwortlich ist.«

Sie erklärte mir, dass alle Speisen frisch zubereitet wurden und Rita die Zutaten auch selbst einkaufte. Ich könne sie gern jederzeit begleiten, um mich im Dorf oder auf dem Markt umzusehen.

Ich fragte mich, welche Berührungspunkte dieser Patrick und ich hier haben würden. Beschränkte sich unser Kontakt aufs gemeinsame Essen? Ich musste zugeben, dass ich neugierig auf ihn war. Warum war er hier? Ausgebrannt sah er eigentlich nicht aus. Und so wie Lydia am Telefon gesagt hatte, war er auch nicht zum Alkoholentzug hier.

»Was hältst du von einer Führung, damit du dich zurechtfindest?«, bot Lydia an. »Ich bin gleich noch in einem Onlinecoaching, den Rest besprechen wir dann später.«

Kurz darauf stapften wir über zerfurchten Untergrund zu einem Tiergehege. Zwischen den Ziegen wälzten sich zwei Hängebauchschweine in der feuchten Erde. Dahinter, getrennt durch einen Zaun, gab es noch ein Hühnerhaus. Ein Hahn stakste erhobenen Kopfes zwischen den Hennen herum, die gurrend Körner vom Boden aufpickten. Von dort führte ein Pfad zum Steineichenwald. Wir umrundeten die Finca von der Rückseite. Lydia zeigte mir den Hintereingang zur Küche; hier stellte die Köchin für gewöhnlich die Küchenabfälle für die Schweine ab, die der Hausmeister dann an die Tiere verteilte.

Ein Stück weiter hinten lag ein drittes Haus verborgen.

Ein kleiner Bungalow. »Hier ist mein Reich«, erklärte Lydia. »Über das Haustelefon in deinem Zimmer kannst du mich jederzeit erreichen, falls es dir nicht gut geht. Tag und Nacht. Ich bin in drei Minuten bei dir.«

»Warum sollte es mir nicht gutgehen?«, fragte ich. »Jetzt, wo die Arbeit weg ist, ist alles perfekt.«

Sie lächelte wissend. »Für externe Anrufe schalte ich dir das Telefon gern frei. Falls du telefonieren möchtest, sagst du mir einfach vorher Bescheid. Wie schon erwähnt, wäre es gut, du würdest das beschränken.«

Ich nickte dankbar. »Organisierst du das alles hier allein?«

»Wenn ich nur zwei Gäste habe, ja. Ansonsten unterstützt mich Julia.«

Nun passierten wir einen Schuppen, dessen Tür mit einem Holzriegel verschlossen war, und gelangten schließlich zum zweiten Nebengebäude, das hinter meinem lag. Oben waren ein Fitness- sowie der Massageraum untergebracht. Der Yogaraum und das Therapiezimmer befanden sich im obersten Stockwerk des Haupthauses.

Auf unserem Rückweg trafen wir Patrick im Patio an. Er war gerade dabei, die Blätter und Schneereste mit einem Besen von der Poolabdeckung zu kleinen Hügeln aufzuhäufen. Jetzt trug er Sneakers und eine Jeans. Ein Langarmshirt baumelte locker um seine Hüften, eine Jacke trug er nicht. Wenn er sich langstreckte, um an die Zweige in der Mitte der Abdeckplane zu gelangen, rutschte das Shirt hoch und legte ein Stück seines behaarten Bauchs frei.

Lydia verabschiedete sich von uns, versprach, später wieder nach mir zu sehen.

Patrick hielt mit dem Fegen inne. »Na, wie gefällt es dir hier in der Einöde, Caro?«

»Ehrlich gesagt bin ich noch gar nicht so richtig angekommen. Das Ganze hier war eine ziemlich spontane Aktion. Ich muss erst einmal realisieren, dass ich auf Mallorca bin.«

»Ging mir in den ersten Tagen genauso. Aber man lebt sich schnell ein.«

»Wie lange bist du denn schon hier?«

»Eine knappe Woche. Ich bleibe noch bis zum Neunundzwanzigsten, wenn sie hier sowieso dichtmachen, und hoffe, dass ich mich danach wie neugeboren fühle.«

Ohne es zu wollen, gähnte ich.

»Müde?«

»Ich schlafe sehr schlecht«, gestand ich. »Und letzte Nacht war es noch schlimmer als sonst.«

»Bald schläfst du wie ein Baby. Sobald das anfängliche Gedankenkarussell aufhört, kommt man zur Ruhe.«

»Das lässt mich hoffen.«

»Du kommst wohl aus Bayern?«, fragte er nun.

»Das hört man, gäh?« Ich lachte. Dabei bemühte ich mich doch immer so sehr.

Verlegen schauten wir uns an. »Ich glaube, jetzt packe ich erst einmal aus.«

Patrick griff wieder zum Besen. »Genau, Caro, komm erst mal an. Ich mach hier mal weiter.«

In meinem Zimmer ließ ich mich rücklings aufs Bett fallen und starrte in den türkisfarbenen Stoffhimmel über mir.

So nette Leute hier. Niemand stellte Forderungen. Keiner hegte Erwartungen an mich. Und das mit dem Helfen – vielleicht würde mir das ja tatsächlich guttun. Ansonsten konnte ich hier einfach schlafen, schlafen, schlafen. Jetzt zum Beispiel. Wie lange war es her, dass ich ein Mittagsschläfchen gehalten hatte? Ewig. Ich schloss die Augen und atmete tief ein und aus, wartete. Legte mich auf die Seite, stopfte mir das Kissen unter den Kopf, bauschte es auf, drückte es flach. Doch nichts. Ich nahm den Roman aus dem Koffer, den ich mir am Flughafen gekauft hatte. Aber ich konnte mich auf keine Zeile konzentrieren.

Noch drei Stunden bis zum Abendessen. Bekam ich eigentlich gar nichts hin? Nun war ich hier in diesem entspannenden Ambiente, keinerlei Pflichten, die mich in Atem hielten, und ich kam dennoch nicht zur Ruhe.

Verdrossen zählte ich die Schlaufen des Stoffhimmels. Hier gab es nichts, was mich von meinem Elend ablenken konnte. Keine Arbeit, keinen Fernseher und kein Glas Wein. So ein kleines Schlückchen hätte mir jetzt wirklich gutgetan.

Es klopfte an der Zimmertür.

Schnell schluckte ich den Kloß im Hals hinunter, richtete den Zopf und öffnete. Es war Lydia.

»Wie geht es dir, meine Liebe? Hast du dich ein bisschen ausgeruht?«

»Mehr schlecht als recht.«

»Wenn du magst, setzen wir uns noch einen Augenblick zusammen. Was meinst du?«

»Gern.« Alles war besser, als hier die Zeit totzuschlagen.

Als wir einander in ihrem Therapiezimmer im ersten Stock der Hauptfinca gegenübersaßen, nahm Lydia den Ausdruck des Fragebogens, den ich vor meiner Abreise online ausgefüllt hatte, zur Hand. Die unterzeichnete Schweigepflichtsentbindung hatte ich Frau Doktor Beringer per E-Mail zukommen lassen und ihr angekündigt, dass die Therapeutin sich wahrscheinlich kurzfristig bei ihr melden würde. Ob sie das schon getan hatte?

»Wir besprechen heute nur ganz allgemein, was dich herbringt und welche Erwartungen du hast«, begann Lydia. »Du kannst alle Fragen stellen, die dir auf der Seele brennen.«

»Im Moment fallen mir gar keine ein«, gab ich zu.

»Dann fangen wir doch einfach an.« Sie legte den Kopf schräg. »Warum bist du hier, Carola?«

»Das hatte ich doch am Telefon gesagt? Meine Hausärztin hat mich krankgeschrieben und mir zu einer Kur geraten.«

»Warum denkt deine Hausärztin, dass du eine Kur nötig hast?«

Anscheinend hatte sie meine Ärztin doch noch nicht kontaktiert. Ich deutete auf meine geklammerte Augenbraue und auf meine Hand, auf der die Bläschen schon wieder zurückgingen. »Ich hatte mich verbrüht, und da –«

Verlegen suchte ich nach Worten. Deswegen brauchte man ja noch lange keine Kur. Die Sache würde bald verheilt sein. Hilflos hob ich die Schultern. »Sie fand, dass das passiert sein könnte, weil ich überarbeitet bin. Sie meinte, ich sollte wieder auf die Beine kommen. Mich erholen.«

»Da bist du hier auch genau richtig«, antwortete Lydia. »Schauen wir mal, was in dieser Erholungsphase alles an die Oberfläche gespült wird, das zu deiner Erschöpfung geführt hat.«

Was meinte sie denn mit »alles«? Ich räusperte mich. »Die Arbeit, wie schon gesagt.«

»Ist die Arbeit erst kürzlich zur Belastung geworden, oder ist das schon lange so?«

Ich zuckte die Schultern. »Früher war es auch viel, aber es ging mir leichter von der Hand. Vielleicht liegt es einfach daran, dass ich älter geworden bin?« Verlegen griff ich nach meinem Zopf. »Ein bisschen Erholung genügt mir voll und ganz. Ich bekomme das schon in den Griff. Da muss gar nichts an die Oberfläche gespült werden. Im Gegenteil.«

Lydia notierte etwas, dann schaute sie mich wieder an. »Warum hast du dir dann nicht einfach ein Hotel ausgesucht, sondern dich für eine Einrichtung mit therapeutischen Sitzungen entschieden?«

»Da ich aus der Hotellerie komme, hätte ich da nur alles mit einem kritischen Blick begutachtet und mich doch nicht so richtig erholt. Darum.«

»Du hast auch hier schon deine Beobachtungen gemacht, nicht wahr? Du hast bemerkt, dass unser Hausmeister nicht ordentlich gefegt hat.« Sie betrachtete mich ohne jede Ironie.

Unruhig rutschte ich auf meinem Stuhl hin und her.

»Du wolltest also deshalb in kein Hotel, verständlich. In dem Fall hättest du dich aber doch auch daheim ein paar Tage erholen können. Lange Wannenbäder, Spaziergänge im Schnee, Ausflüge … Und dennoch bist du hier.«

»Na ja, ich hätte gern ein paar Tipps, wie ich vielleicht zukünftig besser mit den beruflichen Herausforderungen umgehen könnte. Außerdem hätte ich mich allein zu Haus ziemlich einsam gefühlt.« Ich sah in die Luft. »Ich wollte gern, dass sich jemand um mich kümmert.«

»Das werden wir, versprochen.« Sie lächelte mir warmherzig zu. »Die Reise war sicher anstrengend. Am besten, du gehst heute Abend noch einmal in dich und fragst dich selbst, was du gerne bearbeiten würdest. Vielleicht bringst du ja doch noch andere Themen neben der vielen Arbeit mit. Einverstanden?«

Ratlos brummte ich eine Zustimmung. Ich war mir nicht sicher, worauf diese Frau hinauswollte. Aber vermutlich würde ich es noch herausfinden.

Zum Abendessen warteten Lydia und Patrick schon am langen Esstisch im Wohnzimmer auf mich.

Nun lernte ich auch Rita, die Köchin, kennen. Die rundliche, kleine Frau, die ich auf Mitte vierzig schätzte, war gerade im Begriff zu gehen. Ihr blondiertes Haar war im Nacken zusammengebunden. Sie schüttelte mir rasch die Hand und hieß mich willkommen. Dann war sie auch schon mit einem »Bis morgen!« aus der Tür.

Ich setzte mich zu den anderen an den liebevoll gedeckten Tisch. Es stand sogar eine Vase frischer Blumen in der Mitte, und in der mit Wasser gefüllten Karaffe schwammen Eiswürfel.

Mein Blick glitt über die Schalen und Schüsseln. Zu meiner Überraschung gab es Kartoffelauflauf, Koteletts und Salat. Hatte Rita mir wegen meiner bayerischen Herkunft etwa einen Gefallen tun wollen?

Lydia goss uns allen zu trinken ein, wir bedienten uns am Essen.

Ich nahm einen Bissen Fleisch und probierte auch den Auflauf. Beides war auf den Punkt und perfekt gewürzt. Rita hätte man sofort im Bergglühen einstellen können. Bloß hierher passte das Essen irgendwie nicht.

»Und?« Patrick säbelte ein Stück Fleisch vom Knochen. »Hast du deine Entscheidung herzukommen nach der ersten Sitzung auch schon bereut?«

Lydia zwinkerte mir zu.

»Aber nein, alles bestens«, beteuerte ich kauend. »Hierher zu kommen war die beste Entscheidung meines Lebens.« Ich setzte mein kundenerprobtes Strahlegesicht auf.

Die Heilpraktikerin schmunzelte. »Es wird hoffentlich der Tag kommen, an dem du das auch so meinst, Carola.«

Während des Essens lauschte ich der Unterhaltung der beiden. Patrick hatte vor, morgen und übermorgen den Lieferwagen für Ausflüge zu nutzen. Er wollte sich ein altes Kloster anschauen und ein paar Orte im Norden der Insel abklappern. Mir riet Lydia davon ab, sie meinte, es sei noch zu früh, mich der realen Welt zu stellen. Dabei leuchtete mir eigentlich gar nicht ein, weshalb mich eine Shoppingtour nach Palma überfordern sollte.

Nach dem Essen brachten wir das Geschirr in die makellos aufgeräumte Landhausküche. Wir verfrachteten unsere Teller in die Spülmaschine, die übriggebliebenen Speisen in den Kühlschrank und die Essensreste in den Schweineeimer. Angetan schaute ich mich um. Die weißen Küchenmöbel kamen inmitten der Natursteinwände und den Terracottafliesen hervorragend zur Geltung. An den Wänden hingen glänzende Messingpfannen, von einem Regal baumelten zerbeulte Schöpflöffel, Schneebesen und Pfannenwender. Eine ganze Batterie an angestoßenen Blechtöpfen stapelte sich auf einem Regal. Daneben waren ein Dutzend Salatschüsseln und Servierplatten aneinandergereiht. Die Edelstahl-Arbeitsplatte glänzte.

»Da ist aber jemand gründlich«, sagte ich anerkennend.

Lydia lachte. »Allerdings. Rita ist seit zwei Jahren bei uns, und sie war noch keinen Tag nachlässig. Ich habe ja schon erwähnt, dass sie sich in nichts hineinreden lässt.«

Ich nickte verstehend. »Darin unterscheidet sich wohl kein Koch vom anderen. Die wenigsten lassen sich gern etwas sagen. Ich kenne das bestens aus der Hotellerie.«

»Wer lässt sich auch schon gern in seinen Job hineinreden?«, brummte Patrick »Das wäre ja noch schöner.«

Er wünschte uns noch einen angenehmen Abend und verabschiedete sich.

Lydia und ich gingen zurück ins Wohnzimmer. Ich gähnte herzhaft. »Ich würde mich allmählich auch in mein Reich zurückziehen«, sagte ich. »Jetzt wird es hoffentlich klappen mit dem Schlaf.«

»Falls nicht, oder wenn du mich sonst irgendwie

brauchst, zögere nicht, dich zu melden, ich bin in einem Wimpernschlag bei dir.«

Das hatte sie mir ja bereits beim Rundgang am Nachmittag angeboten. Ich fand es nett, wie sehr sie sich verantwortlich fühlte. »Das wird nicht nötig sein«, versicherte ich abermals. »Ich wüsste gar nicht wieso.«

»Na dann«, antwortete sie.

Guter Dinge kehrte ich zurück auf mein Zimmer.

Vor dem Zubettgehen versorgte ich die Brandwunde, dann lag ich im Bett und wartete auf den Schlaf. Zählte die Falten am Stoffhimmel. Meine Augen brannten. Im Knie zuckte ein Muskel. Ein unruhiges Zittern nahm von mir Besitz. Ich schwitzte, dabei war es gar nicht warm. Verzagt dachte ich an den Auftrag von Lydia, mir über die Dinge Gedanken zu machen, die neben der Arbeit zu meiner Erschöpfung beigetragen haben könnten. Angenommen, sie hatte doch im Vorfeld mit meiner Hausärztin gesprochen. Was mochte Frau Doktor Beringer ihr erzählt haben? Sie wusste ja nicht einmal von den Ereignissen der letzten Tage.

Ach, ich wollte jetzt doch gar nicht an Annabell oder Melanie und schon gar nicht an Peter denken. Das war alles Schnee von gestern und hatte mit meiner momentanen Erschöpfung nichts zu tun. Viel eher wollte ich doch diese ganzen Dinge vergessen! Eine weitere Stunde verging, in der ich mich hin und her wälzte. Morgen musste ich fit sein. Beim Yoga vor dem Frühstück wollte ich unbedingt mitmachen. Hätte ich jetzt ein Glas Wein hier und für später eine Schlaftablette – alles wäre gut, dachte ich sehnsüchtig. Aber ich hatte natürlich keines von beidem dabei. Schließlich hielt ich es nicht mehr aus und wählte doch Lydias Anschluss.

Sie meldete sich nach dem ersten Klingeln. »Brauchst du Hilfe, Carola?«

»Ja bitte«, krächzte ich und legte auf.

Beschämt öffnete ich ihr die Tür. Die Heilpraktikerin trug einen Bademantel, in ihrer Hand entdeckte ich ein Tablettenblister. *Diazepam* las ich. Ein Beruhigungsmittel. Verschreibungspflichtig. Bestimmt hatte sie das mit Doktor Beringer abgesprochen. Aber wieso waren sie beide der Meinung gewesen, ich könnte das brauchen? Lydia drückte eine Tablette heraus, die ich mit einem Schluck Wasser hinunterspülte. Schon war sie wieder fort, und ich sank zurück in die Kissen.

Bald legte sich Gelassenheit auf meine zuckenden Nerven, und ich kam endlich zur Ruhe.

7

Vom Hühnerhof erklang das Krähen des Hahns. Für einen Augenblick überkamen mich Urlaubsgefühle, doch dann dachte ich an die heutige erste Therapiestunde. Ein flaues Gefühl nistete sich in meinem Bauch ein. Worüber würde Lydia mit mir sprechen wollen?

Ich hob die Beine aus dem Bett und duschte, reckte dabei vorsichtshalber noch weiter die Hand aus dem Wasserstrahl und verteilte anschließend das Brandgel darauf. Die zwei Klammerpflaster über meiner Augenbraue hielten weiterhin bombenfest. Ich hoffte, dass sich keine tiefe Narbe bilden würde.

Zum morgendlichen Yoga schlüpfte ich in die neue hellgraue Jogginghose und ein rosafarbenes Top. Ich föhnte mir das Haar und flocht mir den üblichen Zopf. Draußen war es frisch, es herrschten sicher nicht mehr als acht Grad. Eilig huschte ich im Haupthaus die Treppe hinauf in den ersten Stock, wo Julia bereits auf einem Meditationskissen sitzend wartete. Sie trug fließende Yogakleidung, um ihren Kopf war ein gebatiktes Tuch geschlungen, aus dem einzelne Strähnen ihrer blonden Haare ragten. Auf einem Tischchen stand ein Buddha, in dessen Schoß frische Rosenblüten lagerten. Daneben verbreitete ein Räucherstäbchen Zedernduft. Aus einem Lautsprecher schallte das leise Spiel einer Harfe.

Julia begrüßte mich flüsternd und wies auf die beiden Matten ihr gegenüber. Unter den Yogamatten lagen dickere Unterlagen aus Schafswolle. Seitlich fanden sich Meditationskissen.

Auf dem Weg zu meinem Lager spähte ich aus dem Fenster.

Ein Mann in Blaumann und Gummistiefeln tauchte am Tiergehege auf und öffnete das Gatter. In der einen Hand trug er den Schweineeimer, in der anderen einen weiteren Trog, aus dem Grünzeug und Karotten ragten. Augenblicklich umringten ihn Ziegen und Schweine. Der Mann kippte das Futter auf die Wiese, und die Tiere machten sich darüber her. Lachend rief er ein Kommando, hinderte mit dem Fuß einen Bock daran, einer Zicke eine Möhre zu stehlen.

Eben trat Lydia an den Zaun, sie sprach ihn an, die beiden amüsierten sich über etwas. Der Hausmeister steckte die Eimer ineinander und trat durchs Gatter zu ihr. Sie unterhielten sich einen Moment, er kratzte sich am Kopf. Bevor Lydia sich wieder abwandte, streichelte sie ihm über den Arm.

Gerade als sie aus meinem Blickwinkel geriet, wandte der Handwerker den Kopf zum Parkplatz, den ich von hier aus nicht sehen konnte. Ein Lächeln huschte über sein Gesicht.

Ich wandte mich ab und legte mich auf eine Matte, platzierte die Hände auf dem Bauch. An der Decke entdeckte ich Spinnweben. Wären wir im Hotel, hätte ich Erika informiert. Ich schloss die Augen und lauschte dem Harfenspiel.

Eine weitere Person trat ein. »Sorry, hat auf dem Markt

etwas länger gedauert«, flüsterte Patrick und legte sich neben mich. Er brachte einen Schwall kühler Luft mit sich. Ich öffnete ein Auge. Dass seine Arme tätowiert waren, sah ich zum ersten Mal. Und – peinlich berührt schloss ich das Auge wieder – offenbar trug er keinen Slip unter der Jogginghose.

Die Musik verklang, und Julia schlug einen Gong, dessen tiefer Klang den Raum erfüllte. Als er verstummt war, bat sie uns auf die Meditationskissen.

Wir begannen mit Atemübungen. Einatmen zum einen Nasenloch, ausatmen zum anderen. Dabei wurden abwechselnd die Nasenlöcher zugehalten. Anschließend ließen wir unsere Oberkörper im Atemrhythmus kreisen. Schließlich legten wir die Sitzkissen beiseite und nahmen verschiedene Asanas – so nannte man die Yogastellungen – ein. Patrick stöhnte und ächzte bei jeder neuen Anweisung. Es klang fast ein wenig obszön. Julia führte ihn und mich unbeeindruckt an und korrigierte unsere Haltungen. Schon lange hatte ich mich nicht so verbogen, doch ich musste zugeben, dass es mir trotz aller Anstrengung guttat. Beim abschließenden dreimaligen *Om* klang Patricks Stimme erstaunlich kraftvoll. Wir verabschiedeten uns mit einem Namaste und gingen schweigend zurück zu unseren Häusern, um uns fürs Frühstück umzuziehen.

Mein Kopf war angenehm leer. Doch das sollte sich bald ändern.

In der Finca duftete es nach frischem Kaffee. Der Tisch war mit buntem, handbemaltem Porzellan gedeckt. Das Feuer der Kerze auf dem Adventskranz, der heute in der Mitte stand, flackerte fröhlich.

Patrick saß bereits am Tisch. Er brummte ein zweites

»Guten Morgen«; dabei ließ er den Eierlöffel zwischen seinen Fingern nicht aus dem Blick. Der Eierbecher vor ihm war noch leer.

Zögernd setzte ich mich auf einen freien Stuhl und goss mir aus der Thermoskanne Kaffee ein.

»Meine Frau hat ihren Besuch angekündigt«, sagte Patrick in die Stille hinein.

Überrascht sah ich ihn an. »Ist denn Besuch erlaubt?«

»Nicht gleich am Anfang. Aber nach der Hälfte der Zeit ist das in Ordnung. Die Gäste übernachten nicht hier, sie nehmen sich ein Zimmer in der Nähe.«

Ich nickte nachdenklich. Mich würde hier sicher niemand besuchen.

Endlich legte er den Eierlöffel ab. »Eigentlich wollte sie sich von mir scheiden lassen. Aber jetzt, wo ich meine Baustellen angehe, zeigt sie sich gesprächsbereit.«

Seine Baustellen also. Wie lange er wohl schon verheiratet war? Hatten er und seine Frau Kinder? Doch wenn mir sonst diese Fragen wie ein Wasserfall über die Lippen gesprudelt wären, verkniff ich sie mir jetzt. Ich wollte auch gerade nichts gefragt werden.

»Wie ist das hier so – soll ich mal in der Küche fragen, ob ich helfen kann?«, wechselte ich das Thema.

»Geh da lieber nicht rein. An Rita ist ein Feldwebel verloren gegangen. Die weist dich sofort vom Platz.« Er zwinkerte. »Nur bei der Chefin macht sie eine Ausnahme.«

Als hätte er sie gerufen, trat die Therapeutin aus dem schmalen Flur, der zur Küche führte. Es war ihr nicht anzusehen, dass ich sie in der Nacht aus dem Schlaf gerissen hatte. In der einen Hand hielt sie eine Platte mit Wurst und Käse, in der anderen einen Brotkorb, darin lagen auch drei Eier. Schon stellte sie alles auf den Tisch.

»Im Ort haben wir eine deutsche Bäckerei«, erklärte sie

mit Blick auf die Backwaren. »Sie verkaufen außerdem unsere Eier. Mit den Inhabern kommt Rita gut klar.«

»Eure Frühstückseier sind allerdings auch köstlich.« Patrick nahm eines zur Hand, köpfte es mit einem geschickten Schlag.

»Übrigens«, Lydia sah mich an, »Rita macht dir auch gern einen Cappuccino.« Sie zeigte mit dem Kinn auf ihre Tasse mit Milchschaum. »Den stellt sie mir jeden Morgen bereit.«

Ich bedankte mich für das Angebot, doch ich trank meinen Kaffee seit jeher schwarz.

Als Lydia sich setzte, ließ das Sonnenlicht, das hinter ihr von der Terrassentür hereinfiel, ihr hennagefärbtes Haar schimmern wie einen Heiligenschein. Sympathische Lachfältchen umspielten ihre Augen. Während ich meine Semmel aufschnitt, betrachtete ich sie weiter verstohlen. Offensichtlich lebte sie allein hier oben in dem kleinen Bungalow. Hatte sie ihr Leben ganz den Klienten verschrieben? Ich beschloss, sie später danach zu fragen.

Doch als wir zu unserer ersten richtigen Sitzung im Therapiezimmer einander gegenübersaßen, schüttelte sie über meine Frage lächelnd den Kopf. »Wir wollen doch hier über dich sprechen und nicht über mich, Carola.«

»Ja, ja, ich weiß.« Nervös trommelte ich mit den Fingern auf meinem Oberschenkel. Um Zeit zu schinden, entschuldigte ich mich wegen der nächtlichen Störung. »Ich dachte wirklich, ich würde gut schlafen können. Aber dann wurde mir abwechselnd heiß und kalt, die Gedanken in meinem Kopf haben sich überschlagen ...«

»Das ist ganz normal. Nach fünf Tagen ist das Schlimmste für gewöhnlich überstanden. Du wirst sehen.«

Ich wollte ihre Erfahrung nicht anzweifeln, aber ... »Falls

ich danach trotzdem weiter Unterstützung bräuchte, könnte ich die Tabletten aber weiter nehmen?«

»Selbstverständlich. Wir kümmern uns um dich. Du sagtest ja gestern, dass du dir das wünschst. Wir richten uns nach deinen Bedürfnissen. Einverstanden?«

Ich nickte.

»Wir waren ja gestern außerdem so verblieben, dass du dir Gedanken darüber machst, welche Themen du gern mit mir bearbeiten würdest – neben den Tipps für den zukünftigen Umgang mit deiner vielen Arbeit. Kamen denn noch Dinge hoch, auf die du gern einen näheren Blick werfen würdest?«

»Nein, da ist mir nichts eingefallen.«

Sie lächelte abermals. »Ist es in Ordnung, wenn ich dir trotzdem ein paar Fragen stelle? Vieles schlummert im Unterbewussten und möchte erst geweckt werden.«

»Kommt darauf an, worum es geht.«

»Bleiben wir beim Thema Kümmern. Du sagtest, du würdest dich zu Hause einsam fühlen. Seit wann ist das so?«

Ich blickte zur Decke. »Seit mein Sohn ausgezogen ist, glaube ich.« Zwar hatte ich mich schon davor ziemlich verlassen gefühlt, doch diese Emotion wurde dadurch überlagert, dass ich Jakob versorgen musste.

Lydia machte sich eine Notiz, hakte kurz nach, wie lange das her war. »Wie ist es mit Freunden?«, fragte sie dann.

»Weil ich so viel arbeite, habe ich kaum Privatleben. Da werden Freunde rar.« Es gab eigentlich nur Maja. Und die war ja nun auch reichlich beschäftigt mit ihrer neuen Familie. Machte mir außerdem Vorwürfe, weil ich ab und zu ein Glas Wein trank.

»Angenommen, du hättest weniger Arbeit und mehr Zeit für dein Privatleben. Welche Freundschaften würdest du wieder aufleben lassen?«

Still betrachtete ich meine Hände. Nach der Trennung vom Hubert waren viele Verbindungen auseinandergebrochen. Man hatte meinem Ex-Mann die Treue gehalten, obwohl doch er es gewesen war, der mich mit einer guten Freundin betrogen hatte. Neue Kontakte konnte ich seither kaum knüpfen. Es war wie verhext, sobald ich jemandem nahekam, wandte derjenige sich auch schon ab. Mir blieb nur Maja, so sah es aus.

Ich wischte mir eine Träne aus dem Augenwinkel. Umriss Lydia die Situation. »Um dem Ganzen noch die Krone aufzusetzen, kritisieren mein Sohn und meine Freundin andauernd an mir herum.« Ich holte Luft. »Und meine Eltern – bevor du auch noch nach ihnen fragst – erwarten von mir, dass ich gute Laune verbreite.«

Lydia notierte, was ich gesagt hatte.

»Beginnen wir mit deiner Freundin und deinem Sohn«, sagte sie dann. »Möchtest du mir erzählen, was sie an dir kritisieren?«

Ich kämpfte mit mir. Sollte ich dieses Thema wirklich auf den Tisch bringen?

Abwartend neigte sie den Kopf zur Seite.

»Sie meinen, dass ich zu viel trinke.« Zur Verdeutlichung, wie absurd ich das fand, tippte ich mir an die Stirn. Auch wenn ich zugeben musste, dass mir die Situation, in der Jakob mich auf dem Sofa vorgefunden hatte, noch immer die Schamesröte ins Gesicht trieb.

»Sie kritisieren also nicht, dass du zu viel arbeitest?«

»Nein.«

»Wenn du einen Satz für deine Arbeit finden würdest, der mit ›Mein Job ist ...‹ beginnen würde. Wie würdest du den Satz spontan beenden?«

»Zermürbend«, antwortete ich, ohne zu zögern. »Egal, was ich mache, es ist nie genug. Und dauernd will jemand etwas von mir. Ich kann mich nicht auf eine Sache konzentrieren, weil ständig etwas anderes ansteht, das noch viel wichtiger ist. Und kaum habe ich damit angefangen, kommt schon das nächste. Und dann fragt mein Chef, ob ich der Sache nicht gewachsen wäre.«

»Fühlst du dich der Sache gewachsen?«

Meine Hände schwitzten, ich wischte sie am Rock ab. »Früher ja. Und grundsätzlich auch immer noch. Wenn ich mich ein bisschen erholen könnte, wäre alles wieder gut. Aber ich erledige eben einen Job für zwei oder vielleicht sogar drei Leute. Niemand weiß so gut Bescheid wie ich.« Ich breitete die Hände aus. »Und wir bekommen einfach kein Personal.«

»Aber jetzt bist du doch hier, da scheint es ja auch zu gehen.«

Ich presste die Lippen aufeinander. Davon, dass der Peter eingesprungen war, wollte ich jetzt gewiss nicht anfangen. Sonst würden wir vielleicht noch auf die Vergangenheit zu sprechen kommen, und das wollte ich bei Gott nicht. Ich war ja schon überarbeitet gewesen, *bevor* Annabell diese MeToo-Geschichte angestoßen hatte. Das alles tat hier gar nichts zur Sache.

»Wenn du benennen könntest, was von beiden dich mehr belastet – dein Privatleben oder dein Job – welches wäre das?«

Ein Hustenreiz kitzelte in meinem Hals. Ich räusperte mich. Lydia reichte mir ein Glas Wasser, und ich trank einen Schluck.

»Ich weiß es nicht«, krächzte ich endlich.

Mein Gegenüber strich sich eine hennarote Haarsträhne hinters Ohr. »Anders gefragt: Fühlst du dich auf der Arbeit ähnlich einsam wie zu Hause?«

»Eigentlich schon.«

»Und wo fühlst du dich sicherer?«

»Sicherer?«

Sie nickte.

»Hm.« Ich ließ meinen Zopf durch die Finger gleiten. »Das mag sich jetzt seltsam anhören, aber vermutlich auf der Arbeit.« Grübelnd sah ich sie an.

»Was denkst du – woran könnte das liegen?«

Ich lachte hilflos. »Wenn ich das wüsste!«

Lydia legte Stift und Block beiseite. »Am besten, du lässt das erst einmal sacken. Bei unserer nächsten Sitzung sagst du mir dann, was dir bis dahin durch den Kopf gegangen ist. Einverstanden?«

8

*Z*um Mittagessen gab es Grießsuppe. Lydia und Patrick schienen daran nichts seltsam zu finden. Allerdings waren wir auf Mallorca. Hätte man da nicht viel eher eine würzige Tomatensuppe erwartet?

Ich probierte einen Löffel davon und verzog angenehm überrascht den Mund. Die Suppe war vorzüglich. Cremig und mit genau dem richtigen Röstaroma. Die würde sich im Bergglühen gut machen. Mal sehen, was die nächsten Tage noch so auf den Tisch kommen würde. Hoffentlich ein paar landestypische Speisen.

Nach dem Mittagessen war ich mit Julia zur Massage verabredet. Der Raum für die Körperanwendungen befand sich in dem Nebengebäude hinter meinem. Auch hier gab es zwei Terrassen im unteren Stockwerk. Vielleicht lag dort Patricks Zimmer. Neben meinem wohnte er jedenfalls nicht.

Julia erwartete mich bereits. Der Massageraum war angenehm temperiert, es roch nach einem pudrigen Duft, der von Hölzern stammte, ganz ähnlich denen, wie wir sie im Bergglühen verwendeten. Herrje. Konnte ich die Arbeit denn nie mal vergessen?

Julia bat mich, es mir auf der Massagebank bequem zu machen. Währenddessen setzte sie einen CD-Player in Gang, aus dem dieselben Harfenlaute klangen, die sie schon am Morgen beim Yoga abgespielt hatte. Auf dem Bauch liegend reckte ich das Gesicht durch die am Kopfende angebrachte Öffnung. Die Arme legte ich entspannt neben mir ab.

Julia verteilte mit zarten Händen vorgewärmtes Öl auf meinem Rücken.

»Das tut gut«, murmelte ich mit geschlossenen Augen. »Ich weiß gar nicht, wie lange es her ist, dass ich massiert worden bin. Früher habe ich mir ab und zu eine Massage in unserem Hotel gegönnt, doch seitdem wir nahezu immer ausgebucht sind, ist das nicht mehr möglich.«

»Dann genieß es.« Julia knetete mit leichtem Druck die Muskulatur entlang meiner Wirbelsäule.

»Seit wann arbeitest du schon hier?«, fragte ich durch die Öffnung hindurch.

»Von Anfang an. Im Sommer waren es drei Jahre.«

»Und was kommen so für Leute her?«

Julias Hände widmeten sich einer Verspannung in meinem unteren Rücken. Der angenehme Schmerz ließ mich aufstöhnen.

»Ganz unterschiedlich. Manager, Selbstständige, Hausfrauen, auch Rentner. Aber jetzt schweigst du besser, hm? Du bist doch hier, um dich zu entspannen.«

Julias Hände kneteten meine Schulter und den Nacken, gekonnt spürte sie Verhärtungen auf und bearbeitete sie mit Nachdruck. Ihre Berührungen taten unendlich gut. Die Muskeln kribbelten angenehm, die Verspannungen lösten sich allmählich. Das hier würde ich öfter tun, nahm ich mir vor. Schließlich dämmerte ich sogar für einen Moment weg, bis Julia mich mit sanfter Stimme weckte. Die Musik war verklungen. Sachte zog sie ein warmes Tuch über meinen Körper. »Nimm dir die Zeit, die du brauchst. Du kannst gern noch einen Augenblick liegenbleiben.«

Sie verabschiedete sich nach draußen, die Tür ließ sie angelehnt.

Im selben Moment vernahm ich eine männliche Stimme. »Ich warte schon die ganze Zeit. Wir müssen dringend reden.«

Wenn ich mich recht erinnerte, war das die Stimme des jungen Sportcoachs. Der mit der umgedrehten Baseballkappe.

Julia zog die Tür hinter sich zu, allerdings hörte ich die beiden noch immer.

»Wir müssen ihr sagen, dass wir ab jetzt übernehmen«, meinte Malte.

»Nein. Gib ihr noch eine Chance. Das können wir ihr nicht antun.«

»Aber sie ist unfähig, siehst du das nicht? Sie bekommt es offenbar nicht auf die Reihe. Warum hört sie nicht auf uns? Man kann sie nicht weiter auf die Leute loslassen.«

»Leise!«, zischte Julia. Die Stimmen entfernten sich.

Grübelnd ging ich zurück auf mein Zimmer. Von wem war die Rede gewesen? Von Lydia etwa? Auf mich machte sie so einen kompetenten Eindruck. Ach, was ging es mich eigentlich an? Interessant fand ich nur, dass es in einer Kureinrichtung nicht anders zuging als in einem bayerischen Wellness-Hotel.

Nachdem ich geduscht hatte, beschloss ich, mir eine Beschäftigung zu suchen. Zwar hatte ich die Idee, hier mit anzupacken, gestern meilenweit von mir geschoben. Da hatte ich allerdings noch nicht gewusst, wie intensiv die Gespräche mit Lydia verlaufen würden. Vor dem nächsten graute mir ein wenig. Wie würde sie interpretieren, was ich gesagt hatte? Jedenfalls konnte ich meine Aussage, dass ich mich im Hotel sicherer fühlte als daheim, sacken lassen, so viel ich wollte. Es gab dafür keine Erklärung. Ich sehnte mich doch den ganzen Tag nach dem Feierabend!

Auf dem Weg zum Patio erblickte ich den Sportcoach mit Patrick am Tor. Sie trugen Joggingoutfits und dehnten sich in alle Richtungen. Maltes Baseballkappe war wieder nach hinten gerichtet. Der Trainer hielt sich mit einer Hand am Holz, umfasste seinen Fuß und drückte ihn gegen den Po, dann kam der andere an die Reihe. Patrick tat es ihm gleich. Die beiden Männer riefen mir einen Gruß zu und joggten los. Ich winkte und schnappte mir den Besen von der Hauswand, fegte ein paar Blätter unter den Korbstühlen hervor. Meiner Hand ging es immer besser. Unter den Blasen hatte sich neue Haut gebildet; die alte schälte sich allmählich ab. Es schmerzte nur noch wenig. Viel gab es ohnehin nicht zu tun, wahrscheinlich hatte Patrick hier schon herumgewerkelt.

Ein Sonnenstrahl stahl sich zwischen den Wolken hindurch. Ich ließ mich auf einem der Rattansessel nieder und reckte das Gesicht in die Sonne.

Ein Windstoß wehte die nächsten Blätter vom Steineichenwald heran. Ein Gutes hatte es: Hier blieb man rund um die Uhr beschäftigt.

Bald erhob ich mich wieder und schob den Besen über die Natursteinplatten, hob selbst die kleinsten Fitzelchen vom Boden auf, schippte alles in einen dafür vorgesehenen Eimer.

Als Malte und Patrick von ihrer Joggingrunde zurückkehrten, fegte ich noch immer. Patricks Gesicht war rot, in seinem Haaransatz sammelte sich Schweiß. Er betrat über die Terrasse das Haus. Malte blieb neben mir stehen.

»Na?«, fragte er, »wie wäre es? Bis zum Abendessen ist noch genügend Zeit für eine kleine Runde.«

»Joggen, ich?« Lachend legte ich mir die Hand auf die Brust.

»Welchen Sport treibst du normalerweise?«

»Gar keinen. Aber wenn es schon sein muss, dann am liebsten etwas, wobei ich mich auch ein wenig entspannen kann. Pilates vielleicht?«

»Du hattest ja heute schon Yoga und Massage, jetzt sollten wir etwas für Herz und Kreislauf tun. Was wäre dir lieber? Mountainbiken, Laufen oder Seilspringen?« Seine Miene war bierernst.

Patrick trat wieder aus der Finca, in jeder Hand ein großes Glas Wasser, in dem Zitronenscheiben schwammen. Eines reichte er Malte.

Ich knabberte noch immer an dessen Vorschlägen. Bei diesen Männern mochte Seilspringen kein Problem darstellen, bei einer Frau wie mir ... Nein, das war nicht mein Fall. »Dann vielleicht doch am ehesten Laufen?«

»Du wirst sehen, wie gut es dir tut. Es vertreibt die Grübeleien«, sagte Patrick.

Was wusste er denn von meinen Problemen? Skeptisch sah ich ihn an. »Du läufst bestimmt schon dein ganzes Leben.«

Er trank einen Schluck. »Im Gegenteil. Ich bin hier auch zum ersten Mal gejoggt. Und es tut mir echt gut.«

Der wollte mir doch einen Bären aufbinden. Seine Dehnübungen vorhin hatten perfekt ausgesehen.

»Wir starten mit einer kleinen Runde, in der wir abwechselnd Gehen und Laufen«, fiel Malte ein. »Sobald du aus der Puste gerätst, sagst du Bescheid«,

»Sie hat Angst, sich zu blamieren.« Patrick zwinkerte mir zu.

Fast hätte ich ihm die Zunge herausgestreckt.

»Na komm, gib dir einen Ruck«, forderte Malte erneut. Er leerte das Glas und klaubte eine Zitronenscheibe heraus, löste mit den Zähnen das Fruchtfleisch. »Ich bin gerade erst warm«, sagte er kauend. Demonstrativ hopste er auf und ab.

Ich zierte mich noch einen Augenblick, doch dann zuckte ich die Schultern. »Du wirst sehen, das wird die schlimmste Trainerstunde deines Lebens.«

Auf dem Weg zu meinem Zimmer schüttelte ich über mich selbst den Kopf. Ich und joggen. Sobald ich einen Schritt schneller lief, bekam ich Seitenstechen. Schon als Kind war das so. Dass ich Sportschuhe besaß, die ich hierher hatte mitnehmen können, war reiner Glücksfall. Wahrscheinlich waren sie irgendwo im Angebot gewesen, das Preisschild klebte noch an der Sohle. Ich zog eine Jogginghose und ein dünnes Shirt über, darüber meine Steppweste mit Kapuze.

»Ich werde innerhalb kürzester Zeit zusammenbrechen«, warnte ich Malte erneut, als ich zurückkehrte. »Und dann musst du einen Arzt rufen.«

Er wischte meinen Einwand beiseite. »Hier ist noch niemand zusammengebrochen. Was würdest du sagen, wenn ich dir verspreche, dass du es lieben wirst, wenn du wieder abfährst?«

»Ich würde sagen, dass du nicht mehr daneben liegen könntest.«

Der Sportler streckte mir die Hand hin. »Die Wette gilt.«

Ich schlug beherzt ein. Diese Wette war leicht zu gewinnen.

Zum Aufwärmen hopsten wir eine Weile auf der Stelle. Danach kamen Dehnübungen an die Reihe. Meine Oberschenkel und Waden meldeten bald, dass hier etwas nicht stimmte. Schon ging es los. Wir verfielen in einen leichten

Trab. Wie versprochen wechselte Malte zwischen Gehen und Laufen. Eines musste ich ihm lassen, er hatte mich gut im Blick. Wann immer ich an meine Grenzen geriet und sich Seitenstechen einstellte, legten wir eine ruhigere Gangart ein. Zwischendurch kippte ich einen Liter Wasser in mich hinein, den er in seinem Rucksack für mich bei sich trug. Der Sportcoach erteilte mir praktische Tipps, wie ich meinen Atem kontrollieren konnte. Bald geriet ich in einen aushaltbaren Rhythmus. Ich war so auf mich konzentriert, dass ich von der Umgebung nicht viel mitbekam. Wir joggten einen Wirtschaftsweg entlang, überquerten einmal die Hauptstraße, auf der uns eine Vierertruppe Mountainbike-Fahrer entgegenkam. Soweit ich das sah, benutzte keiner der durchtrainierten Männer ein E-Bike.

Zurück bei der Finca, riss ich mir die Steppweste vom überhitzten Körper und sank auf einen der Liegestühle auf der Terrasse. Schwer atmend stierte ich in den Himmel. Wahnsinn. Ich war gejoggt!

Malte beugte sich zu mir hinunter. »Und?«, fragte er. »Das war doch jetzt halb so wild?«

Ich wischte mir den Schweiß von der Stirn. Zum Sprechen war ich nicht in der Lage. Mein Kopf war wie leergefegt.

Jetzt ein kaltes Bier, dachte ich sehnsüchtig. Ein Kristallweizen. Ich würde es in einem Zug hinunterstürzen. Oder ich wäre gern in den abgedeckten Pool gesprungen und hätte mich wie ein Stein zu Boden sinken lassen.

»Ich glaub, du brauchst ein bisschen Zucker.« Malte ging ins Haus, kehrte mit einem Glas Mangosaftschorle für mich zurück. Gierig streckte ich die Hände danach aus.

»Wie weit sind wir denn jetzt eigentlich gelaufen?«, fragte ich den Coach, nachdem ich einen riesigen Schluck genommen hatte.

Er schaute auf seine Sportuhr. »Knapp unter zwei Kilometer.«

»Nicht mehr?« Es hatte sich angefühlt wie zehn!

»Denk an unsere Wette«, sagte er, »das wird schon. Du musst nur dranbleiben. Sobald der schlimmste Muskelkater vorbei ist, meldest du dich bei mir, einverstanden?«

Ich wiegte den Kopf.

Als er sich zu seinem Auto verabschiedete, sah ich ihm hinterher und war doch ein kleines bisschen zufrieden.

Nach dem Abendessen – es gab Backfisch mit Kartoffelsalat, doch ich verlor kein Wort darüber – zog ich mich auf mein Zimmer zurück. Todmüde sank ich aufs Bett und streckte alle Viere von mir. Was für ein Tag. Dank des Joggingausflugs war von Julias entspannender Massage nichts mehr zu spüren. Stattdessen schien mir jeder einzelne Muskel mitteilen zu wollen, dass er nicht erfreut über diese ungewohnte Anstrengung war. Und doch fühlte ich etwas anderes, das ich lange nicht gespürt hatte: Ich war am Leben.

Am Baldachin des Himmelbetts krabbelte ein Weberknecht über die Stoffbahnen, verschwand in einer Falte, tauchte wieder auf. Meine Gedanken schweiften in die Heimat. Wie Peter wohl klarkam? Angstvoll dachte ich an meine Rückkehr. Zu einer anderen Zeit hätte ich bestimmt die Engelskarten befragt, was die Zukunft für mich bereithielt, doch ich hatte das Kartenset ja nicht einmal eingepackt. Im Gegensatz zu Melanies Brief, den ich vor einer Woche rasch in meiner Handtasche verstaut hatte, um ihn vor Jakobs Blicken zu verbergen.

Nach dem frühen Aufstehen und den Aktivitäten heute hätte ich eigentlich müde sein müssen, doch ich fand mal wieder nicht in den Schlaf. Auch mein Versuch, den Roman weiterzulesen, scheiterte kläglich. Abermals konnte ich mich auf keine Zeile konzentrieren.

Wieso hatte Lydia mir nicht einfach ein Tablettenblister mit den Beruhigungspillen überlassen? Dann würde ich sie jetzt nicht behelligen müssen.

Ich schälte mich aus dem Bett und duschte mir die Füße warm ab, vielleicht würde das helfen. Aber es tat sich nichts.

Schließlich wählte ich doch Lydias Nummer.

Wieder war sie in kürzester Zeit bei mir. Sie übergab mir eine Tablette und tätschelte meinen Arm. »Lass die Gedanken zu, Carola. Es dauert einen Augenblick, bis Licht ins Dunkel kommt. Am Ende deines Aufenthalts wirst du klarer sehen. Versprochen.«

Fast hätte ich sie gefragt, ob sie wie Malte auch eine Wette mit mir abschließen wollte.

9

A m anderen Tag, einem Sonntag, stand kein
Programm für mich auf dem Plan, doch ich wäre
ohnehin viel zu erledigt gewesen, um irgendetwas
zu unternehmen. Und so fand ich mich nur zu den Mahlzeiten in der Finca ein. Rita arbeitete heute nicht, aber sie
hatte ihre übliche deutsche Hausmannskost für uns vorbereitet. Die übrigen Stunden verbrachte ich dösend und
lesend auf meinem Zimmer.

Als es auf die Nacht zuging, warf ich mich wieder von
einer Seite auf die andere. Was hatte Lydia noch gesagt –
nach fünf Tagen würde es besser werden? Ihre Zuversicht
teilte ich nicht. Es gab Menschen, die schliefen ihr ganzes
Leben lang schlecht. Was, wenn ich zu denen gehörte? Ich
zählte von hundert rückwärts, und als alles nichts half, bat
ich die Therapeutin doch wieder darum, mir zu helfen.

Einen Erfolg gab es immerhin zu verzeichnen: Nachdem
ich eingeschlafen war, schlief ich auch durch.

Am darauffolgenden Morgen meldeten meine Muskeln

augenblicklich, dass es ihnen heute keinen Deut besser ging. Im Gegenteil. Joggen stand an diesem Tag außer Frage. Maltes Prognose würde sich niemals erfüllen. Nach einer heißen Dusche, die meine Muskulatur etwas entspannte, begab ich mich zum Yoga. Fröstelnd huschte ich die Treppe hinauf.

Heute war ich mit der Yogalehrerin allein. Auf Nachfrage erklärte sie mir, dass dieser Kurs ja nur ein freiwilliges Angebot war. »Alles kann, nichts muss«, sagte sie und fragte mich im nächsten Atemzug: »Hast du Lust auf eine Meditation?«

Ich war ihr so dankbar für ihren Vorschlag. Die Asanas hätte ich heute nicht besonders gut halten können. Bald lullte ihre sanfte Stimme, mit der sie eine Reise durch die Natur beschrieb, mich so sehr ein, dass ich ein paar Mal im Sitzen wegdöste. Der Gong der Klangschale holte mich zurück.

Als ich mir die Augen rieb und unverhohlen gähnte, riet Julia mir, diese Übungen für mich allein zu praktizieren, wenn ich mal nicht gut einschlafen könnte. Ich versprach, es auszuprobieren.

Im Esszimmer saß Patrick bereits am Tisch. Er schraubte gerade einen der Salzstreuer zu, die wir für unsere Frühstückseier verwendeten, und stellte ihn in die Tischmitte. Meinen Gruß erwiderte er mit einem Brummen. Er warf mir einen verschlossenen Blick zu, den man gerade noch als höflich einstufen konnte.

Ich goss mir eine Tasse Kaffee ein und süffelte den ersten Schluck des starken Gebräus, lauschte dem Geklapper der Köchin in der Küche.

»Die Eier kommen gleich!«, rief sie.

Auf dem leeren Platz mir gegenüber lag bereits Lydias

Serviette auseinandergefaltet auf dem Teller, in der Tasse dampfte ihr Cappuccino. Backwaren, Wurst und Käse standen auch schon auf dem Tisch bereit.

Schon trat Lydia aus der Diele zu uns. »Entschuldigt, ich musste nur schnell unserem Hausmeister ein paar Aufträge zurufen.« Sie setzte sich und platzierte die Serviette auf ihrem Schoß. Dann griff sie zu ihrer Tasse und nippte an dem Cappuccino, spuckte das Gebräu jedoch augenblicklich zurück in die Tasse. Verblüfft sah ich sie an. Mit angewidertem Gesichtsausdruck trank Lydia einen Schluck Wasser.

Sie schüttelte sich und sah fragend von mir zu Patrick. »Der ist ja total versalzen.«

»Versalzen?« Mein Blick ging zum Salzstreuer. Angesichts Patricks Pokerface blieb mir die Spucke weg.

»Bei mir ist alles okay«, sagte er.

»Und bei dir?« Lydia betrachtete mich prüfend.

Ich nippte an meiner Tasse, dabei hatte ich ja schon einen Schluck genommen. »Mein Kaffee schmeckt.«

Zur Küche gewandt rief Lydia: »Rita? Hast du dir einen Scherz mit mir erlaubt?«

Die Köchin lugte zu uns herein. »Was meinst du?«

Lydia deutete auf ihre Tasse. »Der ist ganz und gar versalzen.« Schon übergab sie ihr den Kaffeebecher.

Rita guckte ungläubig hinein. Schnupperte daran und kratzte sich am Kopf. »Ich glaube allmählich, dass es hier spukt.« Kopfschüttelnd stellte sie Patrick und mir dieselben Fragen wie Lydia zuvor, doch da wir auch nichts Erhellendes beitragen konnten, wandte sie sich ab, lieferte ihrer Chefin kurz darauf eine neue Tasse mit frischem Milchschaum.

Mein Blick ging zu meinem Sitznachbarn. Welcher erwachsene Mann kippte seiner Therapeutin Salz in den

Kaffee? Doch Patrick ließ sich weiterhin nichts anmerken, er schnitt in Seelenruhe seine Semmel auf.

Mein Augenlid zuckte.

Rita brachte uns gekochte Eier und verschwand wieder in der Küche. Für sie war das Thema offenbar erledigt.

Auch die Therapeutin ging zur Tagesordnung über. »Heute Nachmittag kommt übrigens unser Künstler ins Haus, Carola.« Sie schnitt ein Croissant auf, ich tat es ihr gleich. »Die Arbeit mit ihm bringt ganz wunderbare Ergebnisse zutage. Du hast Glück, er ist nur noch diese Woche hier, danach hat er Urlaub.«

»Ein Künstler?« Ich schmierte Butter auf mein Hörnchen. »Ich kann leider überhaupt nicht malen.«

»Danach fragt keiner«, antwortete Patrick kauend. »Klecks einfach ein bisschen rum, und er wird dich in den höchsten Tönen loben. Du wirst das Gefühl haben, eine begnadete Malerin zu sein.«

»Hattest du schon eine Stunde bei ihm?«

»Ja, letzte Woche.«

»Und hat es dich irgendwie ... weitergebracht?«

Er grinste vielsagend. »Alles hier bringt mich weiter. Hier kann ich endlich mal so richtig die Sau rauslassen, ohne dass sich wer dran stört. Stimmt's Lydia?«

Fragend sah ich von einem zum anderen.

»Anger Management«, klärte er mich auf.

»Aggressionstherapie«, übersetzte Lydia. »Die Wut in der Kunst auszudrücken, hilft dabei, sie in etwas Positives umzuwandeln.«

»Ja, wahnsinnig positiv«, bemerkte Patrick. Er zwinkerte mir zu.

Verstohlen fasste ich die Klammerpflaster auf seiner Nase ins Auge. Wahrscheinlich hatte er sich geprügelt. War es womöglich auch seinen unterdrückten Aggressionen zuzuschreiben, dass er Lydia Salz in den Kaffee gekippt hatte? Wer sonst hätte es gewesen sein sollen?

»Jedenfalls hat Armin immer ein anderes Thema für euch parat. Letzte Woche habt ihr getöpfert, richtig?«, wandte Lydia sich an ihn.

Patrick grinste. »Hm hm. Das war sehr … sinnlich. Gibst du mir mal bitte die Butter?«, bat er mich.

Ich reichte sie ihm und fragte mich, was er fabriziert haben mochte. Bestimmt keine Vase. Einen Hammer vielleicht? Wegen der Aggressionen?

»Was hast du heute noch so vor?«, wandte sich Lydia an mich.

»Ich hatte an einen Spaziergang gedacht.«

»Das klingt doch gut.« Sie nickte. »Hinter dem Hühnerhaus haben wir einen Rundweg durch den Wald markiert. Oder du wagst dich ganz nach oben zur Plattform und genießt von dort die Aussicht.«

Bevor ich eine halbe Stunde später zu meinem Spaziergang aufbrach, joggte Patrick an mir vorbei. »Viel Glück beim Lesen der Hinweisschilder übrigens!«, rief er und winkte.

Ich sah ihm hinterher. Was war das denn für eine Bemerkung? Waren sie etwa auf Spanisch?

Mein Weg zum Wald führte mich am Tiergehege vorbei. Der Hausmeister, den ich bisher nur aus der Ferne kannte, befestigte gerade eine Latte am Zaun. Auf dem Boden lag eine Leiter, über einen Eimer daneben hatte er seine Jacke geworfen. Ich grüßte den Mann mit einem leisen »Hola«, doch er bemerkte mich gar nicht, so sehr war er in seine Arbeit vertieft.

Die Schweine wälzten sich in einer fast vertrockneten Pfütze, die Ziegen standen beieinander und starrten mich an. Mein Weg führte am Hühnerhaus vorbei, der Hahn stolzierte wieder zwischen den Hennen umher.

Ich ging weiter in Richtung Wald. Unter den Bäumen waren noch immer letzte Schneereste zu sehen, in denen Tiere ihre Spuren hinterlassen hatten. Nachdem ich eine Weile gelaufen war, geriet ich an eine Weggabelung. An den Baumstämmen hielt ich Ausschau nach einem Hinweisschild, das mir die Richtung zur Aussichtsplattform weisen würde, doch ich entdeckte keines. An einem Stamm waren lediglich Ränder zu sehen, wo etwas gehangen haben könnte. Jetzt allerdings nicht mehr. Ich spähte in die einander gleichenden Wege und entschied mich für den rechten, doch der Pfad wurde immer enger und unwegsamer, also kehrte ich bald um. Zurück an der Gabelung wählte ich die linke Abzweigung. Der Waldboden war feucht und glitschig, doch er blieb breit genug, um weiter darauf voranzukommen. An der nächsten Weggabelung gab es wieder kein Schild. Erneut entschied ich mich für die falsche Richtung. Zähneknirschend kehrte ich um. Besonders erholsam war dieser Spaziergang bisher nicht. Stattdessen fühlte ich mich wie in einem Labyrinth. Zurück an der Kreuzung wählte ich den Mittelweg. Der Anstieg wurde steiler. Mein Muskelkater machte sich wieder bemerkbar, doch jetzt war ich sicher, auf dem richtigen Pfad zu sein. Endlich gelangte ich auf eine kleine Aussichtsplattform, die mit einem Holzgeländer gesichert war.

An einem klaren Tag konnte man von hier aus womöglich das Meer sehen. Doch heute ging der Horizont nahtlos in den diesigen Himmel über. Ich füllte meine Lungen mit der frischen Luft und war in diesem Moment sehr froh, mich für diese Reise entschieden zu haben. Auch wenn die bevorstehenden Gespräche mit Lydia mich in Unruhe versetzten. Und dann war da noch Patrick, der es sich offenbar zum Ziel gesetzt hatte, die Menschen um ihn herum auf den Arm zu nehmen. Die fehlenden Schilder waren garantiert sein Werk, genauso wie Lydias versalzener Cappuccino. Wie kindisch.

Ich dachte an ihre Warnung, ich solle mich nicht in meinen Sparringspartner verlieben. Diese Gefahr bestand jedenfalls schon mal nicht.

10

Auf meinem Rückweg war der Hausmeister nirgends mehr zu entdecken. Die Schweine lagen dösend in der Wintersonne, ihre haarlosen Bäuchlein zuckten. Ich beschloss, Patrick zur Rede zu stellen. Was versprach er sich von seinen Aktionen? Immerhin hätte es doch sein können, dass ich in Panik verfallen wäre, wenn ich mich verlaufe.

Entschlossen umrundete ich das Haupthaus, hoffte, ihn fegend auf der Terrasse vorzufinden, aber er war nicht zu sehen. Auch das Wohnzimmer war verwaist. Schade. Ich beschloss, meine Ansprache auf später zu verschieben und mich vor der Malstunde auf mein Zimmer zurückzuziehen. Doch als ich aus dem Seiteneingang der Finca trat, hörte ich Patricks Stimme von seiner Terrasse.

»Ich werde mir das niemals verzeihen«, sagte er eben.

Führte er Selbstgespräche? Die Neugierde trieb mich näher, doch jetzt schwieg er. Durch die Zweige konnte ich ihn nicht erkennen. Kurzatmig verharrte ich. Zu nah wollte ich nicht an die Hecke treten, sonst entdeckte er mich noch. Lauschend legte ich den Kopf schräg. Doch nichts mehr.

»Gibt es hier irgendwas zu sehen?«, sprach er mich plötzlich von der Seite an.

Erschrocken legte ich die Hände auf die Brust. »Ich wollte mit dir reden.« Schnell zeigte ich mit dem Daumen hinter mich in Richtung Wald. »Hast du dir einen Scherz erlaubt und die Wegweiser auf dem Rundweg entfernt?«

Er musterte mich. »Das traust du mir zu?«

Ich trat einen Schritt zurück. »Wegen deinem komischen Kommentar, als ich losging. Warum hast du mich da nicht einfach gewarnt? Und immerhin habe ich gesehen, wie du beim Frühstück den Salzstreuer zugeschraubt hast.«

Er lachte trocken auf. »Soll das heißen, du denkst, dass ich Lydias Kaffee versalzen habe?«

Ich fühlte mich unwohl. Falls er bluffte, tat er das ziemlich gut. »Liege ich damit so falsch?«

»Der Verschluss war lose. Ich dachte mir, den schraube ich mal lieber zu, bevor einer von uns Hübschen sich das Frühstücksei versalzt.« Seine Augen blitzten. »Sonst noch Fragen?«

Kopfschüttelnd wandte ich mich ab.

»Da wäre jetzt aber eine Entschuldigung angemessen, findest du nicht?«, rief er mir hinterher.

Ich zog die Schultern hoch. Vielleicht hatte er recht, aber mir wollte keine Bitte um Verzeihung über die Lippen kommen. Ich glaubte ihm nämlich kein Wort.

Erst bei der gemeinsamen Malstunde mit Künstler Armin sahen wir uns wieder. Die Werkstatt lag in dem Schuppen, den normalerweise der Hausmeister nutzte, hinter der Finca. Auf Bierzelttischen waren in der Mitte des Raums Zeichenpapiere in verschiedenen Größen sowie auf Holzrahmen aufgezogene

Leinwände ausgelegt. Dazwischen fanden sich Aquarellstifte und Acryltuben samt Malerpaletten. Pinsel, Karten und Scheren lagen ebenfalls bereit. Armin sah aus wie der typische Aussteiger. Er war schlank, sonnengebräunt, das Haar trug er etwas länger, und er hatte einen Schnauzer, der mit einem stumpfen Messer gestutzt worden zu sein schien. Auf seinem bunten Hemd verteilten sich zahlreiche Farbspritzer.

Patrick und ich schlüpften in ebensolche Hemden, um uns nicht schmutzig zu machen. Dabei fiel mein Blick auf eine der Werkbänke, die an den Seitenwänden des Schuppens aufgereiht waren. Dort lagen nebeneinander Hinweisschilder aus Holz. Die frisch aufgetragene Farbe glänzte noch. Ich trat einen Schritt näher. *Punto de Vista / Aussichtspunkt* stand darauf. Darunter Pfeile. *Ruta forestal / Rundweg* auf anderen.

Ich wandte den Kopf zu Patrick um, unsere Blicke trafen sich. Er hätte nicht belustigter aussehen können.

Beschämt legte ich die Hand auf den Mund und zog die Schultern hoch. Der Handwerker. Das musste sein Werk gewesen sein. Bei ihm auf der Wiese hatte ja auch eine Leiter gelegen. Die Schilder hatte er vielleicht in dem Eimer transportiert, auf dem er seine Jacke abgelegt hatte.

»Nur keine Scheu vor den Materialien«, lenkte Armin meine Aufmerksamkeit auf sich. Sein Schnauzer wackelte auf und ab. »Ihr könnt alles ausprobieren. Sprecht mich an, wenn ihr Hilfe braucht, oder ihr folgt einfach euren Impulsen.«

Er setzte einen CD-Player in Gang, aus dem spanische Gitarrenklänge schallten. Endlich mal etwas Landestypisches.

Um unsere Handgelenke zu lockern und die entsprechenden Gehirnregionen zu aktivieren, zeichneten wir für eine Weile nach seiner Anweisung im Rhythmus der Musik Wellen auf ein Blatt Papier.

Patrick verdrehte dabei die Augen. Ich musste zugeben, es war ein bisschen wie in der Schule. Aber ich ließ mich gern darauf ein. Es gab ja auch sonst nichts zu tun.

Und dann ging es los.

»Tobt euch einfach aus«, forderte Armin uns auf. »Das hier ist keine therapeutische Einheit, so wie ihr es von der Reittherapie vielleicht schon kennt. Wir werden anschließend keine Bilder interpretieren. Diese Stunde dient einzig der Entspannung.«

Patrick brummte zufrieden.

»Warst du denn schon bei der Pferdesache?«, fragte ich ihn. Was würde mich dabei wohl erwarten?

»Nee, das verbietet meine Pferdeallergie«, antwortete er schulterzuckend und presste einen Strang braune Farbe aus einer Tube.

Zögernd griff ich nach einem dicken Pinsel und drehte ihn zwischen den Fingern. Das Teil war schon oft benutzt worden. Der Holzgriff war eingefärbt, die Borsten zerfranst. Aber er lag gut in der Hand.

Ich gab einen Klecks Gelb auf eine Palette, daneben einen in Grün und einen in Pink. Und weil ein Kontrast fehlte, presste ich einen Hauch Schwarz dazu. Ich hatte keine Ahnung, was daraus werden sollte, aber so war das vermutlich mit der Kreativität.

Mit dem Pinsel stippte ich in die gelbe Farbe und zog einen fransigen Kreis auf die Leinwand, der im Lauf verblasste. Skeptisch betrachtete ich das Ganze. Am liebsten hätte ich noch einmal von vorn angefangen.

Armin trat hinter mich. »Nimm, was dir aus den Fingern fließt, vollkommen wertfrei an. Du musst dir nicht vorstellen, was daraus werden könnte. Folge einfach deinem

Gefühl.« Seine Hände landeten auf meinen Schultern und pressten sie nach unten. »Relax.«

Ich lockerte die Schulterblätter, tauchte die Borsten noch einmal in die gelbe Farbe und tupfte auf der Leinwand herum.

Verstohlen spähte ich hinüber zu Patricks Bild, der sich auf einem Papierbogen mit brauner Farbe austobte. Was wurde das? Ich versuchte, ein unbeteiligtes Gesicht aufzusetzen. Ein Penis? Im Ernst?

Flugs widmete ich mich wieder meinem gelben Eierkreis und den Punkten. Sogar ein Blinder hätte das besser hinbekommen. Wenigstens das brachte mich auf eine Idee. Jakob hatte früher Spaß daran, wenn wir zusammen etwas mit geschlossenen Lidern zeichneten, und der andere musste raten, was es sein sollte.

Vielleicht wäre das sogar ganz entspannend.

Mit einer Hand hielt ich die Leinwand in Position und schloss die Augen. Dann tauchte ich den Pinsel auf der Palette ein und beschloss an gar nichts zu denken.

Doch statt an nichts, dachte ich an Peter Vogl. Missmutig fuhr ich mit den Borsten über das Bild, malte ein großes X. Was wäre es schön, diesen Mann aus meinem Leben streichen zu können. Aber wie sollte mir das gelingen, wenn ich im Bergglühen blieb? Zögernd ließ ich den Pinsel über der Palette kreisen. Wo war noch mal Pink? Ich tupfte die Borsten ein und hoffte, dass ich richtig lag, versuchte mich nun an einem Herz, um Peter wieder loszuwerden. Anschließend tupfte ich hierhin und dorthin, um dem Ganzen ein Ende zu setzen.

Nachdem mein Pinsel keine Farbe mehr auf der Palette fand, wagte ich einen Blick auf das Chaos auf meiner Leinwand. Von den gelben Anfängen waren nur noch wenige Tupfer zu sehen. Ansonsten hatten sich die Farben großflächig zu einem Einheitsbrei vermischt. Schön sah anders aus.

Ich langte nach einer der Plastikkarten und fuhr in Schlangenlinien über das Farbgemisch. Immerhin sah es nun nicht mehr nach dem unbeholfenen Werk eines Kindes aus, sondern nach dem einer unbeholfenen Erwachsenen.

Wieder griff ich zum Pinsel, gab rote Farbe auf die Palette und tauchte ihn ein, schrieb CARO über alles. Dann trat ich einen Schritt zurück und legte den Finger ans Kinn. Dieser ganze Mischmasch lag jetzt unter meinem neuen Namen verborgen.

»Was für ein schönes Stillleben.« Patrick war unbemerkt neben mich getreten.

Spöttisch hob ich eine Augenbraue und sah zu seinem Werk hinüber. Der Penis hatte sich in einen Kaktus verwandelt. Dieser Schelm.

»Ich glaube, ich habe keine Lust mehr«, flüsterte ich mit Blick auf Armin, der in seine eigenen Malereien versunken war. Würde er es uns übelnehmen, wenn wir gingen? Aber wie die Yogastunde war ja auch das hier ganz freiwillig.

»Sollen wir etwa lieber dem Handwerker unter die Arme greifen und die Schilder wieder anbringen?«, flüsterte Patrick zurück.

»Aber ich mache die Arbeit«, antwortete ich. »Strafe muss sein.«

Er lächelte zum ersten Mal. »Ich hätte es nicht treffender formulieren können.«

Die Freude darüber, dass wir ihm Arbeit abnehmen wollten, war dem Hausmeister, der noch immer am Zaun herumwerkelte, anzusehen. »Helfen? Aber gerne! Jede Zeit!«, antwortete er auf unser Angebot. Während wir uns mit ihm unterhielten, betrachtete ich ihn genauer. Enrico sah mit seinem dunklen Bartschatten und den fast schwarzen Augen wirklich aus wie ein Bilderbuchspanier. Er stammte aus Mallorca und lebte schon seit seiner Kindheit im nahegelegenen Dorf, half in der Umgebung, wo immer Not am Mann war. Zu Pura Vida kam er dreimal die Woche. Falls wir mal Wünsche nach Spezialitäten von der Insel hätten, sollten wir uns vertrauensvoll an ihn wenden, bot er uns an. Seine guten Deutschkenntnisse stammten angeblich von der Arbeit bei Lydia.

»Apropos Spezialitäten.« Ich lehnte mich vertraulich an den Zaun. »Vielleicht könntest du unserer Köchin Rita ja ein paar Rezepttipps geben. Bestimmt wäre sie dankbar für ein paar Anregungen.«

»Rita – dankbar?« Enrico lachte. »Nohohoho. Nunca. Especialmente nicht von mir. Sie guckt mich nicht an mit – wie sagt man?« Er sah in die Ferne. »Mit Arsch.« Er schnalzte mit der Zunge. »Manchmal ich versuche sie zu locken aus die Reservat – so man sagt doch? Aber klappt nicht. Sie ist muy harte Brocken.«

Patrick fiel in sein Lachen ein. Zu mir sagte er: »Vergiss das mal mit den Spezialitäten. An Rita beißt du dir die Zähne aus. Ich habe sie letztens gefragt, ob sie nicht mal einen Flan machen könnte, die liebe ich. Sie bekam einen roten Kopf. Wenn ich ihre Crème brûlée nicht mögen würde, könnte ich sie ja den Schweinen geben, hat sie gesagt.«

Die beiden Männer kicherten einhellig. Ich lachte mit. Eigentlich liebte ich ja Crème brûlée.

»Dabei ich koche gut«, fuhr Enrico fort. »Ich könnte euch zeigen alles, was ihr wollt.« Bedauernd verzog er den Mund. »Nur meine Küche ist zu klein.«

»Tja.« Ich sah meine Begleiter ratlos an. Irgendwie musste dieser Frau doch beizukommen sein?

Während ich kurz darauf an den Baumstämmen die Schilder zurück an Ort und Stelle hämmerte, hielt Patrick die

Leiter fest. Ich mühte mich ziemlich ab. Die Balance zu halten und gleichzeitig Nägel an die hubbelige Rinde zu nageln, war herausfordernd. Außerdem schmerzte meine Hand bei dieser Arbeit doch noch ganz ordentlich. Dennoch bestand ich darauf, die Sache allein durchzuziehen. Zum Abschluss stiegen Patrick und ich noch einmal bis zur Aussichtsplattform.

»Was hältst du von einem gemeinsamen Ausflug nach Palma an unserem nächsten freien Tag?« Er zeigte in die Himmelsrichtung, in der die Hauptstadt der Insel lag. »Ich hab zuletzt eine Markthalle entdeckt, in der du so viele Spezialitäten kaufen könntest, wie du magst. Die spachteln wir dann einfach dort und lassen Rita auf ihrem Sauerkraut sitzen, was meinst?«

Belustigt fasste ich ihn ins Auge. Er war witzig. Von seinem angeblichen Aggressionsproblem war jedenfalls nichts zu spüren. Fast hätte ich ihn nach dem Pflaster auf seiner Nase gefragt, doch ich verkniff es mir. Ich war auch noch nicht dazu bereit, über meines zu sprechen.

Später fegten wir gemeinsam die Terrasse und die Poolabdeckung.

»Ich glaube, Lydia hat sich nur deswegen für diese Finca am Waldrand entschieden, damit ihre Klienten hier immer was zu kehren haben«, scherzte Patrick. Demonstrativ schwang er den Besen. »Diese gleichförmigen Bewegungen, die Konzentration auf Ästchen in jeder Ritze … Das hat schon etwas Meditatives.«

Ich konnte ihm nur zustimmen. Erstmalig kam es mir in den Sinn, dass mein Vater mit seiner Fegerei im Hof und dem Gezupfe von Unkraut für seine mentale Gesundheit instinktiv genau das Richtige tat.

»Weißt du eigentlich etwas über Lydias Privatleben?«, fragte ich Patrick. »Sie scheint hier ja ziemlich zurückgezogen zu leben. Einen Mann oder Freund hat sie nicht, oder?«

Er betrachtete mich amüsiert. »Dasselbe hätte meine Frau garantiert auch interessiert. Ich hingegen habe mir darüber noch keine Gedanken gemacht. Jedenfalls hatte sie während meiner Zeit hier noch keinen Herrenbesuch.«

Wir beließen es dabei. Über die Sache mit dem Salz in Lydias Kaffee verlor ich kein Wort mehr. Mir gefiel, dass dieses Rätsel aufrecht erhalten blieb. Es war spannend zu überlegen, warum er es getan haben mochte – falls er es gewesen war. Aber wer auch sonst? So umnachtet war ich jedenfalls noch nicht, dass ich selbst es gewesen sein könnte.

Bei diesem Gedanken musste ich sogar lächeln.

11

U nd – welches Fazit ziehst du zu deinen ersten
Tagen hier bei uns?«, fragte Lydia bei unserer
nächsten Sitzung am anderen Tag. »Hast du dich
gut eingelebt?«

»Habe ich, ja. Gestern war es sogar richtig schön. Die
ganzen Aktivitäten haben mich abgelenkt.« Kurz umriss ich
ihr, was ich alles unternommen hatte. »Nur das Malen war
nicht so meins. Na ja, und dann der Abend …« Betreten hob
ich die Schultern.

Da hatte ich sie wieder um eine Beruhigungstablette
gebeten. Und das, obwohl ich mit der Meditationsübung
von Julia versucht hatte, mich runterzufahren. Doch statt
innerlich an schöne Orte in der Natur zu reisen, waren
meine Gedanken immer wieder zu Lydias Auftrag abgedrif-
tet, mich zu fragen, weshalb ich mich auf der Arbeit sicherer
fühlte als daheim.

Die Therapeutin lächelte erneut in dieser Art, die ich
nicht recht deuten konnte. Allmählich wurde mir das unan-

genehm. Sie sah aus, als wüsste sie Dinge über mich, die ich selbst noch nicht einmal ahnte. Ich schlug die Beine übereinander. »Ich würde gern kurz etwas klarstellen.«

»Leg los.« Lydia hielt wieder das Schreibbrett auf dem Schoß, der Stift war gezückt.

»Du hast mich ja zuletzt gefragt, warum ich keinen Wellnessurlaub gebucht habe, und ich glaube, dass es im Grunde ein Versehen war. Meine Ärztin hat mich auf die falsche Fährte gelockt, indem sie mir zu einer Kur riet. In der Privatklinik auf Sylt, die sie empfohlen hat, war aber leider so kurzfristig kein Platz frei, also habe ich im Internet nach Stichwörtern gesucht – unter anderem Insel und Kur – und kam dann zufällig auf diese Einrichtung hier.«

»Ich glaube ja, dass es keine Zufälle gibt«, entgegnete Lydia.

Dieser Satz hätte sogar von mir stammen können.

»Also jedenfalls würde es nicht zu meiner Erholung beitragen, in irgendwelchen Krümeln zu suchen. Und das ist doch eigentlich der Sinn meines Aufenthalts: die Erholung. Richtig? Ich will eigentlich gar keine Therapie.«

»Du möchtest also gar nicht herausfinden, wie du dich auch zu Hause wieder sicher fühlen könntest und nicht nur auf der Arbeit? Denn die Erholung soll doch daheim erhalten bleiben.«

»Das war natürlich Unsinn, was ich da gesagt habe. Ich freue mich ja den ganzen Tag auf daheim.«

»Du erwähntest aber auch, dass du dich dort einsam fühlst. Worauf genau freust du dich also zu Hause?«

»Darauf, endlich mit der Arbeit fertig zu sein.« Ich breitete die Hände aus. »Und zu tun, was mir Spaß macht.«

»Was genau macht dir zu Hause Spaß? Hast du ein Hobby?«

Jetzt ging das doch wieder los mit dieser Fragerei. Ich verschränkte die Arme. »Nein, das nicht.«

»Vielleicht liest du? Viele sehen das nicht als Hobby, aber es ist eine Freizeitbeschäftigung. Erzähl mir doch mal, wie du den Feierabend verbringst.«

»Ich lese eher selten, weil ich mich ja schon den ganzen Tag über im Hotel konzentrieren muss. Das reicht abends nicht mehr für ein Buch. Ich faulenze eigentlich nur.«

»Kein Sport?«

»Sport ist Mord.« Ich lachte, aber Lydia lachte nicht mit.

»Wie sieht das Faulenzen genau aus?«, hakte sie nach.

»Ich sehe ein bisschen fern.«

»Kochst du dir vorher etwas Schönes?«

»Nein, ich esse meistens im Hotel, da ich ohnehin zur Abendessenszeit noch dort bin. Und für mich allein würde sich das kaum lohnen.«

Lydia kritzelte mit. Ich spähte auf ihre Aufzeichnungen, konnte jedoch nichts entziffern.

»Dass ich mir zu Hause nichts koche – worin soll denn da das Problem liegen?«, fragte ich.

Lydia sah auf. »Wovor fürchtest du dich, Carola? Sieh unser Gespräch als eine Unterhaltung unter Freunden. Ich möchte dich gerne kennenlernen. Und es gibt nichts, wirklich nichts, was ich verurteile. Bitte versuche, mir zu vertrauen.«

Vertrauen. Da sagte sie etwas. Vertrauen konnte ich nur mir selbst.

Ich atmete tief durch. »Frag halt.« Wenn sie gewusst hätte, wie unwohl ich mich fühlte, wäre sie wahrscheinlich aus dem Schreiben gar nicht mehr heraus gekommen.

Sie nickte mir aufmunternd zu. »Das heißt also, du freust dich aufs Fernsehen, wenn du nach Hause kommst.«

»Genau.«

»Was schaust du dir so an?«

Ich sah in die Luft. »Nichts Bestimmtes, es gibt ja in der Regel nichts Interessantes. Ich zappe herum, bis ich müde genug bin, um ins Bett zu gehen.«

Dass ich manchmal vorm Fernseher in meinem Dirndl einschlief, sagte ich besser nicht. Sie würde vielleicht kein Theater machen wie Jakob. Aber wieder jede Menge notieren.

»Du hast also keine Lieblingsserien?«

»Nicht wirklich.«

»Du freust dich demnach weniger aufs Fernsehen, als darauf, auf dem Sofa zu liegen – es ist doch das Sofa nehme ich an?«

Ich nickte.

»Und sonst machst du dort nichts?«

Ich schüttelte den Kopf. Sie würde ganz falsche Schlüsse ziehen, wenn ich sagte, dass ich dazu ein Gläschen Wein trank. Das tat ja auch gar nichts zur Sache.

»Gehst du abends ab und zu weg?«

»Dazu bin ich meistens zu kaputt.«

»Am Wochenende dann?«

»Ich arbeite auch samstags, danach bin ich dann erst recht halb tot. Sonntags gehe ich manchmal wandern oder ich besuche meine Eltern. Solche Sachen.«

»Keine Clubs, keine Partys?«

Ich schnaubte. »Nein.«

Lydia blätterte in ihrem Notizheft. »Du erwähntest zuletzt, deine Freundin und dein Sohn meinten, dass du zu viel trinkst. Sie sagen also weder, dass du zu viel arbeitest, noch dass du zu viel auf dem Sofa liegst und durch die Programme zappst. Sie werfen dir auch nicht vor, dass du keinen Sport treibst.« Sie hob den Kopf. »Wie kommen sie dazu, dir ausgerechnet das vorzuwerfen?«

Ich wechselte die Beinstellung. Warum war mir das bloß beim letzten Mal herausgerutscht? »Keine Ahnung«, log ich. Sie würde mir etwas unterjubeln wollen. Wie alle.

»Sie irren sich also?«

»Ja, sie irren sich.«

»Brauchst du zu Hause auch eine Beruhigungstablette zum Einschlafen?«

»Ich nehme manchmal Schlaftabletten«, gab ich zu. »Aber nicht zum Einschlafen, sondern in der Nacht, falls ich aufwache.«

»Du schläfst also gut ein?«

»Irgendwann schon.«

Lydia notierte, dann schaute sie wieder auf. »Viele Menschen, die sich im Job sehr gefordert fühlen, belohnen sich nach einem langen Arbeitstag mit etwas, das ihnen guttut. Einige gehen Laufen – aber du sagtest ja schon, Sport ist nichts für dich. Andere essen eine Packung Eiscreme oder eine Tüte Chips, nehmen ein heißes Bad. Hast du – neben dem Zappen – auch ein Ritual?«

Sie wollte mir eine Falle stellen, ich sah das schon. Als quasi Psychologin konnte sie sich natürlich denken, womit ich mich belohnte, vor allem, weil ich mit den Anschuldigungen meiner Lieben herausgeplatzt war. Aber ich wollte es nicht zugeben. Wenn ich es zugab, dann hieß das, ich hatte ein Problem. Und das hatte ich nicht, verdammt!

Lydia reichte mir ein Taschentuch.

Ich schnäuzte mir die Nase.

»Carola.« Sie lehnte sich nach vorn. »Ich versichere dir noch einmal, dass niemand hier dich verurteilt. Die Menschen kommen hierher, weil sie spüren, dass in ihrem Leben etwas in Schieflage geraten ist und weil sie daran etwas ändern wollen. Einigen gelingt das ganz hervorragend. Wir erarbeiten zusammen Alternativen zu eingefahrenen, ungesunden Gewohnheiten, die auch umsetzbar sind.«

Aus dem Fenster traf wieder ein Sonnenstrahl auf ihr hennarotes Haar und brachte es zum Leuchten. Früher hätte ich das vielleicht als ein Zeichen der Engel interpretiert.

»Bitte glaube mir«, fuhr Lydia fort, »du bist nicht die Erste, die hier so sitzt. Eingefahrene Muster zu durchbrechen, jagt den allermeisten eine Heidenangst ein. Auch wenn diese Muster ungesund sind, so sind sie immerhin bekannt, und das gibt Sicherheit. Ich verstehe das. Du bist okay, wie du bist. Hier kannst du du sein, Caro.«

Meine Augen quollen über. Ich wollte mich gar nicht mehr beruhigen.

Lydia reichte mir ein neues Taschentuch, wartete geduldig ab, bis ich mich wieder gefasst hatte.

»Also. Worauf freust du dich, wenn du abends nach Hause kommst?«

»Auf ein Glas Wein«, flüsterte ich. »Um runterzukommen von dem ganzen Stress.«

»Reicht ein Glas dafür oder ist es gelegentlich mehr?«

»Manchmal auch zwei.«

Lydia sah mich wieder so grundgütig an. »Noch einmal: Bitte glaube mir, dass ich dich für nichts verurteile, egal, wie viele Gläser oder Flaschen du trinkst. Wir sitzen hier beisammen, damit es dir, wenn du nach Hause zurückkehrst, besser geht.«

Ich schluckte. »An manchen Abenden leere ich auch mal eine Flasche alleine. Aber das ist die Ausnahme. Und ich sehe sogar ein, dass es teilweise ein bisschen viel ist, weil ich dann auf dem Sofa einschlafe. Ich würde das gern auf ein normales Maß reduzieren.«

»Was wäre deiner Meinung nach ein normales Maß?«

Ich sah in die Luft. »Nicht mehr als ein Glas am Abend. Und nur mal am Wochenende etwas mehr.«

»Also täglich?«

Nachdenklich ließ ich meinen Zopf zwischen den Fingern hindurchgleiten. »Viele Leute trinken täglich, oder?«

»Es geht hier aber um dich. Was du als normales Maß ansiehst. Für manche ist es ein normales Maß, einmal im Jahr an ihrem Geburtstag ein Glas Sekt zu trinken. Für andere, niemals etwas zu trinken. Und wieder andere beginnen den Tag mit einem Herrengedeck. Was normal ist, definiert jeder für sich selbst. Die Frage ist, was dir der Alkohol gibt, was ein Glas Wasser nicht kann. Und in welchen Situationen oder zu welchen Gelegenheiten – außer zum Runterkommen zu Hause – du sonst noch gern ein Glas trinkst.« Sie legte den Block beiseite.

Jetzt zum Beispiel, dachte ich verzweifelt. Wie konnte sie mich so quälen? Warum sprachen wir über meine Trinkgewohnheiten? Wieso nicht über die Tatsache, dass ich so überarbeitet war?

Ich bemühte mich um eine feste Stimme. »Ich habe die Sache absolut im Griff. Ich könnte den Alkohol jederzeit sein lassen.«

»Hast du es schon mal probiert?«

Ich dachte an Maja. »Letztens, nach einem Gespräch mit meiner Freundin. Aber das war in dieser Woche zum Scheitern verurteilt. Schau mal, hier gelingt es mir doch auch. Ich sitze nicht da wie ein Häufchen Elend und zittere vor mich hin. Meine Nase ist nicht mit geplatzten Äderchen durchzogen. Ich bin nicht abhängig, das verbitte ich mir. Wirklich.«

»Bis eine körperliche Abhängigkeit vom Alkohol eintritt, dauert es sehr lange, Carola. Solche Leute müssen erst einen Entzug unter ärztlicher Aufsicht bewältigen, bevor sie hierher kommen. Darüber hinaus gibt es aber auch noch eine psychische Abhängigkeit. Die unterschätzen viele.«

»Ich leide weder am einen noch am anderen.«

»Erzähl doch mal, was hat dich nach dem Gespräch mit deiner Freundin daran gehindert, nichts zu trinken?«

»Tausend Dinge! Es war einfach zu viel Stress. Und abgesehen davon: Rotwein ist einfach lecker. Was soll besser daran sein, eine Packung Eiscreme zu löffeln oder eine Tüte Chips in sich hineinzustopfen? Ist das etwa keine psychische Abhängigkeit?«

»Ganz recht, auch Zucker schadet dem Körper. Und es ist gut, dass dich diese Problematik nicht betrifft.«

»Ich habe wirklich keine Lust, in eine Schublade gesteckt zu werden. Zeig mir einen Menschen, der keine Probleme mit irgendetwas hat!«

»Diese anderen Menschen sind aber nicht hier, sondern du. Warum also nicht die Zeit nutzen? Was hältst du von folgendem Vorschlag: Um klarer zu sehen, ob und wobei du Hilfe benötigen könntest, schreibe doch bis zum nächsten Mal eine kleine Liste von den Situationen, in denen du dich nach einem Glas Wein sehnst. Ob du dann auch tatsächlich etwas trinkst oder nicht, ist erst einmal zweitrangig. Es geht um die Sehnsucht.«

Aufgewühlt verließ ich das Therapiezimmer. Wie sehr mich das alles nervte. Lydia schien es richtig Spaß zu machen, in meinen Wunden herumzustochern! Sie hatte doch keine Ahnung, wie es war, wenn die jüngere Schwester starb. Besonders, wenn mit ihr noch ein Streit in der Luft lag, den man niemals mit ihr würde klären können.

Weinend kehrte ich auf mein Zimmer zurück. Am liebsten hätte ich sofort den Rückflug gebucht. Es war eine solche Schnapsidee gewesen, hierher zu kommen. Buchstäblich!

Als es an meiner Tür klopfte, wischte ich mir die Tränen von den Wangen und öffnete.

»Sag nur, du hast mich vergessen?« Malte joggte auf der Stelle.

Ich musterte ihn erschrocken. »Waren wir verabredet?«

»Nein, aber wenn ich meine Wette gewinnen soll, sollten wir allmählich in die Routine kommen.« Jetzt setzte er sich die Baseballkappe wieder rückwärts auf den Kopf und deutete Richtung Parkplatz. »Na, was ist? Wollen wir?«

Insgeheim war ich froh, dass er gekommen war. Das Laufen würde mich ablenken. »Eigentlich sollte ich doch viel eher daran interessiert sein, dass ich meine Wette gewinne«, neckte ich ihn dennoch.

»Komm, zieh dich um«, ignorierte er meinen Einwand. »Ich sehe dir an der Nasenspitze an, dass du Zerstreuung brauchst.«

Beim Abendessen saßen Patrick und ich mit Julia zusammen. Lydia hatte ihren freien Abend. Den verbrachte sie wohl in ihrem Bungalow, denn das Auto stand auf dem Parkplatz. Dass sie nicht wenigstens heute mal ausging, wunderte mich. Fiel ihr hier nicht irgendwann die Decke auf den Kopf? Doch wie dem auch sei: Wegen einer Tablette würde ich sie dennoch stören dürfen. Zum Glück. Dass ich nach der heutigen Sitzung ohne Schlafmittel würde einschlafen können, war unwahrscheinlich. Zwar hatte die Joggingrunde mit Malte mir gutgetan. Aber als ich danach auf mein Zimmer zurückkehrte, waren auch die Gedanken wieder da.

Rita, die offenbar jeden Tag außer Sonntag hier arbeitete, hatte uns heute einen Bohneneintopf gekocht. Während sie die Küche in Ordnung brachte, löffelten Julia und Patrick die Suppe klaglos in sich hinein. Sie schmeckte auch, das war es gar nicht. Aber allmählich ging es mir gegen den Strich, wie das hier lief. Ich hatte mich so auf landestypische Speisen gefreut. Die Worte des Hausmeisters, Rita sei ein harter Brocken, klangen mir in den Ohren. Beruflich hatte ich ja öfter mit zähen Charakteren zu tun – allen voran Metzgermeister Sojer. Dass ich bei ihm zuletzt auf Granit gebissen hatte, steckte mir noch immer in den Knochen. Es musste doch mit dem Teufel zugehen, wenn es mir nicht gelingen sollte, wenigstens die harte Schale dieser Frau zu knacken.

Als sie sich wie jeden Abend von uns verabschiedete, hielt ich sie mit einer Handbewegung zurück. »Rita«, sagte ich und deutete mit dem Löffel auf den Eintopf, »heute hast du dich ja wieder einmal selbst übertroffen.«

Die Köchin zupfte verlegen an ihrem Mantel. »Freut mich, wenn es dir schmeckt.«

Ich nickte. »Machst du denn gelegentlich auch mal irgendetwas Mallorquinisches oder Spanisches? Das gelingt dir doch bestimmt auch hervorragend, oder?«

Patrick steckte sich grinsend einen Löffel Suppe in den Mund.

Julia sah aus, als hätte sie sich verschluckt.

»Schuster, bleib bei deinen Leisten, sage ich immer«, antwortete Rita. Sie wandte sich nun an Julia. »Kommt das etwa von dir?«

Die Yogalehrerin hob beide Hände. »Gar nicht! Aber Caro stößt damit natürlich bei mir auf offene Ohren. Und wegen Tag X–«

»Das ist etwas anderes, und ich habe euch schon gesagt, dass ich mich um alles kümmern werde.« Ritas Miene verhieß nichts Gutes. »Ich mische mich doch auch nicht bei euch ein und sage euch, wie ihr eure Arbeit zu erledigen habt!«

Julia zuckte seufzend die Schultern. Sie murmelte etwas vor sich hin, in dem das Wörtchen »Katastrophe« vorkam. »Carola kommt übrigens aus der Hotellerie«, sagte sie dann. »Falls du also Hilfe brauchen solltest, ich meine –«

Die Köchin sah uns an, als hätten wir alle den Verstand verloren. »Einen schönen Abend, die Herrschaften«, knurrte sie und wandte sich ab.

Die Ausgangstür fiel mit einem Knall hinter ihr ins Schloss.

Erschrocken blickte ich in die Runde.

Julia seufzte. »Vielleicht hätte Lydia damals in ihrer Anzeige doch nicht schreiben sollen, hier wäre Eigenverantwortung gefragt. Das nimmt Rita wörtlich.«

»Wie kann man denn nur so störrisch sein?«, fragte ich.

Patrick zwinkerte. »Das fragst du besser Lydia, sie ist hier die Fachfrau.«

»Und was ist Tag X?«, hakte ich nach.

Julia kratzte sich am Kinn. »Da hätte ich mich fast verplappert. Das ist noch geheim. Und bitte keine Silbe zu Lydia.« Sie sah auf die Uhr. »Hoppla, schon so spät? Ich muss los.« Mit diesen Worten nahm sie ihren Teller und brachte ihn in die Küche.

Nachdem auch Julia sich verabschiedet hatte, waren Patrick und ich auf uns gestellt. Wir beschlossen, den Kamin anzuwerfen und etwas zu spielen. Karten, Würfeln, was immer es im Angebot gab.

Während er das Feuer entfachte, machte ich es mir auf dem Sofa gemütlich. Es war schön, den Flammen dabei zuzuschauen, wie sie am trockenen Holz leckten. Es hatte etwas Meditatives.

Als Patrick sich mit der Spielesammlung neben mich aufs Sofa fallen ließ, schrak ich zusammen.

Er wühlte zwischen den Figuren und Spielbrettern. »Die Auswahl ist ziemlich mager. Vielleicht haben die früheren Insassen die ganzen Teile vor Wut ins Feuer geworfen«, scherzte er.

»Hast du wirklich Insassen gesagt?«, fragte ich kichernd.

Er zwinkerte. »Ein Kartenspiel wäre doch eigentlich schön. Vielleicht hat Lydia so etwas in ihrem Büro? Ich schau mal nach.« Schon erhob er sich und machte sich auf den Weg Richtung Flur.

Verblüfft sah ich ihm hinterher. »Du wirst doch nicht in ihr Büro einbrechen wollen?«

»Vielleicht ist es ja offen. Warte hier.«

»Hey«, rief ich ihm nach. »Patrick!«

Schon vernahm ich seine Schritte auf der Treppe. Was nahm er sich raus?

Ich sprang auf und war in dem Moment bei ihm, in dem er die Klinke zum Therapiezimmer betätigte. Die Tür war offen.

Aufgeregt zupfte ich an seinem Ärmel. »Das kannst du nicht machen! Das würde niemand wollen, wenn jemand in seinem Büro zwischen den Sachen wühlt!«

Er blickte mich über seine Schulter hinweg an. »Aber nur, wenn man etwas zu verbergen hat, oder?« Zielstrebig trat er ein.

»Hey!«, rief ich abermals. »Das gehört sich einfach nicht!«

Patrick ging unbeeindruckt zum Sideboard und zog etwas herunter. »Na also«, sagte er und präsentierte ein Kartenspiel. »Wusste ich's doch.«

Mein Herz klopfte mir bis zum Hals.

»Wir müssen sie vorher fragen!«, beharrte ich.

»Wie alt bist du? Drei?« Patrick schob sich an mir vorbei und trat den Rückweg an.

Kurz darauf nahm ich zittrig neben ihm auf dem Sofa Platz.

Er legte die Hand auf meinen Arm. »Nur mit der Ruhe. Ich verrat dir was. Natürlich würde ich nicht einfach so bei ihr eindringen. Ich habe sie doch selbst gebeten, ein Spiel zu besorgen. Sie hat es mir heute Mittag bei unserer Sitzung gezeigt. Deshalb wusste ich, dass es da war. Sie hatte nur vergessen, es hier runterzulegen.« Er schmunzelte. »Ich wollte dich nur ein bisschen foppen. Dass du so durchdrehst, konnte ich ja nicht ahnen. Was bist du denn für ein Nervenbündel?«

»Du bist wirklich gemein«, flüsterte ich. Ich konnte mir nicht erklären, woher dieses Zittern in mir stammte. Er hatte bloß ein offen herumliegendes Kartenspiel aus Lydias Zimmer geholt und nicht in Schubladen gewühlt. Doch allein die Vorstellung, er könnte genau das tun, hatte mich in Panik versetzt.

Vielleicht, weil ich mir vorgestellt hatte, jemand hätte das bei mir im Hotel getan und die Weinflasche entdeckt. Oder er hier in ihrem Büro die Notizen, die Lydia sich über mich gemacht hatte. Deprimiert starrte ich in die Flammen des Kaminfeuers. Wie peinlich mir das wäre. Ich zog meine Strickjacke enger um mich und hob die Füße aufs Sofa.

Patrick mischte mit flinken Fingern die Karten. Als er sie austeilte, schüttelte ich den Kopf. »Mir ist die Lust auf ein Spiel vergangen.«

Er zuckte die Schultern und legte Holzscheite im Kamin nach. Die Tattoos auf seinen Unterarmen tanzten im Licht der Flammen. Ich war hin- und hergerissen, ob mir das gefiel oder nicht.

»Pass auf.« Er setzte sich wieder neben mich. »Du hast

was bei mir gut. Als Entschädigung für diesen Schrecken spielen wir ›Was bin ich‹. Ich habe ja heute gehört, dass du aus der Hotellerie kommst. Da solltest du auch wissen, was *ich* beruflich mache, das wäre nur fair.«

»Ich würde ja viel lieber wissen, wie du dir die Wunde auf deiner Nase zugezogen hast«, gab ich zu.

»So einfach werde ich es dir nicht machen.« Er wedelte mit dem Finger. »Lydia hat lange genug gebraucht, um das aus mir herauszukitzeln, und da meinst du, dass ich dir das einfach so auf dem Silbertablett serviere?«

Ich kicherte. »Na gut.«

Er setzte sich kerzengerade in Pose. »Also. Was bin ich? Und bitte laut denken. Ich würde gern hören, was du mir so alles zutraust.«

Prüfend betrachtete ich ihn. Bei unserem ersten Zusammentreffen hatte ich gedacht, er sei vielleicht ein Autoverkäufer oder handele mit KFZ-Zubehör. Aber das kam mir jetzt unwahrscheinlich vor. »Schwer zu sagen«, murmelte ich. Ich deutete auf seine Tattoos. »Bist du Tätowierer?«

Patrick musterte seine Arme, als sähe er sie zum ersten Mal. »Ach die? Nein, das sind Jugendsünden. Würde ich heute so nicht mehr machen.« Er sah mich an. »Also nein. Gaaaanz kalt.«

Ich sah in die Luft. »Betreibst du eine Bar?«

Lachend schüttelte er den Kopf. »Obwohl es früher mal ein Traum von mir war, das gebe ich zu.«

Wieder grübelte ich. »Bist du Pilot?«

Er betrachtete mich stolz. »Das wäre cool. Aber nein, leider nicht.«

»Dann vielleicht Friedhofsgärtner?«

»Wieder daneben.«

»Es gibt verdammt viele Berufe«, warf ich ein. »Wir könnten morgen noch hier sitzen.«

»Ich glaube, das Spiel ging auch anders. Da wurde sich mehr so herangetastet, oder nicht?«

Da hatte er recht. Ich war vom Pfad abgekommen. »Okay. Hat dein Beruf etwas mit Menschen zu tun?«

»Auch.«

»Mit Maschinen?«

»Kommt drauf an, was du darunter verstehst.«

Ich ließ die Schultern sinken. Wahrscheinlich würde ich niemals darauf kommen. So spannend war sein Job außerdem auch wieder nicht für mich.

Patrick schien mir meinen Frust anzusehen. »Also gut«, sagte er. »Ich betreibe mit einem Partner zusammen in Münster eine Fahrschule.«

Etwas mit Autos! Also doch. »Ich hoffe, du bringst deinen Fahrschülern nicht bei, jedes Stoppschild zu ignorieren, du Regelbrecher!«

Patrick malte mit dem Finger ein unsichtbares Muster aufs Sofa. »Natürlich nicht. Bei mir geht es sehr korrekt zu. Meistens jedenfalls.«

Ich dachte an die Worte, die er auf seiner Terrasse vor sich hingesprochen hatte. Dass er sich einen Fehler niemals verzeihen würde. Welche Missgeschicke konnte ein Fahrlehrer begehen? Oder hatte sich der Ausruf auf etwas Privates bezogen? Und kam nicht demnächst seine Frau zu Besuch? Vielleicht hatte er sie betrogen?

Mit einem Mal presste Patrick die Lippen aufeinander. »Ich glaube, das reicht mir mit ›Was bin ich‹. Sonst artet das hier noch in eine von Lydias Sessions aus, und davon habe ich für heute genug.«

Ich konnte es ihm so gut nachfühlen. Ihr Auftrag vom Morgen, ich sollte mir darüber Gedanken machen, zu welchen Gelegenheiten ich mich nach Alkohol sehnte, lag mir noch immer wie ein Stein im Magen. Und mit der Frage nach Patricks Wunde hatte ich fast riskiert, dass er sich nach meiner erkundigte. Lydia hatte ganz recht gehabt, es war nicht ratsam, sich hier mit den Problemen der anderen zu beschäftigen.

»Doch eine Runde?« Patrick tippte auf die gemischten Karten.

Erleichtert stimmte ich zu.

12

Bei meiner Abreise hatte ich Mama versprochen, mich einmal die Woche bei ihr zu melden. Obwohl ich nicht mal eine ganze hier war, kam es mir so vor, als sei ich schon seit Monaten fort. Lydia hatte mir zuletzt ans Herz gelegt, maximal drei Personen anzurufen, um mich nicht zu überfordern. Dazu zählte neben meinen Eltern natürlich Jakob. Und mit Erika wollte ich unbedingt telefonieren. Auch wenn Lydia mir davon abgeraten hatte, mich hier mit der Arbeit zu beschäftigen. Aber da ich mich noch immer fühlte, als hätte ich meine beste Mitarbeiterin im Stich gelassen, musste es einfach sein.

Voller Herzklopfen wählte ich die Nummer der Rezeption.

»Das Wellnesshotel Bergglühen, Lara Hofinger am Apparat, was kann ich für Sie tun?«

»Du bist ja doch noch da«, sagte ich freudig überrascht.

»Wer spricht denn da?«

»Na, die Carola, kennst meine Stimme nicht mehr?«

»Ah so. Ich dacht, du …«

»Ja?«

»Nichts, nichts. Wolltest du den Herrn Vogl sprechen?«

»Nein, die Erika bitte.«

»Kleinen Moment. Ich schau, wo sie ist.«

Kurz darauf klang Erikas Stimme an mein Ohr. »Grüß dich, das ist ja eine Freude«, flötete sie. »Wie geht es dir in der Kur?«

»Ich wollt mal hören, wie alles so läuft bei euch. Benimmt sich der Peter? Und wie kommt's, dass die Lara nun doch noch da ist? Haben sich die Wogen geglättet?«

»Aber ja, aber ja! Hier läuft alles wie geschnitten Brot, meine Liebe. Mit der Lara gibt es gar keine Probleme mehr, du weißt doch, in dem Alter ist alles nur eine Phase.«

Aus dem Hintergrund raunte ihr Lara etwas Unverständliches zu.

»Erika, ich flehe dich an. Sag mir doch bitte ehrlich, wie alles läuft. Gibt es irgendwelche Katastrophen, von denen ich wissen sollte?«

»Aber nein, du erhol dich gut auf Mallorca. Das Wichtigste ist doch, dass du wieder zu Kräften kommst! Du, wenn nichts Dringendes mehr ist, müsst ich mal wieder los, hier kommen gerade ein paar Gäste an.«

Schon folgte ein Abschiedsgruß, und sie legte auf.

Erschrocken starrte ich auf den Telefonhörer. So schnell hatte mich noch niemand abgewimmelt. Schon gar nicht Erika. Irgendetwas war nicht okay. Was hatte Lara ihr zugeraunt? Bewahrheiteten sich meine schlimmsten Befürchtungen, und ich war bereits abgeschrieben? Lydia hatte so recht gehabt. Auf der Arbeit anzurufen, war gar keine gute Idee. Obendrein hätte ich umgehend bei Alois durchklingeln wollen. Doch dann hätten die Telefonate nicht mehr für Jakob und meine Eltern gereicht. Allerdings – musste ich mich überhaupt so akribisch an Lydias Empfehlung halten? Ich wollte es später entscheiden. Eins nach dem anderen.

Beklommen wählte ich die Nummer meiner Eltern.

Die Stimme meiner Mutter klang weich. »Madel«, sagte sie, »wie schön, dass du anrufst. Scheint bei dir viel die Sonne?«

Ich sah nach draußen. »Gerade ist es bedeckt.«

»Warst schon am Meer?«

»Bisher nicht, aber vielleicht wage ich heute mal einen Ausflug nach Palma, heute Nachmittag hab ich frei.«

Als ich Patrick gestern noch von diesem Plan erzählt hatte, bot er an, mitzukommen, um mir die Markthalle zu zeigen, von der er geredet hatte.

»Fahr in die Schinkenstraße und mach ein Foto, ja? Würdst das machen? Vielleicht siehst ja auch den Jürgen Drews!«

Belustigt verdrehte ich die Augen. »Mallorca hat noch anderes zu bieten als die Schinkenstraße und Jürgen Drews, Mama.«

»Ja, sicher.« Meine Mutter klang nicht überzeugt. »Und wie ist das Essen? Bekommst denn etwas G'scheites vorgesetzt?«

Ich lachte. »Dir würde es hier gefallen. Es gibt beste Hausmannskost.«

»Nicht dass du als Vegetarierin zurückkommst, hörst du! Das kannst dem Vater nicht antun.«

Da selbst in der gestrigen Bohnensuppe der Speck nicht gefehlt hatte, war das nicht zu befürchten.

»Und wie sind die anderen Leute?«, fragte Mama nun.

»Es gibt nur einen anderen Teilnehmer, ein Mann aus Münster. Mehr als wir beide haben sich nicht angemeldet. Liegt wahrscheinlich an der Jahreszeit.«

»Tja.« Meine Mutter seufzte. »Viele wollen halt Weihnachten bei ihren Familien sein, gäh.«

Es hätte wie ein Vorwurf klingen können, doch das tat es nicht.

»Du, wenn es sonst nichts Interessantes zu berichten gibt, würd ich mal zurück an meine Wäsche, die macht sich nicht von selbst«, sagte Mama jetzt. »Meldst dich nächste Woche wieder?«

War etwa auch dieses Gespräch bereits beendet? »Freilich, aber –«

»Gut, pfiat di Gott!«

Ich legte auf und starrte erneut auf den Hörer. Wieso wollten mich alle so schnell wie möglich loswerden? Normalerweise erging sich Mama in Klatsch und Tratsch und heute – nichts.

Zumindest vom Telefonat mit meinem Sohn erhoffte ich mir mehr.

Als er abnahm, klang er gehetzt. »Bin gerade auf dem Weg zur Vorlesung. Aber erzähl schnell, wie ist es dir bisher ergangen? Bekommt dir die Kur?«

Dankbar berichtete ich ihm von Lydia, Julia, Malte und den anderen, und dass ich – trotz all der neuen Herausforderungen – mich hier bestens aufgehoben fühlte.

»Super, das freut mich. Bleib dran, ja? Wer weiß, vielleicht gehen wir zwei ja auch noch mal zusammen joggen.«

Der Gedanke brachte mich zum Lachen. »Und wie geht es dir und Tala?«, fragte ich nun.

»Puh.« Mit einem Mal klang mein Sohn gar nicht mehr so gut gelaunt. »Ich hatte gehofft, dass du nicht nach ihr fragst.«

»Wieso? Ist was passiert?«

»Sie hat ihren Eltern von mir erzählt.«

»Das heißt?«

»Das heißt, sie sind nicht damit einverstanden, dass sie sich mit mir trifft. Und jetzt machen sie Druck.«

»Ach Jakob. Das tut mir leid.«

»Ich weiß, aber irgendwann war das fällig. Sie wird einundzwanzig, wir würden gern zusammenziehen. Die müssen das akzeptieren.«

»Ich hoffe, das werden sie tun«, antwortete ich leise. »Ich wünsche euch da wirklich viel Glück.«

»Danke. Ich muss jetzt rein, wir hören uns dann nächste Woche wieder, oder?«

»Ganz recht, ich melde mich, mein Schatz.«

Die Leitung wurde unterbrochen, und nun saß ich da mit meinen Gedanken. An allen Fronten rechnete ich mit dem Schlimmsten. Doch was dieses im Einzelnen sein könnte, vermochte ich nicht zu sagen. Ehrlich gesagt wollte ich es auch gar nicht wissen.

Wie gut hätte mir jetzt ein Glas Wein getan. Nur ein Schlückchen, um die flatternden Nerven zu beruhigen. Gestern hatte ich Lydia wieder um eine Pille gebeten, trotz ihres freien Abends. Dass das heute anders sein würde, war utopisch.

Missmutig starrte ich vor mich hin. Vielleicht sollte ich doch mal aufschreiben, in welchen Situationen ich mich nach einem Glas Wein sehnte. Wie gerade zum Beispiel.

Ich sah auf die Uhr. Jetzt hatte ich allerdings keine Zeit für irgendwelche Notizen. Patrick und ich waren zu unserem Ausflug nach Palma verabredet.

Seufzend schob ich den Festnetzapparat zurück an Ort und Stelle und begab mich ins Bad, um mich fertig zu machen.

13

I rgendwo im Lieferwagen war eine Schraube locker. Jedes Mal, wenn Patrick über eine unebene Stelle fuhr oder eine Kurve nahm, flog ein Metallteil in der Innenverkleidung der Tür herum und verursachte einen Höllenlärm.

Er drehte das Radio laut, aus dem blechern die Stimme eines Moderators schallte. Er sprach in einer Geschwindigkeit Spanisch, die an das Feuern eines Maschinengewehrs erinnerte. »Bruzze Springestine« wurde angekündigt, und wir hörten *Dancing in the dark*. Der Titel des Songs spiegelte halbwegs, was in mir vorging. Die Telefonate vom Morgen stecken mir noch immer in den Knochen.

Nachdem wir die kurvigen Straßen aus dem Gebirge heraus verlassen hatten, bogen wir bald auf die Autobahn Richtung Palma ein. Die Innenstadt war festlich und überaus geschmackvoll dekoriert. Statt der klobigen Glühbirnen, die bei uns von manchem Weihnachtsbaum in den Stadtzentren baumelten, sah es hier aus, als hätte jemand riesige, warm leuchtende Bälle zwischen den Häusern in der ganzen

Innenstadt verteilt. Sie waren an über die Straßen gespannten Leitungen befestigt und verbreiteten festliche Stimmung. Die Fassaden der Geschäfte hatte man mit großflächigen Lichterketten ausgekleidet, die sie ebenfalls in glänzendem Schein erstrahlen ließen. Auf unserer Finca in den Bergen vergaß ich trotz Adventskranz hin und wieder, dass Weihnachten nahte – hier konnte man es keinesfalls versäumen.

Patricks Navi lotste uns in ein Parkhaus, das direkt neben besagter Markthalle lag. Trotz der winterlichen Temperaturen stieg uns der frische Geruch nach mediterranen Gewürzen in die Nase. Ich seufzte glücklich. Hier würde ich endlich auf meine Kosten kommen!

Im Eingang der Markthalle deutete Patrick mit dem Kinn auf das Treiben vor uns. »Wollen wir?«

Ich nickte feierlich und fasste, während wir die Stände passierten, staunend alles ins Auge. Hier gab es Lebensmittel in Hülle und Fülle. Ganze Schinken. Oliven in alle erdenklichen Marinaden eingelegt. Spanischen Käse, bei dessen Anblick unser Küchenchef im Bergglühen vor Begeisterung geklatscht hätte. Frisch gebackene Brote, deren Kruste anzusehen war, dass sie krachte, wenn man hineinbiss. Mein Blick schweifte weiter, und nur wenige Stände entfernt erspähte ich einen Getränkestand. Dort wurden Rotwein, Weißwein und Sangria angeboten, in dem Obststücke schwammen; Landwein, Liköre und Schnäpse. Eine Traube Menschen genoss eine Weinprobe. Gläschen wurden gereicht, man nahm ein Schlückchen, zog anerkennend die Augenbrauen nach oben, lachte. Weinkenner und Genießer unter sich. Ich liebte solche Gesellschaften. Selbst Wildfremde kamen miteinander ins Gespräch. Der Wein verband.

Wie schön wäre es gewesen, jetzt mit Patrick Teil dieser Runde zu sein, die am Mittwochmittag in der Vorweihnachtszeit zusammenkam, um das Leben zu genießen? Doch ich durfte nicht dazu gehören. Jedenfalls nicht hier und nicht heute. Ich würde nichts kaufen, natürlich nicht. Noch immer konnte ich den Blick nicht von diesen fröhlichen Menschen wenden. Nun hatte ich seit fast einer Woche keinen Tropfen angerührt. Zeigte das etwa nicht, dass ich jederzeit eine Pause einlegen konnte? Warum nicht mal eine Ausnahme machen?

Mein Blick ging zu Patrick, der mit federndem Schritt ein Stück zu einem Essensstand vorausgegangen war. Gerade schob er sich genießerisch ein Probierstück Chorizo in den Mund. Für ihn wäre es doch gewiss auch schöner, das jetzt mit einem Schlückchen Wein zu genießen? Lydia musste ja gar nichts davon erfahren.

Mit einem Mal bekam ich schweißnasse Hände. Der Geruch in der Halle bereitete mir Übelkeit.

Ich eilte zu Patrick und zupfte ihn am Arm. »Wir sollten gehen«, presste ich hervor.

Irritiert sah er mich an, er kaute noch. »Aber wir sind doch gerade erst angekommen. Und du hast nicht mal irgendetwas probiert. War das nicht der Sinn unseres Ausflugs?« Er schluckte den Rest Wurst hinunter und zeigte auf die mundgerechten Stücke aus Olivenbrot und Manchego vor ihm auf dem Tresen. »Greif zu.«

Ich hielt mich an ihm fest, um nicht umzukippen.

»Hey.« Er runzelte die Stirn. »Ist dir nicht gut?«

Ich presste die Lippen zusammen und nickte.

Er legte den Arm um mich und dirigierte mich hinaus.

Vor der Markthalle versuchte ich mich zu fangen.

Patrick musterte mich. »Sollen wir uns in irgendein Café setzen?«

Bloß kein Café. Da würde es auch Vino und Cerveza geben, und was die Spanier sonst noch gerne tranken.

»Lass uns wieder fahren«, bat ich. »Dieser Ausflug war keine gute Idee.« Ich klang quengelnd wie ein Kind.

»Soll ich uns nicht noch schnell ein paar Snacks besorgen? Es wäre doch schade, wenn –«

»Bitte«, flehte ich, »ich muss wirklich hier weg.«

Die Rückfahrt legten wir schweigend zurück. Nur das Geklapper der Schraube war zu hören. Patrick warf mir prüfende Blicke zu, doch er verkniff sich drängende Fragen. Dafür war ich ihm dankbar.

In der Finca hallte der Schrecken darüber, was in der Markthalle geschehen war, noch immer in mir nach. Wie hatte mich der Anblick von Weinflaschen so niederschmettern können? Ich stürzte auf mein Zimmer. Setzte mich an den Schreibtisch und griff zu Papier und Stift. Es musste sein. Jetzt. Ich zog eine wacklige Linie für die Überschrift.

Diese lautete: <u>Wann ich mich nach einem Glas Wein sehne.</u>

Mit zittriger Hand setzte ich die ersten Gedankenstriche.

- bei Stress auf der Arbeit
- bei Kummer
- zur Entspannung daheim auf dem Sofa
- um dazuzugehören
- um mich zu belohnen
- um etwas zu feiern
- wenn ich gute Laune habe
- wenn ich unglücklich bin

Ich starrte auf die Liste. Wie armselig war das eigentlich? Wenn glücklich und traurig sein für mich gleichermaßen Anlass zum Trinken waren – dann gab es doch immer einen Grund.

Mir kam eine augenzwinkernde Bemerkung von Erika in den Sinn, als wir einmal in einer Runde auf einen erfolgreichen Saisonstart anstießen. »Du findest aber auch immer gern einen Anlass für ein Glaserl, gäh?«

Ich hatte es als Kompliment aufgefasst. Dafür, wie gut man es mit mir hatte.

Blinzelnd notierte ich weiter:

- wenn ich mich einsam fühle
- weil es schläfrig macht
- um im Umgang mit Männern lockerer zu werden

Nach dem letzten Stichpunkt brach eine Welle der Scham über mich herein. Als Sebastian noch nicht mit Maja zusammen war, hatte ich mich auf ihn gestürzt wie eine Hyäne. Hatte ihn immer wieder angesprochen und eingeladen, selbst nachdem er mir den x-ten Korb gegeben hatte. Dennoch hatte ich mir ausgemalt, er könnte so jemand für mich werden, wie es einst Alexander gewesen war. Jemand, von dem ich nie genug bekommen konnte. Dem mein erster und auch mein letzter Gedanke eines Tages galten. Alexanders weiche Hände hatten mir die herrlichsten Schauder bereitet, seine Küsse eine Leidenschaft in mir entfacht, die ich seither nie wieder erlebt hatte. Wie schön wäre es, so jemandem noch einmal zu begegnen, hatte ich gedacht. Wenn ein Zusammentreffen mit Sebastian Liebermann bevorstand – sei es in Jakobs Schule oder bei einer privaten Gelegenheit –, hatte ich mir zuvor immer ein, zwei Gläschen genehmigt, um den Herzschlag zu beruhigen. Um mir die Hemmungen zu nehmen. Ich hatte sogar mal statt des üblichen Zopfes mein Haar nur mit einem Haarreif zurückgehalten, um ihm zu gefallen. Wie sehr musste ich mich bei ihm angebiedert haben? Ich hatte ihn angefasst, zu laut gelacht. Und damit nur das Gegenteil erreicht.

Eilig strich ich den Punkt wieder durch, er war mir zu peinlich. Verzweifelt legte ich den Kopf in die Hände. Ich wollte keine Frau sein, die die Sache nicht mehr im Griff hatte. Ich wollte nicht, dass Jakob und Maja recht hatten!

Doch wenn ich ehrlich war, war mir die Kontrolle schon vor langer Zeit entglitten. Ich weinte und ließ es geschehen.

Lydia unterbrach mich nicht, als ich ihr am Nachmittag meine Aufzeichnungen vorlas. Sie notierte auch nichts. Vermutlich, weil meine hundert anderen Listen glich, die ihr bereits vorgelesen worden waren.

Als ich geendet hatte, legte ich ratlos das Blatt ab. »Ich wüsste nicht, wie ich es schaffen sollte, nichts mehr zu trinken«, flüsterte ich. »Wenn ich keinen Wein mehr habe, dann … dann habe ich gar nichts mehr.«

»Die Trennung vom Alkohol ist etwas Emotionales«, antwortete die Therapeutin. »Alkohol ist vielen ein verlässlicher Freund. Aber gleichzeitig ist er eben auch wie ein Liebhaber, der einem nicht guttut. Zu ihm Nein zu sagen, kann eine ähnlich schmerzhafte Trennung sein. Wir suchen dir neue Freunde«, versprach Lydia. »Bessere. Du wirst sehen.«

»Aber –!«

Sie hob die Hand. »Zuerst einmal möchte ich dir gratulieren. Du hast es geschafft, fünf Tage ohne Alkohol auszukommen. Und offensichtlich auch heute bei deinem Ausflug mit Patrick.«

»Es war nicht leicht«, gab ich zu. »Fast wäre ich gescheitert.«

»Aber du bist nicht gescheitert. Leistungsbezogene Menschen wie du denken meistens, dass es sowieso nie genug ist, was sie tun. Der Alkohol ist die Flucht, dass sie endlich einmal alles loslassen können, Fünfe gerade sein lassen. Sie wollen sich abschalten und ablenken. Oft von sich selbst. Aber du hast heute Nein gesagt dazu. Das hast du ganz allein geschafft. Darauf kannst du wirklich stolz sein.«

»Ich weiß nicht, was ohne Patrick passiert wäre. Dann hätte die Sache vielleicht anders ausgesehen.«

»Hast du ihm gesagt, was los ist, und er hat aktiv dafür gesorgt, dass du nichts trinkst?«

»Nein, ich habe ihn gebeten, wieder hierher zurück zu fahren – ohne ihm den Grund dafür zu nennen.«

»Na siehst du. Du warst diejenige, die sich aus der Gefahrenzone begeben hat. Nicht er. Erkenne das an, Carola, das ist wirklich toll. Es war nicht leicht, aber du hast es geschafft.«

»Aber diese Gefahrenzonen lauern überall. Es gibt keine Orte, an denen ich nicht in Versuchung geführt werde. Soll ich etwa zukünftig gar nicht mehr vor die Tür?«

»Dass dir das so vorkommt, ist ganz normal. Schwangere sehen überall andere Frauen mit Babybauch. Und Autofahrer, die sich eine bestimmte Automarke zugelegt haben, denen kommt es mit einem Mal so vor, als sei die halbe Welt in diesen Fahrzeugen unterwegs. Das hat mit unserer Wahrnehmung zu tun. Menschen, die Alkohol keine besondere Bedeutung beimessen, bemerken weder diesen Weinstand noch Bars oder Trinkhallen. Es kann eine Zeit geben, in der du keinen Alkohol mehr brauchst und deswegen keinen vermisst und darum auch keinen mehr trinkst.«

»Jemand wie ich kann nicht einfach keinen Wein mehr trinken. Das wäre beruflicher Selbstmord.«

»Wieso ist das so?«

Ich öffnete die Hände. »Da sind zum einen die Weinproben unserer Winzer, zu denen ich immer wieder eingeladen werde. Da kann ich nicht ›Nein, danke‹ sagen.« Außerdem bekam ich übers Jahr reichlich Weingeschenke, die für einen Feierabendtrunk bestens geeignet waren.

»Aber du bist ja keine Sommelierin. Du leitest nur das Hotel. Oder zeichnest du dich speziell als Kennerin aus und sprichst den Gästen persönliche Weinempfehlungen aus?«

»Nein, das macht unser Bewirtungspersonal. Aber ich sollte natürlich wissen, was wir ordern. Ich muss über alles Bescheid wissen.«

»Das heißt, du probierst auch von jedem Essen, das die Küche rausgibt?«

»Nicht von jedem, da würde ich ja kugelrund. Aber unser Chefkoch ist der Beste. Da habe ich keine Sorge.« Sehnsüchtig sah ich in die Ferne. Der gute Bastian hatte es wirklich drauf. Sogar seine Paella war perfekt.

»Kontrollierst du die Zimmer, bevor sie an den nächsten Gast vermietet werden?«, holte Lydia meine Gedanken zurück.

»Nein, das macht unsere Hausdame, die Erika. Da käme ich ja in Teufels Küche, wenn ich das auch noch machen würde.«

»Und wie ist es mit der Haustechnik? Wenn da etwas hakt? Schaust du dann selbst nach und reparierst Schwachstellen?«

»Ich weiß schon, worauf du hinauswillst, aber –«

»Aber?«

Als ich ihr die Antwort schuldig blieb, sagte sie: »Die Einzige, die die Weinproben so wichtig nimmt, bist du. Euer Personal kann das sicher ohne deine Hilfe.«

Ich knabberte auf der Unterlippe. »Aber wenn einer unserer Winzer mir etwas anbietet, dann kann ich nicht ablehnen. Das wäre unhöflich.«

»Gibt es unter deinen beruflichen Kontakten auch Menschen, die rauchen?«

»Jede Menge.«

»Rauchst du auch?«

»Nein.«

»Warum nicht?«

»Weil es mir nicht schmeckt.«

»Aber du bekommst manchmal eine Zigarette angeboten?«

»Schon. Die lehne ich ab, klar. Aber das ist nicht dasselbe, Lydia. Zigaretten kann man natürlich ablehnen, wenn man Nichtraucher ist.«

»Und Vegetarier lehnen Fleisch ab.«

»Ja, aber bei Alkohol – da denkt doch jeder ...« Hilflos wedelte ich mit den Händen. »Die werden mich fragen, warum und wieso!«

»Was du nicht vergessen darfst: Mit Alkohol wird eine künstliche Nähe erzeugt. Er wird in der Gesellschaft als etwas Positives erkannt. Wer alkoholfrei lebt, grenzt sich also erst einmal ab. Aber du kannst dich auch mit einem Glas Traubensaft vom Winzer dazu stellen. Oder solchen Gefallen am alkoholfreien Sekt finden, dass du den eben immer nimmst. Obendrein sollte er auf eure Karte.«

Verlegen zupfte ich am Ärmel meines Pullovers. Wir hatten sogar einen auf der Getränkekarte. Ich hatte ihn nur noch nie probiert.

»Aber es ist natürlich auch ganz nett, wenn die Stimmung steigt, wenn man zusammen etwas trinkt. Ohne den Alkohol bliebe das ja dann aus.«

Lydia sah auf die Liste, die ich zuletzt angefertigt hatte. »›Die Stimmung steigt‹ steht gar nicht auf deiner Sehnsuchts-Liste.«

Ich rieb mir mit Daumen und Zeigefinger die Nasenwurzel. »Stimmt, ja. Das Einzige, was mir nie gelingt, ist wohl mit Alkohol lustig zu werden.«

»Siehst du. Nimm dir also ein anderes Getränk zum Anstoßen, und du gehörst auch dazu. Und wenn bei der

Weinprobe zu sehr gefachsimpelt wird und du dich mit einer Traubenschorle ausgeschlossen fühlst, könntest du das Event an eine Mitarbeiterin deines Vertrauens delegieren.« Fragend sah sie mich an. »Wäre das eine Option?«

Tatsächlich gab es einen ausgebildeten Sommelier im Team. Es wäre ein Leichtes, nicht mehr teilzunehmen. Und wenn es wirklich mal etwas zu feiern gäbe, könnte ich eine alkoholfreie Variante nehmen. Das taten nämlich auch etliche andere im Personalstamm, die für den Rest des Tages »einen kühlen Kopf« behalten wollten. Nur ich hatte noch nie Nein gesagt.

Ich nickte zaghaft. So schwer war es anscheinend gar nicht. Seltsam.

»Kommen wir dazu, dass du dich mit dem Alkohol belohnst.« Mein Gegenüber zuckte die Achseln. »Man kann sich mit allem Möglichen belohnen. Manche Menschen schenken sich etwas Schönes. Das kann ein Kleidungsstück oder ein Kinoabend oder auch ein leckeres Essen sein. Oder ein Schulterklopfen an sich selbst. Hast du dir schon mal selbst auf die Schulter geklopft und dich gelobt, wenn dir etwas gut gelungen ist?«

Ich lachte trocken. »Meistens bin ich ja einfach nur froh, wenn der Tag vorüber ist.«

»Auch darauf könntest du stolz sein. Dass du wieder erfolgreich einen Arbeitstag gemeistert hast.«

»Na ja.« Ich verdrehte die Augen. »In letzter Zeit eben mehr schlecht als recht.«

»Also gab es in letzter Zeit auch nicht viel«, Lydia sah zurück auf die Liste, »zu feiern?«

»Das stimmt.« Bei dem Gedanken daran, dass wir wegen meiner Unfähigkeit unser Jahresziel verfehlen würden, wurde mir schon wieder ganz anders.

Lydia sah mich fragend an. »Also kommt eher der

nächste Punkt deiner Liste in Betracht, nämlich dass du gerne ein Glas Wein trinkst, wenn du unglücklich bist?«

Kaum hatte sie das Wort ausgesprochen, fühlte ich mich auch schon hundeelend.

»Führt der Alkohol dann dazu, dass du glücklich wirst, oder«, sie sah wieder auf die Liste, »du dich weniger einsam fühlst?«

Ich senkte den Blick. »Natürlich nicht. Er hilft mir, zu vergessen.«

Lydia lehnte sich nach vorn und sah mich eindringlich an. »Genau. Du hast es nämlich auch aufgeschrieben: Bei Kummer betäubt er deine Gefühle. Aber wer will betäubte Gefühle, Carola? Es wird immer Dinge geben, die einen nicht freuen. Aber zum Ausgleich werden wir Dinge finden, die dich glücklich machen. Und diese Gefühle willst du dann gar nicht betäuben.«

Ich wollte ihr das zu gern glauben. Es fiel mir nur sehr schwer.

Eigentlich hätte ich die Sitzung jetzt am liebsten beendet. Doch Lydia war noch nicht fertig.

»Gab es möglicherweise einen bestimmten Auslöser, nach dem es überhandgenommen hat mit dem Trinken?«

»Mir fällt keiner ein.«

Lydia sah auf ihre Aufzeichnungen. »Du sagtest letztens, dein Sohn wirft dir vor, dass du zu viel trinkst. War das schon so, als er noch daheim gewohnt hat?«

Schnell schüttelte ich den Kopf. »Er war ein Grund, es nicht ausufern zu lassen. Zwar habe ich da auch oft abends ein Glaserl getrunken, aber nie so viel, dass ich nicht mehr vom Sofa hochkam.« Abermals trieb mir der Gedanke daran, wie Jakob und Tala mich zuletzt vorgefunden hatten, die Schamesröte ins Gesicht.

»Aber du hättest es sonst getan?«

»Möglich wäre es.« Die Angst, für meine Stelle nicht zu taugen, saß mir ja schon ewig im Nacken. Und dass auffliegen könnte, wie ich überhaupt an sie gekommen war.

»Also liegt es weiter zurück. Hat es nach der Trennung von deinem Mann angefangen oder schon vorher?«

»Eher danach«, flüsterte ich. Da hatte der Peter im Allgäuer Hof wieder begonnen, anzügliche Bemerkungen zu machen. Und mich zu begrapschen. Melanie hatte gesagt, ich sollte zum Alois gehen und mich beschweren. Aber das hatte ich nicht getan. Ich hatte mich geschämt.

»Du hast dich einsam gefühlt nach der Trennung, stimmt's?«

»Nein, ich war doch froh, dass ich den Hubert los war.« Ich begann zu weinen.

»Was ist sonst passiert?«, fragte Lydia sanft. »War etwas mit deinen Eltern? Du sagtest, dass du in deinem Elternhaus immer für gute Laune sorgen musst. Das ist nicht sehr gesund, es sei denn, man ist ein Clown und wird dafür bezahlt.«

Ich verzog den Mund zu einem schrägen Lächeln. Zwar kam ich mir nie wie ein Clown vor, wenn ich bei meinen Eltern war. Wie eine Schauspielerin aber schon.

»Hast du Geschwister?«

Vermutlich sah ich sie an wie ein Kaninchen in der Falle. Welche Lawinen wollte mein Aufenthalt hier eigentlich noch in Gang setzen?

»Ich hatte mal eine Schwester«, sagte ich und legte die Hände vors Gesicht.

14

Später fegte ich mal wieder die Terrasse.

Lydia war nicht weiter in mich gedrungen, sie hatte gespürt, dass dieser Tag mir schon genug zugesetzt hatte. Wir würden uns alles anschauen, wenn ich bereit dazu war, versprach sie. Und keinen Tag vorher.

Als die Terrasse blitzblank war, kuschelte ich mich mit meinem Buch im Wohnzimmer der Finca aufs Sofa vor dem Kamin. Dabei knabberte ich Vanillekipferl von Rita, die fast so gut schmeckten wie die meiner Ex-Schwiegermutter.

In dem Roman ging es wesentlich lustiger zu als in meinem Leben. Oder besser gesagt lächerlich. Die Heldin und der Held der Geschichte hatten sich andauernd in der Wolle. Es ging um Missverständnisse und falsch interpretierte Gesten.

Nun standen die beiden Streithähne einander gegenüber. Die Dame weigerte sich, auch nur einen Meter weiterzugehen, und was machte ihr Kerl? Er legte sie sich über die Schulter und trug sie davon. Sie strampelte mit den Beinen und wollte ihm die Augen auskratzen, doch er war stärker als sie.

Ungläubig starrte ich auf die Zeilen, dann blätterte ich zum Impressum. Das Buch war nicht aus den Siebzigern, sondern aus dem letzten Jahr.

Hinter mir betrat jemand den Salón, und ich wandte den Kopf.

»Darf ich?« Patrick zeigte auf die freie Stelle neben mir.

Offenbar war er mir nicht böse, dass ich unseren Ausflug so abrupt abgebrochen hatte. »Tut mir übrigens leid wegen heute früh. Du hast was gut bei mir«, murmelte ich.

»Hauptsache, es geht dir jetzt wieder besser.« Er zuckte die Achseln und zeigte auf den Roman. »Was liest du da?«

»Einen totalen Schmarrn. Wie wahrscheinlich ist es, dass ein Mann eine Frau über die Schulter legt und gegen ihren Willen davonträgt? Das ist doch lächerlich.«

Er schmunzelte. »Und nicht gerade leicht zu bewerkstelligen.«

»Eben! Stell dir vor, du wolltest mich über deine Schulter legen, und ich wehre mich dabei mit Händen und Füßen. Das ist doch vollkommen unrealistisch.« Ich tippte auf mein Buch. »Aber genau das machen die hier.«

»Wir können es ja mal versuchen.« Patrick erhob sich und schob die Ärmel seines Langarmshirts nach oben, spannte den tätowierten Bizeps an. »Vielleicht schaffe ich es.«

Ich kicherte. »Das sollte keine Einladung sein.«

»Weiß ich, aber ich bin neugierig. Stell dich mal hin.«

Zögernd legte ich den Roman beiseite und folgte seiner Aufforderung.

Er war nur einen halben Kopf größer als ich und nicht annähernd so ein bäriger Typ wie Hubert. Selbst wenn ich nachgeholfen hätte – das würde nichts werden.

Im nächsten Augenblick schlang Patrick einen Arm um meine Hüfte, schob mir den anderen in die Kniekehlen, und schon richtete er sich mit mir wieder auf. Vor Schreck stieß ich einen Schrei aus und klammerte mich an ihn. Der Duft nach einem holzigen Männerparfüm stieg mir in die Nase.

»Zumindest das geht!« Stolz grinste er mich an. Seine warmen Augen blitzten. »Mal sehen, ob ich dich auch davontragen kann.«

»Von wegen!« Protestierend strampelte ich mit den Beinen, versetzte dabei versehentlich dem Beistelltisch einen Tritt. Die Lampe darauf kam ins Wanken und fiel mit einem ohrenbetäubenden Klirren zu Boden.

Zuerst herrschte Stille. Patrick setzte mich langsam wieder ab. »Hoppla.«

Im Stockwerk über uns regte sich etwas. Schon hörten wir Lydia die Treppe hinuntereilen, und Rita stürzte aus der Küche zu uns.

Die beiden Frauen starrten uns an.

»Es ist nicht, wie ihr denkt.« Patrick hob beide Hände. »Das war ein Versehen.«

»Natürlich war es ein Versehen«, bestätigte ich. »Was denn sonst?« Ich strich mir den Rock glatt.

»Gut.« Lydia nickte. Sie fasste sich kurz an die Brust, dann straffte sie die Schultern. »Wo die Besen sind, wisst ihr ja.« Sie verdrehte lächelnd die Augen und zeigte zur Decke. »Ich bin dann mal wieder bei der Arbeit. Habe gerade einen Videocall.«

»Bestell bitte eine neue Lampe, ich übernehme natürlich die Rechnung!«, rief Patrick ihr hinterher.

Rita wandte sich kopfschüttelnd ebenfalls ab und ging zurück in ihre Küche.

Patrick und ich blieben wie zwei unartige Kinder beieinander stehen.

»Na gut, es geht«, flüsterte ich und spähte zu ihm hinüber.

Er sollte dieses jungenhafte Grinsen in meiner Gegenwart lieber unterlassen. Es führte nämlich dazu, dass so ein warmes Gefühl durch mich hindurchschwappte, das mir gar nicht gefiel.

»Dein Zopf ist aufgegangen.« Patrick fischte das Gummiband vom Boden auf. Er wuschelte vorsichtig mit beiden Händen durch mein Haar und betrachtete mich anerkennend. »Das sind ja ganz neue Perspektiven. Du solltest es öfter offen tragen.« Seine dunklen Augen blitzten. Wir hielten inne und ließen uns nicht aus den Augen. Mein Herz klopfte.

Verlegen strich ich mir eine Strähne hinters Ohr und trat einen Schritt zurück.

Mit offenen Haaren verband ich keine guten Erinnerungen. Schnell flocht ich sie wieder zu einem Zopf.

Patrick holte einen Besen von der Terrasse, und gemeinsam räumten wir auf.

An diesem Abend schlief ich zum ersten Mal ohne Beruhigungsmittel ein. Vielleicht lag es allein an Lydias Prognose, die ich ihr allzu gern abkaufen wollte – der Glaube versetzt bekanntlich Berge. Doch womöglich hatte es auch mit dem Durchbruch zu tun, den ich heute verzeichnen konnte. Ich hatte zugegeben, dass ich zu viel trank. Diese Erkenntnis hätte mich niederschmettern können, aber das tat sie nicht. Eventuell war es ja möglich, das Ruder mit Lydias Hilfe herumzureißen. Um das zu tun, würde es eben nötig sein, mir die Dinge anzuschauen, die ich schon so lange aus meinem Bewusstsein verdrängt hatte. Doch unter der Oberfläche brodelte es seit Jahren. Melanie, Peter. Und auch Alexander. Er hatte mir das Herz gebrochen. Konnte man so eine erste Liebe eigentlich jemals vergessen?

Vor dem Einschlafen las ich noch eine Weile und löschte schließlich das Licht. Dachte an Patrick. An seinen Geruch, als er mich so schwungvoll auf den Arm genommen hatte. An den Blick aus seinen warmen Augen. An seinen federnden Gang und die Tatsache, dass er beim Yoga nichts drunter trug.

In der Nacht träumte ich, dass wir uns küssten. Dabei fiel mir das Haar in weichen Wellen über die Schultern und roch nach einem Haarbalsam, den ich zuletzt als Jugendliche verwendet hatte, als ich mit Alexander zusammen war.

Kurz bevor sich bei dem lustvollen Kuss unsere Zungen berührten, weckte mich der Hahnenschrei.

15

Ich war in meinem Leben noch nicht oft verliebt. Die ganz großen Gefühle hatte ich nur bei Alexander gekannt. Dieses Pulsieren in jeder Faser meines Körpers, wenn wir zusammen waren. Diese Hingezogenheit, das Bedürfnis, am liebsten in ihn hineinzukriechen, um ihm so nah wie nur möglich zu sein. Sein Körper an meinem, das Drängen meines Unterleibs, ihn in mir zu spüren. Er war der erste, mit dem ich geschlafen hatte, und wenn es anfangs auch noch recht unbeholfen und ruppig zwischen uns zugegangen war, so hatte er mich dennoch verzaubert. Es gab Tage, an denen ich an nichts anderes gedacht hatte als an ihn. Er war mein erster Gedanke, wenn ich morgens die Augen aufschlug, und der letzte beim Zubettgehen. Jeder Tag, an dem wir uns nicht sahen, erschien mir wie ein verlorener, sinnloser Tag. Jedem Treffen fieberte ich entgegen, zählte die Stunden, bis wir miteinander in den Kissen liegen würden. Mein Kinn war rau, der Mund wund von seinen Küssen und zwischen den Beinen brannte jeder Schritt. Ich war beseelt von »Ich liebe dich, ich liebe dich, ich liebe dich.«

Und dann der entsetzliche Schlag, als es hieß, er würde wegziehen.

Liebeskummer ist ein furchtbarer Schmerz. Er nagt tief im Inneren, an Stellen, an die man nicht rankommt. Kein Pflaster der Welt kann sie heilen, manchmal nicht einmal die Zeit. Wochenlang fühlte ich mich verwundet. Und wie hätte diese Wunde auch jemals heilen sollen, wenn klar war: So eine Liebe wie Alexander würde ich nie mehr finden.

Doch all dieses Vermissen und Sehnen war noch nicht das Schlimmste gewesen. Wir hätten einander besuchen können. Frankfurt war nicht aus der Welt. Jedenfalls für meine Begriffe. Doch Alexander, der in seiner neuen Heimat die Oberstufe besuchte, während ich meine Ausbildung im Allgäuer Adler begann, ließ bald immer weniger von sich hören. Ich fehlte ihm nicht so sehr wie er mir. In Frankfurt gab es eben all die Orte nicht, die mich in Pfronten an ihn erinnerten. Jedes Fest, jede Straßenecke, mein Bett erinnerten mich an ihn. Ich schrieb ihm unzählige Liebesbriefe. Fragte ihn, wann wir uns sehen könnten. Zuerst musste er sich an alles gewöhnen, dann war die Schule sehr anstrengend, Klausuren standen an, Klassenfahrten, neue Freunde, Partys. Ich weinte wochenlang um meine verlorene Liebe. Auch auf der Arbeit.

Und schließlich das Telefonat, in dem er mir mitteilte, das mit uns hätte so keinen Sinn mehr. Immerhin mache er jetzt Abitur, er wolle BWL studieren, Banker werden, Karriere machen. Er und ein Madel aus der Provinz, das dort wahrscheinlich an der Rezeption im Allgäuer Hof versauern würde, passten nicht länger zusammen. Und der schlimmste Satz: *Du tust mir leid, Carola, dass nichts Besseres aus dir wird.*

Ich dachte, mir reißt es das Herz raus. Wo war mein

geliebter Alexander hingekommen? Hatten sie ihm in der Bankenmetropole das Gehirn gewaschen? Wie konnte er so herzlos sein? Er, der mir immer wieder beteuert hatte, wie sehr er mich liebte. Es gab ihn nicht mehr.

Und dann kam Peter Vogl daher und meinte, er wollte mich »trösten«.

Hatte ich Hubert aus Trotz geheiratet? Um Alexander zu zeigen, dass ich ihm nicht mehr hinterhertrauerte und Peter, dass ich nicht zu haben war? Der Hubert hatte Charme, wenn er wollte. Er besaß Witz. Wenn er in einer Runde dabei war, dann wurde es lustig und laut. Jedem, der es damals hören wollte, und auch jedem, der es nicht hören wollte, erzählte er, dass die Carola – also ich – ein Teufelsweib wäre. Und genau das wollte ich sein, ein Teufelsweib, kein Trauerkloß. Auf der Kirmes schenkte er mir ein Lebkuchenherz mit der Aufschrift »Mein Schatz«. Er war ein Bär von einem Kerl. Der konnte den Peter in Schach halten. Musste er aber gar nicht, denn Peter hatte keine Lust auf Stress mit eifersüchtigen Ehemännern.

Hubert und ich kamen jedenfalls gut miteinander aus. Der Hübner-Clan nahm mich mit offenen Armen in seiner Mitte auf, mit meiner Schwiegermama verstand ich mich besser als mit meiner eigenen Mutter. Dass wir bei ihr und Huberts Vater, der inzwischen verstorben war, auf dem Hof wohnten, störte mich nicht.

Im Grunde passte alles – doch in unserer ganzen Ehe kam uns nie ein »Ich liebe dich« über die Lippen. Dafür hätte schon jemand wie Alexander daherkommen müssen, dachte ich bereits damals.

Daher fiel ich ja so aus allen Wolken, als ich Sebastian Liebermann kennenlernte. Er wäre vielleicht jemand für »Ich liebe dich« gewesen. Aber aus bekannten Gründen hatte ich bei ihm keine Chance.

Und Patrick?

Sag niemals nie. Vielleicht funkte es noch zwischen uns. Dieser eine Augenblick, als er mich auf den Arm genommen hatte, der wirkte noch immer nach.

Auch wenn Lydia uns gewarnt hatte, hier keine Techtelmechtel anzufangen, weil sie uns von unseren eigenen Themen ablenken würden – wir waren immerhin erwachsen und wussten, was wir taten.

Richtig?

Beim Yoga und dem anschließenden Frühstück warfen Patrick und ich uns verschmitzte Blicke zu. Irgendwie so, als würden wir ein Geheimnis miteinander teilen. Noch immer musste ich mir das Lachen verkneifen. Wir hatten uns aufgeführt wie Kinder. Obendrein steckte mir der Traum, in dem wir uns geküsst hatten, in den Knochen. Ich fühlte mich albern und hibbelig und war froh, dass ich nach dem Frühstück mit Malte zum Joggen verabredet war. Bisher bewahrheitete sich seine Prognose allerdings nicht, dass ich mit jedem Mal mehr Ausdauer zeigen würde.

»Sei ein bisschen gnädig mit dir und achte auf deinen Atem«, beschwichtigte er mich, als ich bei der Laufrunde an diesem Vormittag ein ums andere Mal wehklagend mit auf den Knien abgestützten Händen stehenblieb. »Es ist noch keine Meisterin vom Himmel gefallen.«

Diesen Spruch sagte ich selbst gern zu unseren Auszubildenden. Von mir erwartete ich allerdings bessere Leistungen.

Keuchend lief ich weiter.

Nach dem Mittagessen stand die Therapieübung mit der Pferdetrainerin auf dem Plan.

Enrico würde mich hinbringen. Gentlemanlike hielt der Hausmeister mir die Beifahrertür zum Lieferwagen auf.

Bisher hatten wir noch nicht allzu viele Worte miteinander gewechselt, doch kaum, dass wir vom Parkplatz gerollt waren, fanden wir uns in ein Gespräch vertieft. Sein Akzent gefiel mir genauso wie das Blitzen seiner munteren Augen. Er war ein einfacher Mann mit Köpfchen. In seiner Freizeit hörte er klassische Musik und las Prosa von Federico Garcia Lorca. Ich hatte von dem spanischen Schriftsteller gehört, aber keines seiner Werke im Kopf. Als ich Enrico fragte, worum es darin ging, antwortete er: »Natürlich um die Liebe. In das ganze Leben geht es um die Liebe. Manche haben gleich mehrere in ihre Leben, andere finden sie nie.«

»Und du?«, hakte ich nach, während er den Lieferwagen den Berg hinunter lenkte. »Hast du sie schon gefunden?«

Der Handwerker schnalzte mit der Zunge. »Ich bin kein Mann von die große Worte.« Mit Zeige- und Mittelfinger deutete er auf seine Augen. »Ich gucke immer von die Ferne und überlege mir, wie könnte sein.«

Ich betrachtete ihn neugierig. »Warst du auch noch nie verheiratet?« In meiner Vorstellung wurde in dem katholischen Land die Ehe hochgehalten. Und Enrico war bestimmt Mitte vierzig.

»Verheiratet? Nohoho.«

»Und im Moment?«, fragte ich spielerisch. »Wen schmachtest du da von Weitem an?«

Enrico schaltete einen Gang herunter und nahm eine enge Kurve, die Schraube klapperte wieder durch die Innenverkleidung. Ein Laster kam uns hupend entgegen. Erschrocken hielt ich die Luft an. Als das Fahrzeug vorübergezogen war, setzte der Hausmeister unser Gespräch fort, als sei nichts geschehen. »Willst du raten, für wen schlägt mi corazón?«

Gespannt betrachtete ich ihn. Ich hatte da so eine Ahnung. »Sag bloß, du hast ein Auge auf Lydia geworfen?«

Er warf lachend den Kopf zurück. »Wie kommst du auf das?«

»Ich habe euch letztens am Gehege gesehen. Da habt ihr so … vertraulich gewirkt.«

Er winkte ab. »Das war wegen andere Sache. Es ging um die Leute in Dorf. Ich habe la Lydia gesagt, soll sie mal wieder gehen hin, reden mit sie, Hola sagen. Aber sie will nicht. Sie spricht gut el Español, wusstest du?«

Ich schüttelte den Kopf.

»Jedenfalls, was du hast gesehen ist, dass ich mag sie und sie mich. Sonst nichts.«

Er würde hoffentlich nicht für Julia schwärmen, die war doch zu jung? »Du meinst Rita?«, fragte ich ungläubig. »Den Küchendrachen?«

Enrico lachte laut. Zwischen seinen Backenzähnen kam eine Lücke zum Vorschein, die ihn noch sympathischer wirken ließ. Dann nickte er. »Sí. Diese Name passt gut. La Dragona.«

Ich konnte es nicht glauben. Was reizte Enrico an dieser Frau? Ihre Unnahbarkeit? Ihre Weigerung, irgendwen in ihre Küche zu lassen?

Wenn es schon bei mir mit der Liebe nicht klappte, dann hätte ich gern diesen beiden auf die Sprünge geholfen. Bloß wie?

Wir kurvten weiter talwärts, bis Enrico auf einen unbefestigten Weg einbog, an dessen Ende eine Pferderanch lag. Das mit Holz verkleidete Gebäude erinnerte an einen alten Hollywoodfilm. Auf der Veranda war eine bunt gestreifte Hängematte gespannt; auf dem breiten Geländer standen farbenfrohe Blumentöpfe aufgereiht, aus denen Hängepflanzen wucherten. Rechts des Hauses lag eine eingezäunte Koppel, von der uns ein Pferd mit aufgestellten Ohren entgegensah. Dahinter Wiesen und Büsche, dann folgten Stallungen, und in der Ferne war wieder der Wald.

Enrico blieb neben einem schmutzverspritzten Jeep stehen und zog die Handbremse. Aus dem Haus trat eine junge Frau. Das kastanienbraune Haar reichte ihr bis zum Po. Sie und der Hausmeister begrüßten sich mit Wangenküssen. Sie sprach fließend Spanisch, das einzige Wort, das ich aufschnappte, war »Café«. Schon verabschiedete sich Enrico nach drinnen.

Die Trainerin stellte sich mir als Tina vor. In ihren Reiterhosen und dem Strickpulli, in dessen Maschen sich Heu verfangen hatte, sah sie aus wie der Inbegriff einer Pferdenärrin. Obendrein war sie Psychologin und Therapeutin, die auf der Insel Therapiewochen, hauptsächlich für Kinder mit Behinderung, anbot.

Santiago, das Trainingspferd, war ein siebzehn Jahre alter Wallach. Das schwarze Fell des Tieres glänzte, aus seinen Nüstern stießen Atemwölkchen. Tina führte das Tier von der Koppel zu einem Voltigier-Platz, öffnete das Gatter für uns.

Nervös folgte ich ihr. Es war Jahre her, dass ich auf einem Pferd gesessen hatte. Ich empfand Respekt vor diesen Geschöpfen. Zwar hatte ich nicht die leiseste Idee, was dieser Tag mit den beiden mir bringen sollte, aber inzwischen war ich offen für alles. Vielleicht würde ich sogar mit Lydia über Melanie reden, wer mochte es wissen? Ich war die erste Nacht ohne Beruhigungsmittel eingeschlafen – hatte nicht einen Gedanken an Alkohol verschwendet – und ich hatte obendrein einen verliebten Traum gehabt. Was wollte ich mehr? So gut war es mir lange nicht gegangen.

Das Tier stand ruhig da, ich streichelte ihm sanft klopfend den Hals.

»Hast du schon Erfahrung mit Pferden?« Tina sah mich fragend an.

»Außer, dass ich schon mal auf einem gesessen habe – nein.«

Die Trainerin forderte mich auf, die Stirn an Santiagos zu legen und lobte mich für meine Unerschrockenheit. Ich lauschte dem Schnauben des Tieres, fühlte sanft über die zarten Nüstern.

»Pferde kommunizieren viel über die Nase«, erklärte sie. »Gefühle wie Angst oder Aggression können sie durch den erhöhten Herzschlag beim Menschen erspüren. Durch das Hochziehen der Oberlippe können sie selbst allerkleinste Geruchsstoffe erschnuppern. Aber auch Mimik können die Tiere erkennen. Das Pferd spiegelt dir obendrein deine Körpersprache. Vielleicht glaubst du, mit deiner Gestik und Mimik etwas Bestimmtes zu vermitteln, doch es kann sein, dass das Pferd dir etwas anderes zurückmeldet.«

Durch ein Schnipsen zog sie Santiagos Aufmerksamkeit auf sich und bat mich jetzt, eine Hand an die Rippen und eine andere auf den Rücken des Tieres zu legen. Das Pferd bewegte sich keinen Millimeter von der Stelle, als ich mich dagegen lehnte. Ich spürte seinen ruhigen Atem.

»Schön«, flüsterte ich.

Tina gab mir das Ende der Zügel in die Hand. »Geh doch mal ein paar Runden mit ihm spazieren«, forderte sie mich auf.

»Hier im Kreis?« Ich deutete auf den Pflock in der Mitte der Koppel.

»Wo du möchtest, wir haben ja Platz.«

Ich fasste die Zügel ganz am Ende und wagte ein paar Schritte. Santiago folgte mir.

Auf dem Weg über den runden Platz wandte ich mich immer wieder zu ihm um. Versicherte mich, dass er mit seiner Aufmerksamkeit weiterhin bei mir war, bis ich schließlich sicher war, dass er mir auch wirklich folgte. Stolz drehte ich meine Runden, bis Tina mich aufforderte, wieder zurückzukehren.

Das hatte schon mal gut geklappt, fand ich.

Nun half mir die Trainerin aufs Pferd. Zwei Anläufe brauchte es, bis ich oben war. Unsicher richtete ich mich auf. Zwar hatte ich schon mal auf einem Reitpferd gesessen, doch damals trug es einen Sattel. Hier saß ich nur auf einer Decke. Tina schlang die Zügel über die Mähne, doch ich sollte sie nur an den äußeren Enden fassen und ansonsten locker liegenlassen. Sie selbst hielt das Tier locker an einem Seil. Das gab mir immerhin Sicherheit. Mit einem weiteren Schnipsen forderte sie Santiago nun auf, sich in Bewegung zu setzen. Meine Aufgabe lautete, das Tier ohne die Zügel zu lenken und wieder anzuhalten.

»Verlass dich auf deine Intuition«, beantwortete Tina meine Bedenken.

Ich versuchte, das Tier mit den Hacken zu dirigieren, knuffte es sanft in die Seiten, doch nichts geschah. Was ich auch probierte: freundliche Aufforderungen, Herumgezuppel an der Mähne, Klopfen auf den Hals. Nichts. Um Santiago zum Anhalten zu bewegen, rief ich »Stopp« und »Ho!«, aber das beeindruckte ihn ebenso wenig. Schließlich gab ich es auf.

Tina brachte das Pferd mit einem langgezogenen »Hooo« zum Stehen.

Ratlos sah ich sie an. »Was hätte ich denn machen sollen? Er hat mich nicht verstanden.«

»Das zeigt dir, dass du an der Klarheit deiner Signale arbeiten kannst. Du hast keine Verbindung zu ihm aufgebaut, wie es dir zuvor mit dem Seil gelungen ist. Da hattet ihr obendrein Augenkontakt. Nicht die ganze Zeit, aber nach einer Weile hast du darauf vertraut, dass er dir folgen wird, und das tat er, ohne dass du Zug auf die Zügel nehmen musstest. Im Gegensatz zu dieser Übung, in der du die Zügel nicht benutzen solltest. Deine Körperhaltung ist hier eine ganz andere als zuvor. Du hingst«, sie lächelte zu mir hinauf, »ein bisschen wie ein nasser Sack. Weil du keinen Augenkontakt zu ihm aufbauen konntest, hatte er die Führung inne, und schon hast du dich hilflos gefühlt. Sagt dir das etwas im Zusammenspiel mit deinen Mitmenschen? Mit deiner Arbeit vielleicht?«

Ich blies die Wangen auf. Was sagte mir das? Dass ich einerseits eine gute Führungspersönlichkeit war? Das freute mich immerhin. Eine lockere Leine, gelegentlicher Blickkontakt – man folgte mir. Doch der Kontakt zu meinem Vorgesetzten war gestört. Alois sah mich nicht, er durfte mit mir machen, was er wollte. Ich konnte zappeln, Nein sagen, mit den Armen fuchteln – er nahm mich nicht wahr. Brummte mir immer mehr Arbeit auf. Etwa weil ich mich gebar wie ein nasser Sack und niemals ›Stopp‹ sagte?

»Weißt du, mein Vorgesetzter und ich ... wir haben keine ganz einfache Geschichte«, sagte ich.

Tina legte den Kopf schräg.

Ihr konnte ich es ja sagen. »Er war mir quasi etwas schuldig und hat mir einen riesigen Gefallen getan, als er mir die Stelle anbot. Eigentlich war ich gar nicht qualifiziert. Jeder andere wäre besser geeignet gewesen als ich.«

»Aber er hat es trotzdem getan. Das hätte er sicher nicht gemacht, wenn er dich für unfähig gehalten hätte? Kein Geschäftsmann würde das tun.«

Ich sah an den Himmel. Das stimmte natürlich.

»Hätte ich die Zügel benutzen können, wäre es vermutlich einfacher gewesen«, wandte ich ein.

Tina schüttelte den Kopf. »Zum Lenken brauchst du keine Zügel. Es sind die Gewichtsverlagerung und die Schenkelhilfen, die das Pferd steuern. Pferde lernen zum

Schwerpunkt hin zu treten, um sich auszubalancieren. Es ist ähnlich wie beim Radfahren, du schlägst den Lenker auch nur minimal ein, bleibst aber mit dem Becken und der Schulterpartie parallel zum Lenker. Beim Reiten ist es genauso. Es braucht keine ruckartigen Manöver.« Wieder schnippte sie mit den Fingern, das Tier setzte sich in Bewegung. Ich drückte den Rücken durch, wollte diesmal nicht wie ein nasser Sack kraftlos und ohne Konturen auf ihm herumhängen.

Sanft presste ich den Schenkel gegen den Rumpf des Pferdes, verlagerte mein Gewicht nach rechts, machte mich damit bemerkbar. *Ich bin hier. Nimm mich wahr.* Santiago folgte.

Überrascht wandte ich mich nach Tina um.

So ging das also!

Klare Signale. Kein Herumlavieren. Ich würde es mir hinter die Ohren schreiben.

Auf der Rückfahrt fühlte ich mich, als könnte ich Bäume ausreißen. Mit etwas Übung war es mir gelungen, den Wallach nicht nur zu lenken, sondern auch anzuhalten. Vielleicht war die gelernte Technik nicht nur auf Alois, sondern auch auf andere Mitmenschen anwendbar.

»Weißt du was«, sagte ich unternehmungslustig zu Enrico, der den Lieferwagen nun wieder gekonnt bergaufwärts lenkte, »ich glaube, wir sollten Rita mal ein bisschen auf die Sprünge helfen, findest du nicht? Patrick zum Beispiel würde gerne mal Flan essen. Und ich eine Paella. Das hast du doch drauf, richtig?«

»Claro, que sí.«

»Vielleicht könnten wir sie ja dazu bringen, alle gemeinsam zu kochen? Dann kämt ihr beiden euch ein bisschen näher, und Patrick und ich hätten auch etwas davon. Was meinst du?«

»Ich meine, dass ich sehe schwarz. Ich habe schon viel probiert, um ihre Eis zu knacken.« Enrico bremste ab, am Straßenrand war eine Wildziege aufgetaucht. Langsam zuckelten wir vorbei, ehe er wieder Gas gab.

»Was denn zum Beispiel?«

»Manchmal ich mache kleine Streiche für sie, wenn sie nicht ist in die Küche. Letzte Mal ich habe gemacht Salz in ihre Tasse, aber sie hat nicht mal gezuckt mit die, wie sagt man?«

»Wimper?«

Er nickte, und ich kicherte in mich hinein. So war das also zugegangen mit Lydias versalzenem Cappuccino.

»Aber du hast ihr noch nie angeboten, mit ihr zu kochen, richtig?«

Er lachte wieder sein ansteckendes Lachen und schnalzte mit der Zunge. »Zu gefährlich!«

Nachdenklich knibbelte ich an einem Fingernagel. Irgendwie musste es mir gelingen, Rita aus der Reserve zu locken. Für Enrico, aber auch für Patrick und mich.

Als wir zur Finca zurückkehrten, fanden wir meinen Sparringspartner auf der Terrasse auf der Leiter vor. Er säuberte die Regenrinnen am Balkon, der die Veranda überdachte. Offenbar trug er wieder einmal keinen Slip unter der Jogginghose. Machte er das extra? Rasch sah ich fort.

Enrico war voll des Lobes für seine Arbeit. Er bot an, ihm zur Hand zu gehen, doch Patrick wollte dieses Projekt allein beenden.

Nachdem der Hausmeister sich zu seiner Werkstatt verabschiedet hatte, fragte er: »Na, wie war's auf dem Gaul? Irgendwelche neuen Erkenntnisse?«

Ich nickte stolz. »Ich weiß jetzt, wie man Grenzen setzt.«

»Ach ja?« Er stieg die Leiter hinab und entleerte den Eimer, in dem sich altes Blattwerk aus der Rinne sammelte. Als er von der Tonne wieder zurückkehrte, lehnte er sich ganz dicht an mich heran, sein Mund näherte sich meinem Hals, als wollte er mich beißen.

»Hoppla.« Verblüfft wich ich zurück.

Er hielt mich am Arm fest. »Bleib doch mal stehen. Ich wollte nur an dir schnuppern, ob du vielleicht nach Pferd riechst.« Sein kehliges Knurren verursachte mir eine Gänsehaut. »Pferdegeruch hat so etwas Animalisches.«

»Ich dachte, du bist allergisch«, murmelte ich.

Er winkte ab und langte nach dem leeren Eimer. »Das war nur eine Ausrede. Ich und ein Pferd.« Er tippte sich an die Stirn. »Man muss ja nicht jeden Quatsch mitmachen.«

»Da lässt du dir aber was entgehen. Ich habe viel gelernt. Über den Umgang mit meinen Mitarbeitern, aber auch über den mit meinem Chef.«

Patrick kletterte zurück auf die Leiter. »Ich hab genügend Baustellen, um die ich mich kümmern muss. Mehr geht nicht.«

Ich betrachtete seinen Rücken. Er sprach genau aus, was ich noch vor wenigen Tagen gedacht hatte. Aber ich fand es nicht mehr richtig. Ich wollte mir bald alles anschauen. Vielleicht noch nicht gleich bei der nächsten Sitzung, demnächst aber schon. »Weißt du was?«, sagte ich. »Ich denke, ich bereite mich ein bisschen auf das morgige Coaching mit Lydia vor. Sie wird wissen wollen, wie das heute gelaufen ist.«

»Lydia, Lydia«, knurrte Patrick. Er schippte eine Ladung vergammelter Blätter in den Eimer. »Am Ende hat sie immer das letzte Wort.«

16

Am nächsten Morgen fühlte ich mich so erholt und ausgeruht wie schon lange nicht mehr. Dieses Gefühl, Bäume ausreißen zu können, trieb mich mit dem Hahnenschrei aus dem Bett. Ich beschloss, heute mal die Eier einzusammeln, das hatte ich noch nie getan.

Rita war bereits in der Küche zugange. Immerhin freute sich die Köchin über mein Angebot und übergab mir das für die Eier vorgesehene Weidenkörbchen.

»Ist noch was?«, fragte sie, als ich von einem Bein aufs andere trat.

»Der Enrico«, platzte ich heraus.

Rita trocknete sich die Finger an ihrer Schürze. »Was ist mit ihm?«

»Gestern hat er mich zu dieser Pferdefarm gefahren, die kennst du sicherlich?«

»Ich habe davon gehört.«

»Jedenfalls haben wir auf der Fahrt miteinander geredet.«

»Aha.«

»Wusstest du, dass er bei sich daheim eine total kleine Küche hat und sich danach sehnt, sich mal in so einer großen wie deiner auszutoben?« Ich lächelte. »Das wäre wirklich sein Traum.«

Die Köchin fuhr sich mit beiden Händen durchs Haar. »Wirklich?« Sie spähte aus dem Fenster zum Tiergehege. Erst jetzt fiel mir auf, dass sie den Hausmeister von hier aus ziemlich gut im Blick hatte, wenn er dort arbeitete. Gerade leerte er den Schweinetrog auf dem Gelände aus.

»Ja, er kocht so gern, aber nur für sich allein macht es ihm keinen Spaß. Er würde sich niemals trauen, dich zu fragen. Er weiß ja, dass du hier die Chefin bist. Und der arme Patrick, der würde so gerne mal einen Flan zubereiten, weil er den für sein Leben gern isst.«

Rita runzelte die Stirn. »Wie meinst du das? Die beiden wollen hier zusammen in meiner Küche –?«

Ich wedelte mit den Händen. »Aber nein. Mit dir natürlich. Und wenn ich darf, würde ich auch gern dabei sein. Im Hotel hab ich leider etwas vorschnell versprochen, dass ich denen das perfekte Rezept für eine Paella mitbringe.«

Argwöhnisch sah sie mich an. »Kommt das jetzt doch von Julia?«

Was war eigentlich mit ihr, Julia und Malte im Gange? Damit konnte ich mich jetzt allerdings nicht beschäftigen. Ich hatte sie schon fast an der Angel, das spürte ich. »Julia weiß überhaupt nichts davon, und es geht sie auch überhaupt nichts an. Es geht hier nur um Enrico, Patrick und mich.«

»Na gut.« Rita schob die Ärmel hoch. »Meinetwegen. Am Dienstag ließe sich das vielleicht einrichten. Aber am Ende muss alles wieder an seinen Platz!«

Vor mich hinlächelnd begab ich mich mit dem Eierkörbchen auf den Weg zum Tiergehege und damit zu Enrico. Ich war mir sicher, dass Rita mir mit ihrem Blick folgte.

Nachmittags fand ich mich zur Sitzung bei Lydia ein. Zunächst unterhielten wir uns ausführlich über die Erfahrung mit der Reittherapeutin und was ich für mich als Essenz des Ganzen hatte mitnehmen können: dass ich zukünftig deutlichere Signale senden sollte. Das gelang mir bei den Mitarbeitenden im Hotel schon ganz gut. Bei meinem Chef aber eben überhaupt nicht. Und das sollte sich ändern – egal, welche Geschichte wir miteinander teilten.

»Ich finde deine Erkenntnisse ganz großartig«, lobte Lydia abschließend, »und obendrein hast du die letzten beiden Nächte gar nicht bei mir angerufen. Wie findest du das?«

»Bemerkenswert«, gab ich zu. »Genau, wie du gesagt hast.«

»Das ist ein Meilenstein, Carola«, betonte sie abermals. »Wenn du das geschafft hast, schaffst du noch so viel mehr!«

Spielte sie etwa darauf an, dass sie jetzt gerne mit mir über meine Schwester sprechen wollte? Doch statt in mich zu dringen, gab sie mir zur Aufgabe, mir bis zu unserer nächsten Sitzung Dinge zu überlegen, mit denen ich mich zurück in der Heimat beschäftigen könnte, wenn die Sehnsucht nach meinem Liebhaber Alkohol nach mir griff.

»Du könntest alte Hobbys wieder aufleben lassen. Dinge, die dir früher Spaß gemacht haben, wenn du alleine warst.« Als ich schwieg, lachte sie. »Glaub mir, dir wird etwas einfallen. Ich bin mir sicher.«

Am Wochenende stand außer den Mahlzeiten nichts auf dem Programm. Inzwischen fühlte ich mich gefestigt genug, einen neuen Ausflug nach Palma zu wagen. Beim Frühstück am Samstag fragte ich Patrick, ob er mich heute vielleicht noch einmal in die Hauptstadt der Insel begleiten würde. »Diesmal werde ich nicht die Flucht ergreifen«, versprach ich.

Patrick köpfte gekonnt sein Ei. »Ich hoffe, du bist mir nicht böse, aber ich würde heute lieber eine Motorradtour machen. Das wollte ich schon die ganze Zeit.« Er tippte auf seine Gesäßtasche, in der sein Handy steckte. »Ich hab einen günstigen Anbieter in Palma entdeckt. Wir könnten also zusammen hinfahren, jeder geht seiner Wege, und später fahren wir wieder gemeinsam zurück.«

Zwar mussten wir noch lange nicht unzertrennlich sein, bloß weil er mich auf den Arm genommen und an mir geschnuppert hatte. Trotzdem war ich enttäuscht.

Patrick biss in ein Marmeladentoast. »Was hattest du denn so geplant für Palma? Ich werde nämlich schon ein Weilchen unterwegs sein.«

»Hauptsächlich wollte ich einen Strickladen suchen.«

»Echt?«

»Ja, ich würde gern … ein Paar Socken stricken. Oder einen Schal.« Nachdem Lydia mich nach alten Hobbys gefragt hatte, war mir das eingefallen. Und nun wollte ich nicht damit warten, bis ich wieder daheim war.

Patricks Augen blitzten. »Willst du mir etwa einen Schal zum Abschied schenken?«

Lachend stieß ich ihn in die Seite. »Den würdest du doch niemals tragen.«

»Sagt wer?« Patrick goss sich Kaffee nach. »Ich trage jegliche Handarbeiten. Selbst wollene Schlüpfer von meiner Großmutter konnten mich nicht abschrecken.«

Er veräppelte mich mal wieder. Er trug nämlich weder gestrickte noch sonst welche Unterhosen. Zumindest nicht hier.

»Ich würde sicher keinen Schal in deiner Lieblingsfarbe stricken, das würde mich deprimieren.« Demonstrativ deutete ich auf sein Outfit. Wie immer trug er Anthrazit und Schwarz, passend zu seinen Tattoos.

»Dann machst du ihn eben bunt.«

»Du würdest einen buntgestreiften Schal anziehen?«

»Was hältst du von schwarz-gelb?«

»Bist du Dortmund-Fan?«

»Nein, ich bin Fan von der Biene Maja.« Er zwinkerte. »Klar bin ich Dortmund-Fan, schon seit ich ein kleiner Junge war. So ein Schal, das wäre es.« Jetzt legte er auch noch die Hände aneinander. »Bitte. Seit meiner Oma hat nie wieder jemand etwas für mich gestrickt.«

Ich schlug einen gespielt brummigen Ton an. »Oh, da fühle ich mich ja geehrt, dass du mich mit einer Oma vergleichst.«

»Du würdest dich tatsächlich geehrt fühlen, wenn du wüsstest, was für eine tolle Frau sie war. Bei niemandem war ich so gern wie bei ihr. Wenn ich mich als kleiner Junge an sie gekuschelt habe, habe ich mich gefühlt wie im Himmel. Omi Gudrun war die einzige, die mich beruhigen konnte, wenn ich aus der Haut fahren wollte.«

Noch hatte ich ihn nicht zornig erlebt. Ich wusste nur, dass er regelmäßig im Fitnessraum auf einen Sandsack eindrosch. Einmal hatte ich ihn gehört, als ich bei Julia zur Massage war.

»Ich denk drüber nach«, lenkte ich endlich ein. »Machst du im Gegenzug auch etwas für mich? Du hast doch gewiss irgendwelche handwerklichen Fähigkeiten.«

Patrick legte den Finger ans Kinn, als wäre er ein Dichter,

der auf eine Inspiration wartet. »Hm.« Sein Gesichtsausdruck hellte sich auf. »Doch, ich kann etwas. Zumindest konnte ich es als kleiner Junge. Ich werde mal mit Enrico reden.«

Prüfend sah ich ihn an. Worauf würde das nun wieder hinauslaufen? »Jedenfalls bekommst du keinen Dortmund-Schal von mir«, bekräftigte ich. »Du musst mir schon erlauben, Farben auszuwählen, von denen ich meine, dass sie zu dir passen. So wie du dir etwas Passendes für mich ausdenkst.«

Patrick sah mich nachdenklich an. »Das würde ja bedeuten, dass wir einander schon ein bisschen kennen, was?«

»Findest du das etwa nicht?«

Er kraulte sich das Kinn. »Doch, eigentlich hast du recht. Ich könnte nämlich wetten, dass du meinen nächsten Vorschlag ablehnen wirst.«

»Jetzt bin ich aber gespannt.« Lächelnd trank ich einen Schluck Orangensaft, der nach Sommer schmeckte, obwohl Winter war.

»Bist du schon mal auf einem Motorrad mitgefahren?«

Aus schmalen Augen sah ich ihn an. »Nein.«

»Siehst du. Du könntest mich auf meiner Motorradtour begleiten. Die verleihen auch Klamotten, falls du einwenden willst, du hättest dafür nichts dabei.«

Ich setzte das Glas wieder ab. Ein Motorradausflug. Das wäre mir im Traum nicht eingefallen. Ängstlich sah ich ihn an. Er war bestimmt ein sicherer Fahrer, immerhin war er Fahrlehrer und deshalb besonders umsichtig. Allerdings gab es noch die anderen Verkehrsteilnehmer, deren Manöver oft unberechenbar waren. Und Kleintiere, die unerwartet über die Straße huschten, wie es bei Melanie gewesen war.

Der Grusel kroch mir den Nacken hoch. Ich begab mich

ungern in Gefahr. Andererseits würde es mir bestimmt auch guttun, neue Erfahrungen zu sammeln.

»Meinetwegen«, gab ich nach. »Aber morgen suchen wir dann einen Strickladen. Und wenn uns etwas passiert, kommst du in die Hölle.«

»Ich komme sowieso schon in die Hölle, daher ist es egal.« Patrick schob den Rest Marmeladentoast in den Mund und grinste mich vergnügt an.

17

Ängstlich klammerte ich mich an Patricks Lederjacke – dabei waren wir noch nicht einmal losgefahren.

»Du musst schon deine Arme um mich herumlegen, sonst fällst du mir da hinten runter«, kommandierte er.

Zögernd tat ich wie geheißen. Zwar trug ich eine dicke Motorradjacke. Dennoch presste sich mein Busen ziemlich deutlich an Patricks Rücken. Und selbst durch die Motorradhandschuhe spürte ich die Wärme seines Körpers. Schon lange war ich keinem Mann so nah gewesen.

Er ließ den Motor aufbrummen. »Gut festhalten! Wenn es in eine Kurve geht, dann lehn dich mit hinein. Nicht in die Gegenrichtung, okay?«

»Alles klar!«

Zunächst ging es gemächlich los; Patrick stoppte an einigen roten Ampeln. Ab und an stieß mein Helm mit einem stumpfen Klacken gegen seinen.

Schließlich ließen wir Palma hinter uns, und er gab Gas. Die Geschwindigkeit fuhr mir augenblicklich in den Magen.

Der Fahrtwind kroch mir unter den Helm, der Zopf peitschte auf meinen Rücken. Nachdem wir ein paar Kreisverkehre durchfahren und Ortschaften passiert hatten, wählte Patrick die Küstenroute im Westen der Insel. Die ersten steilen Kurven ließen mich innerlich aufheulen. Ich kniff die Augen zusammen, klammerte mich an meinen Fahrer und hoffte, dass nur alles gutgehen würde.

Schließlich wagte ich doch einen Blick. Die Aussicht von der Küstenstraße war atemberaubend. An der hiesigen Küste gab es keine Strände. Die hohen Felsen fielen steil zum Meer hin ab, gaben immer wieder den Blick auf zerklüftete Buchten frei, in denen das Wasser schäumend auf den Stein aufschlug. Es war grün hier, bewaldet, wir passierten manch kleine Ortschaft, die sich in die Landschaft einfügte. Doch so schön es auch war – richtig genießen konnte ich es nicht. Kurve folgte auf Kurve, dabei überholten wir Gruppen von Radfahrern, während uns andere Fahrzeuge entgegenkamen. Bald wurde mir schwindelig. Als ein Parkplatz in Sicht kam, gab ich Patrick zu verstehen, dass ich gern einmal anhalten würde.

Beim Abstieg zitterten meine Knie. Mein Fahrer nahm mir den Helm ab, ich sank auf die nächstgelegene Bank.

»Alles klar?« Patrick musterte mich besorgt. »Es kommt mir vor, als ob ich dich jedes Mal überfordere, wenn wir etwas zusammen unternehmen.«

»Aber nein, ich brauche nur eine Pause.«

»Komm.« Er nahm mich bei der Hand und zog mich über die Straße zu einem Aussichtsrestaurant. »Wir besorgen dir mal ein bisschen Zucker. Du bist ja ganz blass.«

Gehorsam folgte ich ihm.

Das Restaurant war nur spärlich besucht. Aus den Lautsprechern schallte Weihnachtsmusik. An die Panoramafenster grenzte eine Terrasse, aber sie war geschlossen. Doch selbst von hier drin war der Blick übers Meer malerisch. Die Wellen überschlugen sich, ließen Schaumkronen zurück. In der Ferne schipperte eine Yacht.

Patrick und ich bestellten Cola und hausgemachte Chips, dabei schauten wir weiter aufs Meer.

Eine Gruppe Radfahrer trat ein, sie hängten ihre Helme an die Stuhllehnen und nahmen Platz. Einer trug eine Bandage ums Schienbein, die blutig rot schimmerte. Patrick und ich wechselten einen Blick.

Wir nippten an unseren Getränken und knabberten ein paar Kartoffelchips. Allmählich beruhigte sich mein Magen wieder.

»Die hier«, durchbrach Patrick auf einmal die Stille und tippte auf die Klammerpflaster auf seiner Nase, »stammen übrigens von einem Unfall.«

Ich wischte mir die Finger an einer Serviette ab. »Du willst mir hoffentlich nicht sagen, dass du mit dem Motorrad gestürzt bist?«

»Aber nein. Das wäre vermutlich nicht so glimpflich vonstattengegangen. Mit dem Bike hatte ich noch nie einen Crash. Und mit meinem eigenen Auto auch nicht.«

»Sondern?«

»Ich war unaufmerksam bei einer Fahrt mit einer Fahrschülerin.« Mit dem Zeigefinger mimte er eine kreisende Bewegung neben seiner Schläfe. »Die Trennung von meiner Frau hat mir ziemlich zugesetzt. Gedanklich spielte ich vermutlich gerade irgendeinen Streit durch. Außerdem hatte ich seit Wochen nicht mehr gut geschlafen. Jedenfalls wollte meine Schülerin einen anderen Wagen überholen, angeblich hatte ich sie dazu aufgefordert. Dabei hat sie den Schulterblick vergessen, und ehe ich mit einem Griff ins Lenkrad etwas dagegen tun konnte, hat es auch schon geknallt.«

Ich schluckte. »Ist jemand ernsthaft zu Schaden gekommen?«

Patrick knibbelte am Etikett seiner Cola. »Wir sind ins Schleudern geraten, leider. Der Fahrer des anderen Wagens musste ins Krankenhaus, weil der Airbag ihm eins verpasst hat. Meine Schülerin hatte ein Schleudertrauma, musste eine Halskrause tragen; bis heute hat sie sich in kein Auto mehr gesetzt. Und ich …«

»Und du?« Ich zeigte auf seine Nase. »Hast du dich geschnitten?«

»Richtig. Das Schiebedach ist durch den Aufprall an der Leitplanke zersplittert, ein Brocken hat mich da getroffen.« Er winkte ab. »Mich hat es bei der Geschichte am wenigsten erwischt. Allerdings …«

»Ja?«

»Ich bin so schlimm ausgerastet, da auf der Autobahn.« Kopfschüttelnd sah er zum Horizont, an dem sich klar die blaue Linie des Meeres abzeichnete. »Ich war außer mir. Statt für die Schülerin da zu sein, hab ich rumgebrüllt. Und daraufhin hat mein Partner in der Fahrschule mir die Pistole auf die Brust gesetzt und mir gesagt, dass ich endlich lernen müsste, mein Temperament zu zügeln.« Patrick knabberte an einem Chip. »Sonst würde er sich von mir trennen, hat er gesagt. Genau wie meine Frau.« Er hob die Schultern. »Seitdem habe ich kein Wort mehr mit Marius gewechselt. Was bildet der sich eigentlich ein? Spielt sich auf wie ein Chef, dabei sind wir gleichberechtigt.«

Ich schwieg. Wusste gar nicht, was ich zu diesem ganzen Drama sagen sollte, außer, dass es mir furchtbar leidtat. Aber sie hatten auch Glück gehabt. Im Gegensatz zu Melanie damals.

»Ihr habt alle überlebt, das ist die Hauptsache«, versuchte ich ihn zu trösten.

Offenbar sah er mir an, dass ich gerade keine angenehmen Gedanken hegte. Er deutete auf meine Augenbraue. »Hattest du auch einen Unfall, und ist dabei etwas Schlimmeres passiert?«

»Nein, nein, das nicht. Mich hat es in meiner eigenen Wohnung umgehauen. Lange Geschichte.«

»Ich mag Geschichten, egal, ob lang oder kurz.«

Ich lächelte unverbindlich. »Weil ich manchmal ziemlich schlecht schlafe, hatte ich in der Nacht wohl eine Schlaftablette zu viel eingeworfen.« Versonnen nahm ich einen Schluck von meiner Cola.

»Bist du tablettenabhängig?«

»Nein. Nein. Eigentlich eher … ich trinke manchmal ein bisschen viel.« Nun war es heraus.

»Verstehe.« Patrick drehte die Colaflasche in der Hand. »Deswegen deine Panik in der Kleinmarkthalle?«

Ich nickte.

»Herrje, schau dir die Jungs da drüben an.« Er zeigte mit dem Kinn zu den Radfahrern. Auf den Tischen standen mehrere Krüge Bier.

»Vielleicht ist es alkoholfrei«, mutmaßte ich.

»Alkoholfreies Bier gibt es nicht vom Fass, das solltest du doch wissen«, widersprach Patrick. »Was wohl die spanische Polizei dazu sagt, wenn sie sie anhält?«

Mir fiel auf, dass ich noch nie betrunken gefahren war. Das zumindest hatte ich mir nicht vorzuwerfen.

Schließlich brachen wir zur Weiterfahrt auf. Patrick folgte der Beschilderung zum nördlichsten Punkt der Insel. Hinter dem Ort Deià bog die Küstenstraße auf eine Gebirgsroute ab, es ging höher hinaus. Hier oben lag mehr Schnee zwischen den Bäumen als in der Umgebung unserer Finca. Es roch nach feuchter Walderde und Tannennadeln.

Als ich schon meinte, die Fahrt durch das bewaldete

Gebiet würde niemals enden, kam wieder das Meer in Sicht. Je mehr wir uns der Küste näherten, desto stärker schlug uns der Wind entgegen. Wieder kroch er mir in den Kragen, und ich zog die Schultern hoch. Patrick lenkte das Motorrad eine kurvige Straße entlang, bis wir auf dem Parkplatz am nordöstlichsten Punkt der Insel, dem Cap de Formentor, anlangten. Wir setzten die Helme ab, Patrick befestigte sie an der Maschine.

Ein Pfad führte auf den Klippen entlang zu unserem Ziel. Der Wind, der hohe Wellen vor sich her auf die zerklüfteten Felsen trieb, heulte uns um die Ohren und trug die Gischt zu uns hinüber. Nur wenige Besucher starrten mit uns auf die stürmische See hinaus. Ich leckte mir das Salz von den Lippen. Unerwartet breitete sich ein lang vergrabenes Glücksgefühl in mir aus. Ich fühlte mich lebendig.

»Danke!«, rief ich Patrick gegen den Wind zu. »Dafür, dass du mich mitgenommen hast!«

»Gern geschehen!«, antwortete er. Dann sah er wieder aufs Meer.

18

Nach der Rückkehr von unserer Motorradtour sah ich Patrick erst am anderen Morgen zum Sonntagsfrühstück wieder.

»Moin«, begrüßte er mich, als ich mich zu ihm an den Tisch setzte. Lydia hatte mich über den Hausapparat informiert, dass sie sich nicht wohlfühle. Es tue ihr furchtbar leid, dass sie uns allein lassen müsse, aber es ginge nicht anders. Rita hatte das Frühstück abends noch vorbereitet, wir mussten es lediglich aus der Küche holen. Nur Kaffee sollten wir uns kochen.

Das hatte Patrick schon erledigt. Er goss sich und mir ein.

»Wo warst du denn gestern Abend?« Ich pustete in meine Tasse. »Hattest du etwa genug von mir?«

Er schnaubte. »Nein, ich habe den Fehler begangen und die neuesten Rezensionen für die Fahrschule gecheckt. Danach war es besser, für mich zu sein.« Er zog sein Smartphone aus der Gesäßtasche. »Würdest du das Ding an dich nehmen? Ich schaffe es einfach nicht, die Finger von diesem Gerät zu lassen. Dann schau ich mir Rezensionen an und ärgere mich grün und blau, wenn mal wieder irgendwer gepostet hat, dass der Mitinhaber Patrick Maisch ein übler Choleriker sei und man versuchen sollte, bei seinem Partner Marius Hohfeld oder einem seiner Mitarbeiter unterzukommen.«

»Oha.«

»Dabei arbeite ich doch gerade an mir, verstehst du?«

»Tust du das wirklich? Die Pferdesache hast du abgelehnt, und gerade die wäre wahrscheinlich –«

Er stoppte mich. »Ich mach die noch, das hab ich Lydia schon zugesagt.«

Ich griff nach einer Scheibe Toast. »Sehr gut.«

»Wir müssen heute übrigens noch dein Strickzeug besorgen. Ich bestehe auf meinen Schal.« Er zwinkerte.

»Bist du sicher? Vielleicht würde es dir eher guttun, mal an einen einsamen Strand zu fahren, wo dich niemand hören kann, um dir die ganze Wut aus dem Leib zu schreien.«

»Das könnten wir ja nach dem Strickzeugkauf machen.«

Ich ließ mir Zeit mit der Antwort, brachte Butter und Marmelade auf den Toast und biss in die knusprige Kruste. Ich war es nicht gewöhnt, dass jemand meine Nähe suchte. Ahnte er etwa, wie gern auch ich mit ihm zusammen war? Ging es ihm genauso? Der Gedanke machte mich ziemlich froh.

»Wie kommt es eigentlich, dass du hier oben Netz hast und ich nicht?«, fragte ich.

»Die gute Telekom machts möglich.« Wieder sah er mich herausfordernd an. »Was ist jetzt? Fahren wir nach Palma?«

»Also gut«, lenkte ich ein. »Aber diesmal fahre ich, Herr Fahrlehrer. Und wehe, du wirst cholerisch!«

Niemals hätte ich es mir träumen lassen, mit einem Mann einen Strickladen zu betreten. Schon gar nicht mit einem, dessen Arme mit Tattoos übersät waren. Wir brauchten eine ganze Weile, um das Geschäft in den Gassen Palmas aufzuspüren. Per Navi – das Smartphone hatte ich Patrick dann doch wieder ausgehändigt – tasteten wir uns voran. Auf dem Weg kamen wir sogar an einem Tattooshop vorbei. »Walk-Ins welcome«, stand auf einem Schild in der Tür.

Jedenfalls suchte ich in dem Strickgeschäft ein paar hübsche Grau- und pudrige Blautöne für Patrick aus, die miteinander harmonierten. Er schwor Stein und Bein, dass er das Teil am Ende auch wirklich tragen würde.

In einem Laden, in dem es nichts anderes als Schinken zu kaufen gab, futterten wir dick belegte Baguettes, ehe wir uns schließlich zu unserer Tour an einen einsamen Küstenstreifen im Südosten der Insel begaben.

Bald parkte ich am Eingang zum Strand Es Trenc, der nahezu menschenleer vor uns lag. Linker Hand ragten Felsen aus dem Wasser, an denen sich das Meer brach. Weiter vorn krachte es in schäumenden Wellen auf den Sand.

Die feuchte Meeresluft zerrte an meiner Jacke, ich schlug den Kragen hoch und zog die Mütze tiefer ins Gesicht. »Gehen wir ein Stück?«, fragte ich Patrick. Er trug die Tasche mit der Picknickdecke über der Schulter. Die Idee, sich am Strand niederzulassen, kam mir angesichts der Witterung gewagt vor, doch er hatte sich nicht davon abbringen lassen. Außerdem verfügte das Ding über eine wasserdichte Unterseite.

»Und?«, fragte er, nachdem wir etwa zehn Minuten lang schweigend nebeneinander durch den Sand gestapft waren, »Wie lautet dein Fazit? Meer oder Berge?«

»Meinst du generell oder hier auf Mallorca?«

»Generell.«

Ich schaute übers Meer. Versuchte, mich gedanklich ins Allgäu, meine Heimat, zu versetzen. Es wollte mir gerade nicht gelingen, mir die Berge, die grünen Wiesen und die plätschernden Bäche vorzustellen. Früher hatte ich oft davon geträumt, auf einer Insel zu leben. In meinem Wohnzimmer hing sogar ein großformatiges Bild mit einer im klaren Wasser schwimmenden Meeresschildkröte. Und es gab ja einige Aussteiger, die ihren Lebensmittelpunkt auf die Baleareninsel verlegt hatten. Aber ob das für mich etwas wäre?

»Gerade kann ich mir keinen besseren Ort als diesen denken«, antwortete ich nachdenklich. »Aber wenn ich mir vorstelle, dass hier im Sommer wahrscheinlich Handtuch an Handtuch nebeneinanderliegt … das wäre nichts für mich. Da ziehe ich einen einsamen Bergsee vor.«

Patrick breitete die Decke auf dem feuchten Sand aus und machte eine einladende Handbewegung.

Mit einem Plumps ließ ich mich darauf nieder.

»Hast du eigentlich schon mal gekifft?«, fragte mein Begleiter, während er sich neben mich setzte.

Verblüfft wandte ich ihm den Kopf zu. »Du hast doch nicht etwa einen Joint dabei?«

Er zog die Nase kraus. »Ich habe doch nur wissen wollen, ob du es schon mal gemacht hast. Natürlich trage ich kein Haschisch bei mir. Wo sollte ich das denn auf die Schnelle herhaben?«

»Dir wäre alles zuzutrauen«, scherzte ich. »Aber um deine Frage zu beantworten: Nein, hab ich nicht. Allerdings habe ich mal bei einem sogenannten Engelsworkshop teilgenommen, bei dem wir bewusstseinserweiternde Substanzen zu uns nahmen. Durch die hatte ich Erscheinungen wie bei Harry Potter.« Lachend warf ich den Kopf in den Nacken. Die Sache hatte mich damals schwer beeindruckt. Ich musste verrückt gewesen sein. Aber nach Melanies Tod war ich das irgendwie auch.

Patricks Kinn fiel. »Engelsworkshop? Bewusstseinserweiternde Substanzen?« Er kicherte. »Du?«

Verlegen ließ ich den kühlen Sand zwischen den Fingern hindurchrieseln. »In einer schweren Phase meines Lebens haben die Engel mir Trost gegeben.« Ich zuckte die Schultern. Als sie das nicht mehr konnten, war der Alkohol mein Tröster geworden. Das war auch nicht besser.

Patrick, der nichts von meinen Gedanken ahnte, starrte mich noch immer an. »Du hast das Bild, das ich bisher von dir hatte, unwiederbringlich zerstört.«

Ich umarmte meine Knie. »So, welches Bild hattest du denn von mir?«

Er musterte mich. »Dazu gehört echt Mut, sich irgendein Zeug in den Rachen zu kippen, von dem man nicht weiß, was es ist. Ich hätte nie gedacht, dass du so etwas machst. Du wirkst so … vorsichtig.«

»Ich hab diesen Leuten eben vertraut. So wie dir gestern, als ich mit dir Motorrad gefahren bin. Da hab ich doch auch etwas gewagt.«

»Dazu, sich zu einem sicheren Fahrer aufs Motorrad zu setzen, gehört nicht soo viel Mut.«

»Für mich schon.« Aus irgendeinem Grund hatte ich zu zittern begonnen. Es gab so vieles, das ich mich *nicht* traute. Peter Vogl endlich die Stirn zu bieten, zum Beispiel. Und Alois.

»Frierst du?« Patrick rückte näher an mich heran. »Ist es okay, wenn ich dich ein bisschen warmhalte?«

Ich nickte stumm. Vorsichtig legte er den Arm um mich.

Wie gut seine Berührung tat. Ich lehnte den Kopf an seine Schulter und ließ den aufkommenden Tränen freien Lauf. Was sollte sich schon nach meinem Aufenthalt hier geändert haben? Allein, wenn ich an die leere Wohnung daheim dachte, brach das Unglück über mich herein. Ich würde durchdrehen mit allem, was um mich herum geschah. Wie sollte ich Peter begegnen? Was wurde aus der Geschichte mit Annabell?

»Ich beneide dich«, unterbrach Patrick meine Gedanken.

Überrascht trocknete ich meine Tränen. »Wofür?«

»Dass du es zulässt, zu weinen. Ich hasse es, zu weinen. Ich tue alles dafür, dass es nicht passiert. Stattdessen kriege ich Wutausbrüche. Dabei würde es mir vielleicht einfach mal guttun zu heulen über diese ganze Scheiße, die sich mein Leben nennt.«

Ich stieß ihn in die Seite. »Ich stelle dir meine starke Schulter gern zur Verfügung.«

Patrick schmunzelte. »Ich habe noch nie vor einer Frau geheult. Außer vor meiner Mutter natürlich«, berichtigte er. »Aber selbst nicht vor meiner eigenen Frau.«

So ungewöhnlich war das vermutlich nicht. Hubert hatte auch niemals vor mir geweint. Ich glaubte sogar, dass er seit Jahrzehnten keine Träne vergossen hatte, nicht mal beim Tod seines Vaters. Alexander hingegen schon. Wir waren beide vollkommen aufgelöst, als wir einander Lebewohl sagten vor seinem Umzug. Hätte ich damals schon gewusst, dass es für immer sein und ich ihm im Laufe der Zeit immer gleichgültiger werden würde, hätte ich mich gar nicht mehr eingekriegt.

»Wie auch immer.« Ich wischte mir den Sand von den Fingern. »Wir sind ja noch ein paar Tage hier.«

Später kehrten wir durchgefroren in ein Café im nächstgelegenen Küstenort ein. Wir waren die einzigen Gäste und bestellten heiße Schokolade mit Sahne. Als die

Becher vor uns standen, tippte Patrick darauf. »Wäre ich mit meiner Frau hier, hätte ich das nicht bestellen dürfen.«

Ich stippte mit dem Löffel in die Sahne und ließ sie mir auf der Zunge zergehen. »Warum das? Du bist doch nicht dick.«

»Es ist aber schlecht für die Haut. Davon bekommt man Pickel. Angeblich.«

»Nicht von einer einzigen Tasse«, widersprach ich und legte den Kopf schräg. »Deine Frau hat demnach makellose Haut?«

Er nickte nachdrücklich. »Makellos, glatt, kein Fältchen in Sicht. Melissa betreibt einen Beauty-Salon in der Münsteraner Innenstadt und achtet sehr auf sich.«

Oha. Patricks Frau war also eine Schönheit. Ich sah sie regelrecht vor mir. Groß gewachsen, nicht ein Gramm zu viel, auf eine Weise geschminkt, bei der man es gar nicht wahrnahm. Ganz natürlich und dezent. »Darf ich fragen, weshalb ihr euch getrennt habt? Nur wegen deines Temperaments?«

»Ja, aber auch, weil ich immer so viel unterwegs bin. Weil ich ständig am Handy hänge, wenn ich daheim bin. Weil ich mit meinen Gedanken woanders bin, selbst wenn ich nicht ins Handy schaue.« Er schluckte. »Und weil die Nachbarn ab und zu mitbekommen haben, wenn ich ausgerastet bin. Ich habe meine Lautstärke dann nicht unter Kontrolle. Das konnte sie nicht aushalten, es war ihr todpeinlich.«

Ehrlich gesagt konnte ich das verstehen. Die Nachbarschaft hegte bestimmt Mitleid mit einem oder fragte sich, warum man einen solchen Mann nicht in die Wüste schickte. Und das hatte Patricks Frau ja dann offenbar auch getan.

»Konnte Lydia dir noch keine Technik nahelegen, wie du die Wut …«, ich sah in die Luft, »wegatmest?«

»Na klar, deswegen prügele ich hier ja dauernd auf den

Sandsack ein. Aber dabei werde ich trotzdem nicht alles los, was so in mir schäumt. Stell dir vor, du schüttelst eine Colaflasche. Der Druck baut sich nicht ab, selbst wenn du sie tagelang geschlossen hältst. Sobald du sie öffnest, macht er sich Raum. So ist es leider auch bei mir. Ich müsste eher eine Technik finden, dass mich die Sachen gar nicht erst aufregen. Aber so sehr ich es mir auch immer wieder vornehme, geduldig zu sein, selbst mit den begriffsstutzigsten Fahrschülern – irgendwann ist es dann doch wieder soweit.« Er sah mich unglücklich an. »Besonders die Mädchen heulen oft. Das ist wirklich schlimm.«

»Lobst du deine Fahrschüler wenigstens auch ab und zu oder schimpfst du sie immer nur aus?«

Er kratzte sich am Kinn. »Da sprichst du einen guten Punkt an. Jede und jeder macht ja auch manchmal etwas gut. Vielleicht sollte ich das einfach mehr loben. Dann verzeihen sie mir bestimmt auch eher mein Geschimpfe.«

Er nippte an seinem Kakao, auf seiner Oberlippe blieb ein Rand Sahne zurück, den er mit der Zunge abschleckte.

»Gibt es denn auch Schüler, die damit umgehen können?«

Patrick schöpfte mit dem Teelöffel Sahne ab und steckte sie sich in den Mund. »Klar, manche mögen sogar eine härtere Gangart. Und einige haben ja auch Talent, da musst du nicht hundert Mal am Berg anfahren und die Karre abwürgen, sondern es reichen drei, vier Versuche aus.«

Ich kicherte. Wenn ich mich recht entsann, hatte ich meinen armen Fahrlehrer damals auch öfter zur Verzweiflung gebracht.

»Demnächst kommt doch deine Frau zu Besuch«, erinnerte ich mich an unsere erste Unterhaltung nach meiner Ankunft. »Wann denn eigentlich genau?« Ich trank auch einen Schluck Kakao.

»Nächsten Donnerstag. Sie wollte mich unbedingt noch vor Weihnachten sprechen.« Er knabberte auf der Unterlippe. »Ich hab ein bisschen Schiss. Vielleicht vermutet sie, dass ich gerade verletzlich bin und daher verhandlungsbereit.«

»Was gibt es denn zu verhandeln?«

Im Hintergrund erklang das lautstarke Mahlwerk der Kaffeemaschine. Patrick wartete mit seiner Antwort ab, bis sie verstummt war.

»Ich halte Geschäftsanteile an ihrem Laden, und die hätte sie gern zurück. Allerdings läuft ihr Salon gut, es gibt überhaupt keinen Grund. Außerdem ...«

»Hm?«

»Außerdem wäre damit das letzte Band gekappt, das uns noch miteinander verbinden würde, selbst nach der Scheidung. Zu diesem Schritt bin ich noch nicht bereit.«

»Ihr habt also keine Kinder?«

Patrick rührte versonnen im Kakao. »Nein. Die Entscheidung haben wir bisher vor uns hergeschoben.« Nun sah er wieder auf. »Hast du welche?«

»Einen Sohn. Vom Vater bin ich schon lange geschieden. Hoffst du, dass ihr wieder zusammenkommt?«, kam ich auf ihn und seine Frau zurück.

»Inzwischen weiß ich das gar nicht mehr. Eigentlich würde ich mich auch gern auf jemand ganz Neues einlassen. Einen Neustart machen.«

Nun schaute er mich auf eine Weise an, die ich nicht deuten konnte. Ein weicher, fast zärtlicher Zug umspielte seinen Mund. Wenn ich mich nur ein kleines Stück nach vorn gebeugt hätte, hätten wir uns küssen können. So wie in meinem Traum.

Schnell sah ich auf die Uhr. »Es ist schon spät. Wir sollten uns beeilen. Lydia hat gesagt, bei uns oben könnte es heute noch schneien.«

Durch Nieselregen liefen wir zum Auto.

Je höher wir auf unserer Rückfahrt ins Gebirge gelangten, desto mehr Schnee mischte sich in den Niederschlag. Als wir auf den Parkplatz zur Finca einfuhren, sanken dicke Flocken aus dem Himmel und blieben auf der Erde liegen.

Zum Abendessen hatte Rita Rouladen und Serviettenknödel vorbereitet. Obwohl nicht zu vermuten war, dass sich in der Rouladensoße Rotwein befand, schmeckte sie vollmundig. Ich vermutete, dass sie es mit Himbeersirup und Balsamico abgerundet hatte. Heute war mir die Hausmannskost recht, sie passte zum Wetter.

»Was habt ihr an diesem Wochenende eigentlich alles so gemacht?«, fragte Lydia uns, nachdem wir eine Weile schweigend gekaut hatten. »Erzählt mal. Ihr wirkt ausgesprochen aufgeräumt.«

Ich überließ Patrick das Reden, wollte lieber mein Essen genießen. Als er geendet hatte, nickte Lydia anerkennend. »Es freut mich, dass ihr euch so gut versteht. Sich neue Dinge zu trauen, ist sehr wichtig. Ihr solltet es nur nicht übertreiben. Passt auf euch auf und überfordert euch nicht.«

»Keine Sorge«, ich stippte mit meiner Gabel in ein Stück Fleisch, »es ist alles ganz spielerisch.«

Lydia betrachtete mich aufmerksam, doch sie sagte nichts weiter dazu. Vielleicht ahnte sie, dass ich ein klein wenig für Patrick schwärmte. Zwar hatte sie mich davor gewarnt, mich emotional einzulassen. Aber das mit ihm war nichts Ernstes. Es war nur ein Urlaubsflirt – wenn überhaupt. Dagegen konnte sie doch nichts einzuwenden haben?

Ich spülte das Essen mit einem Schluck Wasser hinunter.

»Da fällt mir ein, dass ich euch ja noch gar nichts von unserem Kochprojekt mit Rita und Enrico erzählt habe.«

Lydia und Patrick sahen mich erstaunt an.

Schnell erklärte ich den beiden, wozu ich Rita hatte überreden können. »Zwar hätte ich gedacht, dass Enrico die Zutaten besorgt, aber sie will es selbst machen. Morgen treffe ich sie auf dem Markt.«

»Und was ist mit mir?« Patrick breitete die Hände aus. »Willst du mich etwa allein zurücklassen?«

»Viel eher würden wir Julia beim Yoga allein zurücklassen«, wandte ich ein. »Und du warst doch schon mal auf dem Markt.«

»Aber du warst auch schon mal in Palma und wolltest heute noch mal hin.«

Damit hatte er natürlich recht. »Meinetwegen, ich freu mich sogar, wenn du mitkommst. Aber wegen Julia −«

Lydia hatte unserer Diskussion amüsiert gelauscht. »Ich kann ihr Bescheid geben. Daran soll es nicht scheitern«, versprach sie.

Später saß ich mit dem nagelneuen Strickzeug vorm knisternden Kamin und nahm die ersten Maschen der Strickarbeit auf. Zu meiner Verwunderung gelang es mir sofort drauflos zu legen. Meine Hände führten die Tätigkeit aus, als wäre es erst gestern gewesen, dass ich das letzte Mal gestrickt hatte.

Vor der Terrassentür rieselten weiter dicke Flocken zu Boden. Auf dem Adventskranz brannte bereits die dritte Kerze. Konnte es etwas Gemütlicheres geben? Auf einmal fühlte sich alles so weihnachtlich an.

»Ist dir eigentlich klar, dass ich dank deiner Handarbeit

niemanden mehr zum Kartenspielen habe?« Patrick ließ sich neben mich aufs Sofa plumpsen.

»Darf ich dich daran erinnern, dass dies ein Schal für dich wird?«, fragte ich gleichermaßen vorwurfsvoll. »Wenn er fertig werden soll, bevor wir uns voneinander verabschieden, muss ich fokussiert bleiben.«

»Verstehe schon.« Patrick erhob sich wieder und wühlte im Sideboard zwischen den unvollständigen Spielekästen herum, kramte ein Fünfhundert-Teile-Puzzle hervor. »Mache ich eben das.« Das Motiv war der Schiefe Turm von Pisa.

Ich schmunzelte in mich hinein. Hier ging es zu wie in einem Buch von Astrid Lindgren. Die Frau strickte, der Mann puzzelte, im Kamin brannte ein Feuer, draußen schneite es. Ich hatte vieles von dem Aufenthalt hier erwartet, dies am wenigsten.

»Hoffentlich ist es vollständig«, murmelte ich, den Blick auf mein Strickzeug geheftet. »Hast du schon mal so ein großes Puzzle gemacht?«

Patrick knabberte auf seiner Unterlippe. »Frag mich eher, ob ich überhaupt schon mal gepuzzelt habe. Als Kind vielleicht. Aber mehr als zwanzig Teile werden die damals nicht gehabt haben.«

»Na, das nenne ich eine Challenge.«

Patrick öffnete den Deckel und kippte das Puzzle auf dem Sofatisch aus, glättete den Haufen und drehte die Stücke um.

»Apropos Challenge«, sagte er nach einer Weile in die Stille hinein. »Lass uns doch unseren Ausflug zum Markt morgen früh mit einer verbinden.«

Ich sah von meinem Strickzeug auf. »Und mit welcher?«

»Jeder von uns wagt etwas, was er sich noch nie zuvor getraut hat.«

Mir klangen Lydias Worte vom Abendessen in den

Ohren, wir sollten uns nicht überfordern. Allerdings fühlte ich mich gerade unternehmungslustig.

»Auf dem Wochenmarkt?«, hakte ich dennoch skeptisch nach. »Falls du mir vorschlagen möchtest, ich soll einen Diebstahl begehen, und sei er auch noch so klein, nein danke.«

»Keine Straftat.«

»Und nichts Gefährliches bitte!«

»Auch nicht. Ich denke da an so etwas wie«, er zuckte mit den Schultern, »uns auf den Platz zu stellen und ein Lied zu singen. Das wäre eigentlich mein Albtraum, und genau deswegen will ich es wagen.«

Lachend tippte ich mir mit einer Stricknadel an die Stirn. »Ohne mich. Ich treffe keinen Ton.«

»Okay, kein Problem.« Patrick reihte zwei Puzzleteile aneinander, setzte seine Arbeit schweigend fort, ich strickte vor mich hin.

»Mache ich es eben allein«, sagte er dann.

»Du willst wirklich auf dem Platz ein Ständchen bringen? Vor Wildfremden?« Ich kicherte ungläubig.

»Hm hm.« Er fischte ein weiteres Puzzleteil aus dem Wirrwarr auf dem Tisch. Der Rand war schon fast fertig. »Ich werde ein Weihnachtslied singen. ›Lasst uns froh und munter sein‹ oder so etwas.«

»Wie passend.«

Er grinste. »Eben. Und was hast du dich noch nie vor Wildfremden getraut?«

»Vor Wildfremden?« Ich strickte ein paar Maschen. »Durch meinen Beruf habe ich ja ständig mit Menschen zu tun, denen ich noch nie zuvor begegnet bin. Aber privat, da bin ich ziemlich schüchtern. Ich traue mich noch nicht mal, jemanden nur wegen einer Kleinigkeit anzusprechen«, gestand ich. »Einmal hatte ich mein Portemonnaie vergessen und saß in einem Parkhaus fest. Statt jemanden um zwei Euro zu bitten, habe ich lieber meinen Sohn angerufen, damit er mich rettet.«

»Und wenn dir ein Mann gefällt? Sprichst du den dann auch nicht an? Bittest ihn zum Beispiel um Feuer? Das wird ja gern zum Gesprächseinstieg gemacht.«

Lachend sah ich von meinem Strickzeug auf. »Ich rauche ja gar nicht. Und auch sonst würde mir absolut nichts einfallen, wie ich mit einem wildfremden Mann ins Gespräch kommen könnte.«

Patrick zwinkerte mir zu. »Bei deiner Schüchternheit erübrigt sich vermutlich die Frage, ob du schon mal Sex mit einem Unbekannten hattest. Oder?«

Er kannte wirklich keine Scham. Mir stieg Hitze in die Wangen. »Natürlich nicht. Ich hatte auch noch nie einen One-Night-Stand, falls das deine nächste Frage sein sollte. Du etwa?«

Er lachte laut. »Die ich angesprochen habe, wollten nie.«

Ich verdrehte die Augen.

»Jetzt mal im Ernst«, sprach er weiter. »Das könnten wir doch morgen spaßeshalber machen.«

»Ich soll mit einem Unbekannten Sex haben? Auf dem Markt? Eben geht aber deine Fantasie mit dir durch!«

Patrick warf lachend den Kopf zurück. »Du sollst nur jemanden ansprechen, der dir gefällt, während ich singe. So kommen wir beide gleichzeitig raus aus unserer Komfortzone.«

Nachdenklich sah ich ihn an. Er ahnte offensichtlich nicht, dass *er* mir gefiel. Es war ja schon aufregend genug, Zeit mit ihm zu verbringen. Ob er dabei sang oder nicht, war mir schnuppe.

Im selben Moment fiel mir ein Punkt auf der Liste der Gelegenheiten ein, zu denen ich mich nach einem Drink sehnte. Ich hatte ihn durchgestrichen – doch dadurch war er nicht weniger wahr. Ich hatte Alkohol benutzt, um lockerer im Umgang mit Männern zu werden. Wenn ich ein Glas Wein getrunken hatte, dann konnte ich auf das andere Geschlecht zugehen. Würde es mir inzwischen auch ohne gelingen?

19

Trotz Wintersaison war der Markt überraschend vielfältig. Obststände, Käse, Fleisch, Süßes, alles war vertreten. Es gab Handwerkskunst aus Olivenholz und Keramik, Schmuck und Kleider sowie die obligatorischen Handyhüllen aus China im Angebot. Den Stand mit selbstgebranntem Likör und Schnaps ließen wir geflissentlich links liegen. Zwischen allem tummelten sich mallorquinische Frauen und Touristen in Trekkingkleidung mit Rucksäcken, denen man ansah, dass sie nicht beabsichtigen, etwas zu kaufen. Sie wollten nur gucken und fotografieren, zu Hause gestalteten sie dann sicher bunte Kacheln für Instagram.

Während Rita ihre Besorgungen tätigte, schlenderten Patrick und ich zwischen den Ständen umher. Ich kaufte eine handbemalte Teetasse für daheim und eine Bonboniere, dazu Turrón, eine spanische Süßigkeit. Patrick erstand ein Salatbesteck und eine Schmuckschachtel aus Olivenholz.

Sein Vorhaben, in aller Öffentlichkeit ein Lied zu trällern, machte mich reichlich nervös. Ich fühlte mich, als wäre ich selbst diejenige, die sich das vorgenommen hatte.

Hinter uns reihten sich drei Cafés aneinander, in deren mit Heizstrahlern versehenen Außenbereichen schon die ersten Besucher Americano tranken und Croissant mit Marmelade futterten.

»Wo willst du denn eigentlich loslegen?«, raunte ich Patrick zu.

Er deutete zu seinen Füßen. »Ich habe mir vorgenommen, es genau dort zu tun, wo du mich darauf ansprichst.«

»Hier?«

Die Stelle war nicht verkehrt. Mit den ganzen Cafébesuchern hätte er automatisch Publikum. Mein Blick ging über die Gäste. Ein gutaussehender Mann blätterte in einer Zeitung. Es war die Süddeutsche. Erstaunlich, dass es die hier überhaupt gab. Es gefiel mir, wenn Männer in einer Zeitung lasen, statt in ein Handy zu starren.

Patrick wackelte mit den Augenbrauen. »Dein Typ?«, flüsterte er mir ins Ohr.

Ich spürte, wie ich errötete. Der Herr war um die Vierzig, und die Kombination aus Glatze und dunklem Dreitagebart stand ihm hervorragend. Es gab diese Männer, die ohne Haare besser aussahen.

»Überhaupt nicht mein Kaliber«, flüsterte ich. »Der wird sich zu Tode erschrecken, wenn ich ihn anspreche.«

Patrick musterte mich. »Hast du schon mal in den Spiegel geschaut? Du bist doch ein Hingucker. Erst recht, wenn du auch mal deine tollen Haare offen tragen würdest. Du musst dich vor diesem Glatzkopf absolut nicht verstecken.«

Ich straffte die Schultern. Hoffentlich meinte er das auch so. Zwar hatte ich mich in den letzten Tagen viel besser gefühlt, doch um mein Selbstbewusstsein war es noch immer nicht sehr gut bestellt.

Endlich fasste ich mir ein Herz. »In Ordnung, ich werde ihn fragen, ob bei ihm noch frei ist. Aber du löst dann auch dein Versprechen ein, hörst du?«

Dass er vor all diesen Leuten ein Ständchen bringen würde, würde ich erst glauben, wenn ich es mit eigenen Augen gesehen hatte.

In diesem Moment sah der Mann von seiner Zeitung auf und lächelte mir zu. War das etwa eine Einladung? Vielleicht sollte ich mich beeilen. Rita konnte jeden Moment zum Aufbruch aufrufen. Noch diskutierte die Köchin mit Händen und Füßen mit einem Fischhändler, dessen Laden schräg hinter uns lag.

Mein Herz klopfte in einem unkontrollierten Stakkato. So ging es mir immer, wenn ich darüber nachdachte, einen Mann anzusprechen. Früher hätte ich mir jetzt erst mal ein Glaserl Sekt gegönnt, um mich zu lockern.

Kurzentschlossen ließ ich Patrick stehen und ging hinüber zu seinem Tisch. »Entschuldigung«, ich räusperte mich, »Sie sind Deutscher, oder?«

Der Mann sah über den Rand seiner Zeitung. »Unschwer zu erraten«, sagte er mit Blick auf seine Lektüre. Ein Lächeln umspielte seine Mundwinkel.

»Leben Sie hier? Oder machen Sie auch gerade Urlaub?«, schoss ich ins Blaue. Innerlich krümmte ich mich. Was musste er mich nur für eine einfältige Kuh halten, dass ich ihm solche Fragen stellte?

Jetzt ließ er die Zeitung sinken. Mit dem Kinn zeigte er über das Markttreiben hinweg zur gegenüberliegenden Seite der Plaza. »Ich betreibe hier ein Immobilienbüro.«

»Dürfte ich mich zu Ihnen setzen?« Schon nahm ich Platz.

Der Mann faltete lächelnd die Zeitung zusammen. »Sind Sie auf der Suche nach einer Immobilie?«

Na gut, warum nicht? Hastig brummte ich eine Zustimmung und fuhr mit den Fingern an meinem Zopf entlang. »Ein Haus irgendwo auf den Klippen mit einem unverbauten Blick aufs Meer wäre ein Traum«, sagte ich sehnsuchtsvoll. Das war nicht mal gelogen.

Mein Tischnachbar streckte mir lächelnd die Hand entgegen. »Simon Gareck übrigens. Da hat uns wohl das Schicksal zusammengeführt.«

Ich hustete trocken. »So könnte man das nennen.«

»An wie viele Schlafzimmer haben Sie denn gedacht?«

In diesem Moment erklang Gesang. Patrick stand mit ausgebreiteten Armen da, reckte das Kinn in die Höhe und schmetterte *O Tannenbaum*. O je.

»Habe ich Sie nicht eben noch mit diesem Herrn beisammenstehen sehen?«, fragte mein Tischnachbar.

»Da müssen Sie sich irren!« Ich verkniff mir ein Lachen.

Es stellte sich schnell heraus, dass der Immobilienmakler und ich keine Zukunft miteinander haben würden. Er lebte seit fast zehn Jahren mit seiner Familie auf der Insel. Neben hochwertigen Immobilien verkaufte er auch Olivenöl. Er besaß einen ganzen Hain. Seine Frau und er betrieben das Geschäft gemeinsam, obendrein hatten sie drei Kinder, die die deutsche Schule in Palma besuchten.

Und dann – der Immobilienmakler und ich hatten gerade wieder thematisch zu meinem Traumhaus zurückgefunden – stand Patrick plötzlich neben mir.

»Wir müssen los«, sagte er und drückte mir einen Kuss auf die Wange. »Rita wartet.«

Bei unserer Rückkehr zur Finca war ich noch immer blendend gelaunt. Energiegeladen brach ich mit Malte zu einer Joggingrunde auf, nach der er mich überschwänglich lobte. Ganze drei Kilometer war ich gerannt, ohne Seitenstechen zu bekommen.

Die gute Stimmung schwand allerdings im Laufe des Tages dahin, da der nächste Termin mit Lydia immer näher rückte. Ich wusste, was mich dort heute wahrscheinlich erwarten würde.

Zur vereinbarten Zeit klopfte ich an ihre Tür und rutschte auf meinen Stuhl. Saß da wie ein Häufchen Elend. Konnte mir selbst nicht erklären, wieso. Ich war doch so zuversichtlich gewesen, bald mit ihr über alles reden zu können.

Zunächst lobte Lydia mich dafür, dass ich mein altes Hobby, das Stricken, wieder aufgenommen hatte. »Mit dem Laufen und den Handarbeiten hast du jetzt schon zwei Tools erarbeitet, mit denen du dich daheim in deiner Freizeit beschäftigen kannst. Du könntest außerdem in einen Verein eintreten. Oder im Chor singen, dich ehrenamtlich betätigen. Geh öfter mal ins Kino.« Sie lächelte. »Wie gefällt dir der Gedanke, zukünftig an den Feierabend zu denken und damit kein Glas Wein, sondern andere Dinge zu meinen?«

Die Idee erwärmte mich, das musste ich zugeben. Ich würde Stricken wie der Teufel. Und Maja hatte bestimmt auch große Lust auf Kino. Jetzt, wo sie Levi nicht mehr andauernd stillen musste.

»Ich bin geheilt!«, rief ich im Scherz und machte eine schlappe Siegerpose. »Keine Feierabendgläschen mehr! Ich fühle mich auch ohne perfekt!«

Lydias Miene verriet nichts. »Wir bekommen permanent eingetrichtert, dass man sich immerzu wohlfühlen und glücklich sein soll«, antwortete sie. »Achtsamkeit und sogenannte ›MeTime‹ zelebrieren, für innere Ausgeglichenheit sorgen. Das ist auch alles gut und schön. Aber so reibungslos funktioniert das Leben bei aller Behutsamkeit nicht. Es hat Höhen und Tiefen. Und mit denen solltest du es auch annehmen. Irgendwann wirst du wieder Leerlauf aushalten, Langeweile und auch Kummer.«

Dein Wort in Gottes Ohr, dachte ich.

»Da du denkst, das Thema Alkohol wäre somit vom Tisch – worüber würdest du gern als nächstes sprechen?« Lydia zog ihr Schreibbrett auf den Schoß.

Ich sank noch tiefer in den Stuhl. »Du hast mir ja gesagt, dass wir alles in meinem Tempo tun, und ich bin noch nicht soweit, um mit dir über meine Schwester zu sprechen«, sagte ich leise. Zwar vertraute ich der Therapeutin inzwischen schon viel mehr. Aber dieses Thema war ein Abgrund. Ich hatte Melanie ja damals obendrein verboten, mit ihrem Freund über alles zu reden. Mein Verrat an ihr war immens. Und außerdem: Alles, was ich hier mit Lydia besprechen würde, führte zu Peter und Annabell, und damit würde ich eine ganze Lawine lostreten.

Wollte ich das gerade? Wohl kaum.

Klar, das Leben mochte Höhen und Tiefen haben. Aber ich war lange in keinem Hoch gewesen. Der Tag gestern hatte mir so gutgetan. Ich wollte mir das noch einen Augenblick bewahren.

Tränen brannten in meinen Augen. Wie sollte es mir mit diesem ganzen Bockmist eigentlich gelingen, nichts zu trinken? So groß konnte keine Strickdecke werden, um mich davon abzulenken.

»Verrätst du mir deine Gedanken?«, fragte Lydia sanft.

Ich schüttelte den Kopf.

»Willst du es lieber für heute dabei belassen?«

Ich nickte frustriert. Vor ein paar Tagen hatte ich mich

noch so mutig und bereit gefühlt. Und nun schien schon wieder alles dahin.

Lydia legte ihr Schreibbrett beiseite und streichelte mir über die Schulter. »Mach dir keine Sorgen. Du schaffst das. Du wirst sehen. Malte hat gesagt, du hast inzwischen schon viel mehr Atem.«

»Vielleicht zum Laufen«, sagte ich tränenerstickt, »aber zu sonst gar nichts.«

20

Am Nachmittag des folgenden Tages war ich mit Patrick, Rita und Enrico zum Kochen verabredet. Bisher hatte die Köchin noch keinen Rückzieher gemacht, auch wenn ihre roten Wangen, an deren Farbe sich den ganzen Tag nichts geändert hatte, darauf schließen ließen, dass sie inzwischen am liebsten meilenweit davongelaufen wäre. Wovor fürchtete sie sich eigentlich? Hegte sie insgeheim die Sorge, dass wir sie für eine schlechte Köchin hielten? Oder war sie so über beide Ohren in Enrico verliebt, dass sie seine Gegenwart kaum aushielt?

Schließlich war es soweit, und wir vier kamen in der Küche zusammen. Rita zog die Sache auf wie in einem Maggi-Kochstudio. Sie hatte alle Einkäufe auf der Arbeitsfläche ausgebreitet; neben einer Paella-Pfanne standen kleine und große Schüsseln bereit, es gab sogar für jeden von uns eine Schürze.

Enrico hatte sich die strubbeligen Haare gekämmt und nicht an Rasierwasser gespart. Sein dunkler Bartschatten schimmerte durch die glänzende Haut.

Wenn ich mich nicht täuschte, hatte Rita sogar etwas Lippenstift aufgetragen. Ich trug die Haare zu einem Knäuel aufgesteckt, damit nichts ins Essen geriet.

Patrick rieb sich die Hände. »Ich freue mich schon aufs Festmahl«, raunte er mir zu. »Bei dir im Hotel musst du dich fühlen wie im Schlaraffenland, oder?«

»Schon, aber dadurch kämpfe ich leider auch immer mit meinen Pfunden«, gestand ich wehmütig.

»Du hast doch eine top Figur.«

So wie er mich ansah, meinte er das ernst. Ich kniff mich in die Seite. »Hier könnte schon etwas weg.« Dann zeigte ich auf meine Waden. »Und die sind zu stramm. Aber was kann man dagegen schon unternehmen?«

Enrico, der unsere Unterhaltung mitbekommen hatte, schürzte die Lippen. »Guckst du hier, diese hombre hat auch bissche Speck.« Ungefragt lüftete er Patricks T-Shirt und tätschelte dessen behaarten Bauch.

»Hey!« Patrick wand sich in gespielter Empörung aus seinem Griff. »Das ist sexuelle Belästigung!«

Ritas Augen weiteten sich.

Der Hausmeister grinste ihr zu. »Bissche Spaß muss sein, no?« Nun tätschelte er sich selbst den unter der Schürze verpackten runden Bauch. »Eine Mann ohne Bauch ist wie —«

Patrick verpasste ihm einen Knuff. »Das sieht bei mir aber noch anders aus! Du bist mindestens zehn Jahre älter als ich, hombre!«

»Jetzt sag«, schaltete ich mich ein, um das Bild von Patricks behaartem Bauch aus dem Kopf zu verdrängen, »wie alt bist du denn eigentlich?«

»Siebenunddreißig. So, und jetzt«, er schob sich die Ärmel hoch, »legen wir endlich los, oder was?«

Enrico schlängelte sich an ihm vorbei und inspizierte

unter Ritas Argusaugen die Einkäufe. Das Fleisch und den Fisch nahm er genau unter die Lupe. »Welche Stand warst du?«, fragte er sie.

»Wie du mir gesagt hast.« Sie zählte an den Fingern spanisch klingende Namen auf. »Der Fischhändler hat gesagt, das wären seine besten Stücke.«

Enrico hob mit einem Kochlöffel einen Tintenfisch an. »Diese hier? Beste Stück?«

Ich fand an dem Weichtier nichts auszusetzen. Ein wenig ausgefranst an den Seiten, aber das würde man wohl kaum schmecken.

Enrico ließ es wieder fallen, begutachtete die Hähnchenstücke. Was sollte an denen verkehrt sein?

»Habe ich doch gesagt sollen sein Brust mit die Knochen und Haut?« Zweifelnd betrachtete er Rita. Schon inspiziere er ein winziges Plastikkästchen, in dem sich dunkelrote Safranfäden befanden. »Und diese hier?«

Die Köchin breitete hilflos die Arme aus. »Wie ich diese blasierten Händler hier hasse«, schimpfte sie. »Immer drehen sie mir die zweite Wahl an, egal, wie freundlich ich auch zu ihnen bin.«

»Drückst du sie im Preis?«, fragte Patrick.

»Aber nein, ich bin es ja gar nicht gewöhnt zu verhandeln. Sie mögen mich einfach nicht, weil ich keine einheimische Köchin bin.«

Ich musterte sie verständnislos. Das würde sich unser Bastian im Bergglühen niemals bieten lassen.

»Für sie bin ich immer nur ...« Rita sah in die Ferne und versuchte sich an einer holprigen spanischen Aussprache. »... la cocinera alemana.«

»Die deutsche Köchin, sí, sí.« Der Hausmeister schnalzte mit der Zunge. »Ich werde reden mit die.«

»Aber nein, ich komme schon zurecht.« Rita sah ganz mitgenommen aus.

Enrico nahm sie sanft bei den Schultern. »Rosita. Du musst dir lasse helfen, eh? Sie kennen mich. Da sie werden machen, was ich sage.«

»Sie sollen aber machen, was ich sage«, knurrte die Köchin. »Lydia hat mich eingestellt, weil niemand der Einheimischen für sie kochen wollte – das stimmt doch so, oder? Dann sollen sie sich bitte auch nicht so anstellen.«

Enrico sah sie kopfschüttelnd an. »Diese alte Sache mit la Lydia längst ist vergessen. Niemand spricht mehr darüber, nur el Antonio – und der kann bleibe wo wächst die Pfeffer. Es ist, weil du dir nicht gibst genug Mühe mit die Leute.«

Rita sah aus, als würde sie jeden Moment platzen. Wenn das hier so weiterging, rückte unser gemeinsames Kochen in weite Ferne.

»Unsinn, ich habe gesehen, wie viel Mühe sie sich gegeben hat.« Schnell hakte ich mich bei der Köchin ein. »Sie hat mit Händen und Füßen mit den Leuten geredet. Gäh, Rita?«

»Aber nicht in ihre Sprache. Rita ist hier seit zwei Jahre, und ich versuche sie immer beizubringen paar Brocken. Aber will sie nicht. Dabei ist wichtig, gerade in unsere Branche.« Er zählte an den Fingern auf. »Pulpo, pollo, carne de res, tenera.«

»Ja, whatever«, unterbrach ihn Patrick. »Jetzt haben wir aber genug gemeckert.« Er machte eine ausschweifende Handbewegung über die Waren hinweg. »Wollen wir dann nicht mal loslegen?«

Rita warf Enrico einen Blick zu, sah schnell wieder fort. Dann zog sie sich einen Hocker heran und sank darauf. Sie legte die Hände in den Schoß und ließ die Schultern hängen.

Sie tat mir leid. Warum hatte Enrico sie so hart rangenommen? Mein Plan war doch eigentlich, dass die beiden sich näherkommen sollten. Und nun benahmen sie sich wie Streithähne.

Enrico rieb sich kratzend das Kinn. Mit dem Fuß schob er unsichtbaren Dreck auf dem Boden zusammen. »Venga«, sagte er endlich und straffte die Schultern, griff nach einer roten Paprika. »Fangen wir an.«

Rita schloss für eine Sekunde die Augen, dann rappelte sie sich wieder vom Hocker auf. »Meinetwegen. Umso schneller sind wir fertig.«

Es stellte sich heraus, dass Enrico ein unterhaltsamer Lehrer war. Zu allem, was er zur Hand nahm, nannte er die spanische Bezeichnung. Paprika hieß pimenton, Safran azafrán, Reis hieß arroz, Zwiebel cebolla. Ein doppeltes L sprach sich wie ein J. Ich bat Rita um Zettel und Stift, zwischendurch fragte Enrico uns ab. Während wir schnippelten und anbrieten, warf der Handwerker Begriffe ein, und wir riefen wie Schüler dazwischen. Selbst Rita taute allmählich auf.

Schließlich war alles für die Paella vorbereitet. Der Reis köchelte mit dem Gemüse und dem Hühnchen in der Pfanne. Zum Schluss würden wir den Fisch und die Gambas zugeben. Schon jetzt duftete es köstlich. Als nächstes wollten wir mit dem Nachtisch loslegen.

»Was ist denn eigentlich vorgefallen mit Lydia und den Einheimischen?«, fragte Patrick, während er das Spülbecken wienerte.

»Ach, ist alte historia. Schnee von gestern.« Enrico klaubte mit der Gabel ein Reiskorn aus der Pfanne, kontrollierte den Biss. »La Rita kann nichts für alles. Wie la Lydia hat gesucht eine Koch, von los idiotas wirklich in Dorf niemand wollte.« Er tippte auf seine Brust. »War ich Einzige, wo hat von Anfang gearbeitet für sie.«

Rita betrachtete ihn anerkennend. »Das wusste ich gar nicht.«

»Hast du ja auch nicht viel geredet mit mir.« Enrico zwinkerte.

Die Köchin bekam wieder rote Wangen. »Begeben wir uns dann mal an den Flan? Damit die Angelegenheit hier bald ein Ende hat?«

Enrico zuckte die Schultern und erweiterte nun unsere Spracheinheit um Grußformeln und einfache Sätze. »Buenos días, buenas tardes, buenas noches.« Dazu kam »Ich hätte gerne …«

Schmunzelnd plapperte ich alles nach. Ich konnte mir schon denken, worauf das Ganze hinauslief. Eigentlich war das hier eine Schulstunde für Rita. Bestimmt wollte er ihr für ihre Einkäufe auf die Sprünge helfen.

Der Flan war jedenfalls denkbar einfach zuzubereiten. Zuerst ließen wir den Zucker mit etwas Wasser in einem Topf auf dem Gasherd köcheln, bis er karamellisierte. Der Trick war, den Deckel geschlossen zu halten und nicht zu rühren, nur gelegentlich zu schwenken. Das übernahm Rita.

Als das Karamell die richtige dunkle Farbe aufwies, gaben wir jeweils ein paar Löffel in vorbereitete kleine Tonschüsselchen. Erst danach rührten wir die eigentliche Masse aus Eiern, Milch und Vanillearoma an und gaben sie in den zuvor benutzten Topf, erhitzten das Ganze, ohne es zum Kochen zu bringen. Anschließend füllten wir die Förmchen auf und gaben sie in eine mit etwas Wasser gefüllte Auflaufform. Das Ganze kam nun zwanzig Minuten in den vorgeheizten Ofen. Nachher musste es noch zwei Stunden in den Kühlschrank.

Die Paella brauchte nun nicht mehr lange. Der Fisch und die Gambas waren auf dem Reis verteilt, der inzwischen eine wunderbare goldene Farbe angenommen hatte. Es fehlten nur noch die Zitronenviertel.

»Toll!« Patrick rieb sich die Hände. »Das war ja viel einfacher als gedacht! Oder Rita? Spanisch zu kochen ist kein Hexenwerk.«

Unsere Köchin legte den Kopf schräg. Sie musterte Patrick von oben bis unten. Schon erinnerte ihr Gesichtsausdruck an ein Gewitter.

Was hatte sie jetzt wieder?

Auch Enrico schaute ratlos.

»Mensch Rita«, sagte ich versöhnlich, »danke, dass du das mit uns gemacht hast. Freust du dich denn jetzt nicht auch ein bisschen auf unser gemeinsames Essen?«

Die Köchin verschränkte die Arme. »Denkt ihr eigentlich, ich wüsste nicht, was hier gespielt wird?«

Patrick und ich warfen uns einen Blick zu. Hatte sie unsere Verkupplungsversuche durchschaut? Und warum ärgerte sie das so sehr? Sie mochte Enrico doch auch, da war ich ganz sicher.

»Ach Rita.« Ich trat an sie heran, legte ihr sachte eine Hand auf die Schulter. »Was ist denn daran so schlimm? Manchmal möchte man seinen Mitmenschen eben einen kleinen Schubs geben.«

Rita schob das Kinn vor. »Ich brauche keinen kleinen und erst recht keinen großen Schubs. Dass Julia und Malte nicht ihren Mund halten können und nun auch noch unsere Gäste mit hineinziehen – das ist wirklich der Gipfel!«

Unsicher sah ich von Patrick zu Enrico. »Ich habe den Eindruck, wir reden aneinander vorbei.«

Enrico nahm mich bei den Schultern und führte mich

sanft aus der Küche. »Jetzt sagt ihr mal la Lydia Bescheid, dass gibt leckere Essen. Der Rest ich regele mit la Rita, vale?«

Zum Abendessen fehlten der Hausmeister und die Köchin. Sie mussten sich aus dem Hinterausgang geschlichen haben – wo auch immer sie sich nun aufhalten mochten. Hoffentlich sprachen sie sich mal richtig aus. Dass sie sich die Paella entgehen ließen, war jammerschade, sie war nämlich ein Gedicht. Und dass es sich bei dem Fisch angeblich um B-Ware handelte, bemerkte kein Mensch.

Lydia verabschiedete sich nach dem Essen in ihr Häuschen, während Patrick und ich den Tisch abräumten und es uns wieder vor dem Kamin gemütlich machten.

»Übrigens.« Patrick wies zu meiner Augenbraue. »Deine Pflaster lösen sich.«

»Ach so?« Unsicher tastete ich danach.

»Ich kann sie dir einfach abziehen, wenn du magst.« Nun tippte er auf die Klammerpflaster auf seiner Nase. »Meine sind auch überfällig. Ich bei dir, du bei mir?«

Ich machte bei ihm den Anfang.

Der Schnitt, den er sich zugezogen hatte, war gut verheilt. Und auch meine Platzwunde war nur mehr ein feiner Strich in meiner Augenbraue, stellte ich mit einem Blick in den Flurspiegel fest.

»Von außen sind wir schon mal wieder gut hergestellt«, scherzte Patrick.

»Von innen wird es auch wieder werden«, wagte ich eine Prognose.

»Warten wir ab, was der Besuch von meiner Frau bringt«, unkte er. »Übermorgen weiß ich mehr.«

Schließlich schlichen wir zu später Stunde noch einmal in die Küche und stülpten den erkalteten Flan auf kleine Teller.

Die Karamellsoße ergoss sich über der süßen Eierspeise und verströmte einen köstlichen Duft.

»Der sieht noch besser aus als der Flan von unserem Bastian«, schwärmte ich.

»Bastian?«

»Unser Küchenchef im Bergglühen. Das Hotel, in dem ich arbeite.«

»Was genau machst du da eigentlich?«, fragte er.

»Ich bin das Mädchen für alles.« Vor mich hinlächelnd trug ich den Nachtisch voraus ins Wohnzimmer. Das Feuer im Kamin war bald abgebrannt.

Patrick nahm mir die Tellerchen ab. »Setz dich«, befahl er.

Blinzelnd tat ich wie geheißen.

»Und jetzt schließ die Augen.«

Unsicher folgte ich auch dieser Anweisung.

»Öffne den Mund.«

»Aaahhh.«

Patrick schob den Löffel zwischen meine Lippen. Genießerisch ließ ich den Karamellgeschmack auf der Zunge zergehen. »Köstlich«, flüsterte ich. »Ein Gedicht.«

Schon folgte die nächste Portion.

»Jetzt bist du aber dran«, befahl ich.

Die letzten Flammen des Kaminfeuers zeichneten ein tanzendes Muster auf Patricks Gesicht. Er schloss wie ich zuvor die Augen und öffnete den Mund. Seine Zunge stieß zwischen den Lippen hervor, er leckte sich darüber. Himmel.

Schnell schob ich ihm den Löffel in den Mund, und er gab ekstatische Laute von sich. Ich hätte schwören können, dass er auch beim Sex gern seine Gefühle hinausließ.

»Ein Königreich für deine Gedanken«, flüsterte Patrick, der die Augen wieder geöffnet hatte.

Schnell stach ich das nächste Stück ab, spürte der ungeahnten Erregung nach.

»Sehr lecker«, krächzte ich.

»Ja, oder?«

Ich griff nach den beiden Tellern und drückte ihm seinen in die Hand. »Dann lassen wir es uns doch jetzt mal schmecken.«

21

Noch satt vom vielen Essen des Vorabends bekam ich beim Frühstück fast nichts hinunter. Rita hatte uns begrüßt, als sei nichts gewesen, dann war sie wieder in ihrer Küche verschwunden. Ob sie wenigstens von den Resten der Paella und vom Flan probiert hatte? Jedenfalls war sie besserer Laune. Sie hatte das Radio angeschaltet und summte mit. Das war eine Premiere. Bisher hatte man aus der Landhausküche nur das Klappern von Küchenutensilien vernommen, unterbrochen von ihrem gelegentlichen Fluchen.

Patricks Termin bei der Reittherapeutin stand heute an, unverblümt teilte er mir mit, dass er das allein meinetwegen tue, »Vielen Dank auch«.

Ich verdrehte die Augen. Seine Launen konnten einem schon manchmal auf den Keks gehen. Abgesehen davon war meine auch nicht die beste, denn ich hatte heute den Telefontag. Was mochte in der letzten Woche in der Heimat geschehen sein? Welche Hiobsbotschaften erwarteten mich?

Zurück im Zimmer – Lydia hatte die Leitung freigeschaltet –, entschied ich mich als Erstes für einen Anruf bei meinen Eltern.

Meine Mutter schien auf meinen Anruf gewartet zu haben, sie nahm sofort ab.

»Na«, scherzte ich nach der Begrüßung, »falls du auf Neuigkeiten aus der Schinkenstraße oder von Jürgen Drews hoffst – dazu bin ich bisher noch nicht gekommen.«

»Im Winter ist er auch gar nicht dort, wie ich gehört habe.« Mama klang nicht, als fände sie das besonders tragisch. »Hauptsache dir geht es gut. Das tut es doch?«

»Ich habe große Fortschritte gemacht. Ich schlafe viel besser. Und die Therapeutin bringt ein paar Dinge ans Licht, die lange vergraben waren.« Mein Herz klopfte bei diesem Hinweis. Würde Mama das Thema wechseln? »Gefühlsduseleien« wie sie es gern nannte, waren ihr meist unangenehm.

»Manche Dinge sollte man ruhen lassen, wenn du mich fragst«, antwortete sie auch schon.

»Es sei denn, sie machen einen krank«, widersprach ich mutig.

»Aber das bist du ja nicht. Du warst nur ein bisserl überarbeitet.«

»Ja, und wenn ich zurückkomme, muss ich achtgeben, dass mir das nicht gleich wieder passiert.«

Meine Mutter schwieg. »Tja«, sagte sie dann, »das könnte schwierig werden.«

Mein Herz legte augenblicklich einen Galopp ein. »Wieso?«

»Ich weiß nicht, ob ich dir das jetzt sagen soll, Kind. Aber seit du fort bist, geht es hier drunter und drüber. Beim letzten Mal wollt ich nix erzählen, aber vielleicht ist es ja besser, du bist nicht ganz unvorbereitet.«

»Jetzt sag schon was los ist«, antwortete ich heiser.

»Der Alois hat der Annabell gekündigt. Fristlos.«

»Was?«

»Wegen unüberbrückbarer Differenzen oder Vertrauensverlust, oder wie man das nennt. Das geht freilich nicht, wenn so ein junges Ding so böse Gerüchte in die Welt setzt, meint er. Obendrein wird das auch im Zeugnis stehen, und die arme Daniela dreht vollkommen durch. Wo soll sich ihr Madel denn jetzt noch bewerben? Und die Lara, du weißt schon, das Lehrmädchen oben bei euch, die hat sich jetzt doch gegen die Solidarität mit der Annabell entschieden. Die Eltern haben ihr ins Gewissen geredet. Und ich sag dir, das hätte die Daniela auch von Anfang an tun sollen. Der Annabell gut zureden, meine ich. Dann wäre das alles nicht passiert.«

So wie sie Melanie und mir damals ins Gewissen geredet hatten, als das Wort meiner Schwester gegen das vom Peter Vogl stand. Von allem anderen ahnte Mama noch immer nichts.

»Aber wenn es wirklich so war, dass der Peter zudringlich geworden ist, dann –«, versuchte ich einen Protest.

»Das kann doch gar nicht sein, Carola! Das wär doch in der Vergangenheit schon mehr wie einmal vorgekommen. Das weiß man doch, dass solche Männer da ihre Vorlieben haben. Aber es hat sich bis heut noch keine einzige Zeugin oder Betroffene gefunden. Die Daniela sagt, sie haben mit vielen geredet, nicht nur mit der jetzigen Belegschaft, sondern auch mit den ehemaligen. Und nichts! Keine kann das bestätigen, was die Annabell sagt.«

Meine Kehle wurde eng. Genau das hatte Daniela bei ihrem Anruf von mir gewollt. Dass ich als Zeugin für ihre Tochter aussagen würde. Vielleicht hatte sie eins und eins zusammengezählt? Es war ein offenes Geheimnis, dass bei meiner Versetzung ins Bergglühen damals etwas nicht mit rechten Dingen zugegangen sein konnte. Mein Herz raste.

»Aber was wäre, wenn der Peter lügt?«, zwang ich mich zu entgegnen.

»Das glaubst du?«

»Mama. Ihr habt damals der Melanie den Mund verboten, als sie den Peter beschuldigt hat wegen des Geldes, erinnerst du dich?«

Meine Mutter zog scharf den Atem ein. »Aber du hast doch ins selbe Horn geblasen! Das war doch eine Räuberpistole, dass der eigene Juniorchef in die Kasse gegriffen haben soll. Und was hätt es damals für dich geheißen, wenn die Melanie das durchgezogen hätte mit ihren Behauptungen? Dann hättest du deine Ausbildung vergessen können. Stimmt das oder stimmt das nicht?«

»Das stimmt. Und ich bereue es bis heute, dass ich ihr damals so in den Rücken gefallen bin.«

»Was willst damit andeuten?«

»Dass es gestimmt hat. Der Peter hat gelogen, nicht die Melanie«, antwortete ich. »Und jetzt muss ich nachdenken, Mama. Ich meld mich spätestens nächste Woche wieder.« Mit zitternden Fingern legte ich auf.

Eigentlich wäre jetzt ein Anruf bei Erika an der Reihe gewesen. Dort war die ganze Angelegenheit sicher auch noch weiter hochgekocht. Doch ich traute mich nicht. Und Lydia hätte mir garantiert davon abgeraten.

Was sollte ich tun? Nervös rang ich die Hände.

Es klopfte an der Tür.

»Hi«, sagte Patrick, als ich öffnete. Er hielt mir sein Smartphone vor die Nase. »Nachdem du mir gestern den Namen von dem Hotel verraten hast, in dem du angeblich als Mädchen für alles arbeitest, bin ich neugierig geworden.«

»Ach ja?« Misstrauisch beäugte ich ihn.

»Du bist da die Chefin.« Er nickte anerkennend. »Im Understatement bist du nicht schlecht.«

»Hm hm.« Ich kratzte mich am Kopf. »Du, ich wollte gerade telefonieren, daher –«

»Und da ich ja bei mir auch immer so auf die Rezensionen versessen bin«, fuhr er unbeeindruckt fort, »dachte ich mir: Schau doch mal bei diesem Bergglühen nach.« Er räusperte sich belustigt. »Ist ja einiges los bei euch.«

Wahrscheinlich spielte er auf die Misere mit der Dame an, der ich die Schneiderei meiner Mutter empfohlen hatte. »Leider ist nicht immer alles positiv«, gab ich zu. »Aber der Großteil schon.« Demonstrativ sah ich auf den Telefonapparat in meinem Zimmer. »Bitte, ich müsste mich jetzt wirklich mal –«

»Kommst du denn zurecht mit dem Herrn, der dich da zurzeit vertritt?«, wollte Patrick weiter wissen.

»Wieso?« Ich nahm ihm das Smartphone aus der Hand und schaute aufs Display.

Die neueste Ein-Sterne-Rezension sprang mir sofort ins Auge.

Der Titel lautete »Unmögliche Führung«

Vergangene Woche war ich zu Gast im Bergglühen. Was auf den ersten Blick wie eine Wohlfühloase wirkte, entpuppte sich aber im Laufe der Zeit als ein Ort der Bedrängnis. Wo auch immer ich mich aufhielt, so war ein gewisser Hausherr nicht weit, der sich wie ein Gockel aufführte und mir »schöne Augen« machte. Und als wäre das nicht genug, bot er mir auch noch im Saunabereich an, er könnte, wenn ich wollte, »gern auch etwas zu meiner Entspannung beitragen«. Ich hätte mich beschweren sollen, tat es dann aber nicht, weil es mir peinlich war. Die Sache hängt mir allerdings immer noch nach. Also Mädels, falls ihr nicht dumm angemacht werden wollt, solltet ihr die Finger vom Bergglühen lassen!

»Ach du liebe Güte«, hauchte ich.

»Was ist das für ein Typ?« Patrick steckte das Handy wieder ein.

»Ein Arschloch«, antwortete ich. »Und jetzt musst du mich wirklich allein lassen.«

Erschöpft plumpste ich aufs Bett. Was für ein Wahnsinn. Der Peter musste inzwischen vollends größenwahnsinnig geworden sein.

Zwar drängte es mich augenblicklich noch mehr, Erika anzurufen. Doch von hier aus würde ich nicht das Geringste ausrichten können. Im Gegenteil, ich würde endlich den Mund aufmachen müssen. Und der Annabell zur Seite springen. Wenn das Mädchen beschloss, die Ausbildung abzubrechen, war es das eine. Aber es war etwas ganz anderes, wenn der Peter den Spieß umdrehte und sie wegen Verleumdung anzeigte. Ich wusste, dass das Madel die Wahrheit sagte! Was damals bei mir alles hätte geschehen können, falls die Melanie nicht dazwischen gefunkt hätte – ich wollte gar nicht drüber nachdenken.

Unglücklich betrachtete ich meine zittrigen Finger. Angenommen ich würde hier alles stehen und liegen lassen? Bei dem Gedanken an den Flughafen sah ich mich in der Abflughalle an einer Bar mit einem Glas Wein sitzen. Und nicht nur dort. Anders als mit einem gewissen Pegel würde ich diese Geschichte daheim nicht überstehen, da brauchte ich mir nichts vorzumachen. In dem Moment, in dem ich die Finca verlassen würde, wäre es wieder soweit. Ich musste endlich mit Lydia über alles reden. Glücklicherweise stand für den Nachmittag unsere nächste Sitzung auf dem Plan.

Vorher ging ich eine Runde Laufen, allein, in meinem Atemrhythmus. Und Lydia hatte recht: Es war enorm, was ich bisher erreicht hatte. Ich durfte mir wahrhaftig auf die Schulter klopfen, jeder anderen in meiner Situation hätte ich dasselbe gesagt. Ich nahm mir vor, in dieser Therapiestunde allen Mut zusammen zu nehmen und auf das zu sprechen zu kommen, das mein Leben schon so viele Jahre bestimmte.

Wie Patrick, dem das abendliche Wühlen zwischen all den grauen, blauen und grünen Puzzleteilen alles abverlangte, musste auch ich Schnipsel zusammentragen, um durchzublicken. Und um vorbereitet auf meine Rückkehr zu sein.

22

Melanies Brief, den sie mir kurz vor ihrem Tod geschrieben hatte, steckte noch immer zusammengefaltet in meiner Handtasche. Ich nahm ihn mit zu Lydia.

Auf meinem Stuhl im Therapiezimmer sah ich ratlos zur Zimmerdecke. Die dunklen Holzbalken zeichneten sich vor der weiß getünchten Decke ab. Wo sollte ich beginnen? Das alles war so verzwickt und miteinander verwoben.

Lydia sah mich abwartend an.

»Im selben Jahr, in dem ich die Hotelleitung im Bergglühen angenommen habe, ist meine Schwester Melanie bei einem Autounfall tödlich verunglückt«, begann ich stockend. »Und seither geht es mir nicht gut.«

»Gibst du dir die Schuld für ihren Tod?«

Ich schüttelte den Kopf. »Ich habe ihrem Freund Conny lange Zeit die Schuld für den Unfall gegeben, habe ihm unterstellt, selbst gefahren zu sein, alkoholisiert, um genau zu sein. Aber so war es nicht. Sie ist gefahren. Als ein Igel über die regennasse Fahrbahn lief, wollte sie ausweichen, und sie sind ins Schleudern geraten. Ihr Freund hat überlebt. Meine Schwester war sofort tot.«

»Ihr zwei hattet ein enges Verhältnis?«

»Wir waren beste Freundinnen.«

»Das heißt, deine Schwester war deine engste Bezugsperson?«

Ich nickte. »Nach ihrem Tod hatte ich allen Grund, mit dem Trinken anzufangen, das kannst du mir glauben.«

Lydia legte den Kopf schräg. »Man kann vor Trauer um jemanden weinen oder schreien, vielleicht sogar die Besinnung verlieren. Das machen unsere Emotionen mit uns. In dem Fall könnte man einen Arzt um Hilfe bitten. Oder mit einem Seelsorger sprechen. Einen Grund, aus Trauer Alkohol zu trinken, gibt es nicht. Jemand, der nie zuvor getrunken hat, würde auf diese Idee nicht kommen. Ich nehme an, du hast schon vorher getrunken, Caro. Nur danach vielleicht noch mehr.«

Nachdenklich betrachtete ich meine Hände. »Vielleicht.«

»Was ist das am längsten zurückliegende Ereignis, an dem du den Alkohol zu einem dieser Gründe hier«, sie tippte auf die Liste, die auf dem Tischchen zwischen uns lag, »benutzt hast?«

Mein Herz klopfte mal wieder heftig. Ich zwang mich, nachzudenken. Damals, als Melanie im Allgäuer Adler das Schülerpraktikum absolvierte und Peter sie beschuldigt hatte, Geld aus der Kasse genommen zu haben, obwohl er selbst es gewesen war, da war Melanie mir zwar böse, weil ich ihr in den Rücken gefallen war. Aber zwischen uns war noch nichts zerbrochen. Getrunken hatte ich da noch nicht. Melanie hatte mir ja auch verziehen, weil sie verstand, dass ich nicht meinen Ausbildungsplatz aufs Spiel setzen wollte. Dabei war es so toll auch wieder nicht zugegangen.

»Damit du verstehst, wie es dazu kam, muss ich etwas ausholen«, sagte ich leise.

»Ich habe keine Eile.« Lydia lächelte aufmunternd.

Verlegen setzte ich mich auf meine Hände. »Zur Zeit meiner Ausbildung hat mir der Juniorchef nachgestellt«, begann ich stockend. »Er hat mich öfter in die Ecke gedrängt, mir mal die Hand auf die Hüfte gelegt, mal quasi versehentlich an die Brust gefasst, mir gesagt, dass ich ihn angeblich scharf mache. Das war mir alles äußerst unangenehm, aber ich habe mich nicht beim Senior beschwert, weil ich Angst hatte, es könnte nach hinten los gehen.«

»Bei deinen Eltern auch nicht?«

Ich schüttelte den Kopf. Bis heute verstand ich selbst nicht, weshalb ich mir keine Hilfe gesucht hatte. Aber wahrscheinlich hatte ich einfach nicht glauben können, dass der Peter bis zum Äußersten gehen würde.

»Als ich verheiratet war, hat er es dann sein lassen«, fuhr ich fort. »Er hat sich auf anzügliche Bemerkungen beschränkt. Bloß nach der Scheidung … es nahm überhand. Ich überlegte zu kündigen, doch das konnte ich mir finanziell nicht erlauben. Immerhin war ich frisch geschieden, alleinerziehend, das Geld war knapp. Also blieb ich. Der Peter ließ mich nicht mehr in Ruhe. Und dann eines Abends, als ich Spätschicht hatte …« Ich schloss die Augen. Wollte es endlich hinter mich bringen, mir von der Seele reden. »Da hat er mich fast vergewaltigt«, presste ich hervor.

Lydia musterte mich betroffen. »Was genau heißt ›fast‹?«

Zitternd holte ich Luft. »Meine Schwester hat mich an jenem Tag vom Hotel abholen wollen, wir waren fürs Kino verabredet. Mein Sohn war bei meinem Ex-Mann, es war mein freier Abend. Und der Peter, der nicht wusste, dass meine Schwester im Anmarsch war, fand, das sei jetzt die

Gelegenheit, dass wir zwei uns endlich näherkommen sollten.«

»Möchtest du mir genauer erzählen, was passiert ist?«, fragte Lydia sanft.

Ich zog meine Hände unter den Beinen hervor, rubbelte mir übers Gesicht, nickte.

»Er hatte wie gesagt schon vorher gern solche Bemerkungen gemacht, dass er es sehr reizvoll finden würde, wie ich angeblich meine Hüften schwenke und wie ich mit meinem Pferdehaar vor seiner Nase herumwirbele. Hat mir unterstellt, ich würd das nur tun, um ihn zu reizen. Aber als ich ihm an jenem Abend gesagt hab, dass das keineswegs der Fall wäre, dass ich mich ganz normal bewegen würde und einfach nur dickes Haar hätte, das mir eben ab und an ins Gesicht fällt, da hat er mich an den Haaren in eine Ecke gezogen.« Meine Kehle war trocken, ich trank einen Schluck Wasser. Lydia sagte nichts, wartete nur ab. »Ich konnte mich nicht mehr bewegen«, fuhr ich stockend fort. »Er hat mir das Dirndl hochgeschoben und die Unterhose heruntergezogen. Man sollte meinen, ich hätte mich bei meiner Statur wehren können, aber ich war wie gelähmt. Mir kam kein Laut über die Lippen, meine Kehle war zu, ich dachte, ich müsste ersticken.« Ich wischte mir über die Augen. »Vielleicht hat er es als Zustimmung gesehen? Jedenfalls, wie meine Schwester kam und nach mir rief, da hab ich mir die Seele aus dem Leib gebrüllt. Und Melanie, die wirklich zart gebaut war, hat sich auf ihn gestürzt und von mir weggezogen.«

»Hast du ihn angezeigt?«, fragte Lydia.

Stumm schüttelte ich den Kopf, presste die Lippen aufeinander, kramte Melanies Brief aus der Handtasche. Der Rotwein hatte die Ecken aufgeweicht, das gewellte Papier war längst wieder getrocknet, doch in meiner Tasche war er noch mehr zerknittert. Er sah aus, als hätte ich ihn auf der Straße gefunden.

Lydia blickte darauf, sah mich fragend an.

»Den hat mir meine Schwester geschrieben. Wenige Tage vor ihrem Tod.«

Die Therapeutin faltete das Blatt auseinander und begann zu lesen. Ich wusste Wort für Wort, was darin stand.

Mein liebes Schwesterherz,
ich muss dir jetzt einfach mal schreiben. Im Gespräch geraten wir doch nur immer aneinander, du lässt mich noch nicht einmal ausreden. Deshalb versuche ich es auf diese Weise. Und ich hoffe, dass wir danach wieder über alles miteinander reden können. Wie früher.
Ich glaube dir, dass du dich sauschlecht fühlst nach dem, was dieser Scheißkerl dir angetan hat. Dass du die Sache am liebsten sofort wieder vergessen würdest. Und dass du es als dein gutes Recht ansiehst, dir jetzt umgekehrt das zu nehmen, was du willst. Die Hotelleitung im Bergglühen ist ja auch nicht irgendetwas. Kleine Karriereabkürzung. Dass du bei Alois' Angebot also zuge-griffen hast, statt den Peter dafür anzuzeigen, was er gemacht hat, so wie ich es wirklich wahnsinnig gern gesehen hätte – geschenkt. Ich möchte dir absolut kein schlechtes Gewissen machen deswegen, das verstehst du immer wieder falsch. Es ist deine Sache.
Was mir halt dabei Bauchschmerzen macht, ist die Frage, ob er sich zukünftig nicht auch an andere ranmachen wird, wenn keiner in der Nähe ist. Jetzt überleg, was hätte passieren können, wäre ich nicht aufgekreuzt. Das fände ich echt schlimm, wenn er eben nicht, wie du meinst, wegen Alois' Anschiss »geheilt« ist.
Aber hoffen wir mal das Beste.
Allerdings, was ich dir echt übelnehme, ist die Tatsache, dass du mir verbieten willst, mit dem Conny drüber zu reden. Dir ist doch wohl bewusst, dass er und ich uns verdammt nahestehen, oder?

Höchstwahrscheinlich ist er sogar der Mann meines Lebens (auch wenn er der Bruder von deinem Ex-Mann ist und dir das nicht in den Kram passt). Also finde ich es ziemlich krass, dass ich über diese wichtige Sache, die mich total belastet, nicht mit ihm reden darf. Er würde es doch niemandem erzählen. Er ist kein Klatschweib, das solltest du wissen. Bitte überleg dir das noch mal.

Mein Wort, keiner Menschenseele etwas davon zu sagen, gilt für immer. Du bist seit meiner Geburt der wichtigste Mensch in meinem Leben gewesen, Caro. Und du wirst immer einer der wichtigsten bleiben. Aber der Conny bedeutet mir auch viel. Und ich mag keine Geheimnisse vor ihm haben. Ich möchte ihm sagen können, warum ich bestimmte Filme nicht anschauen kann. Ich will dich in Schutz nehmen können, wenn er darüber scherzt, dass du mit deinem ordentlich geflochtenen Zopf, aus dem kein einziges Härchen rutscht, aussiehst wie eine zugeknöpfte Spaßbremse. Denn die bist du gar nicht. Aber seit du dort oben arbeitest, kommt kaum mehr ein Lächeln über deine Lippen. Als hättest du den beiden deine Fröhlichkeit verkauft.

Ich habe den Eindruck, dass dich dieser faule Handel eingeholt hat, und dass du nicht glücklich damit bist. Und ich wünsch mir doch nichts mehr für dich, als dass du glücklich wirst, jetzt, wo du endlich den Hubert los bist. Du hast Besseres verdient als solche Typen, die auf deinen Gefühlen rumtrampeln, Caro. Würdest du ihnen doch nur die Stirn bieten. Würdest du doch nur dafür sorgen, dass so etwas nie mehr passiert. Und würdest du mir nur erlauben, mit dem Conny zu sprechen. Dann wären wir wieder Herzensschwestern. Danach sehne ich mich so sehr.

Deine Melanie

Lydia ließ den Brief sinken.

»Ich wünschte, ich hätte noch die Chance gehabt, mich mit ihr auszusprechen«, schluchzte ich. »Wie konnte das Schicksal es nur so schlecht mit mir meinen?«

Ich rupfte mir ein Tuch aus der Kleenex-Box, schnäuzte mir die Nase.

»Das ist wirklich eine Menge, was du durchmachen musstest«, sagte Lydia mitfühlend. »Ich nehme an, deine Eltern wissen bis heute nichts von dieser ganzen Geschichte? Da du ja sagtest, du müsstest bei ihnen immer für gute Laune sorgen?«

»Gar nichts wissen sie«, antwortete ich matt. »Nur heute früh am Telefon, da hab ich meiner Mutter angedeutet, dass wir noch ein paar Dinge aufarbeiten müssen. Jedenfalls«, ich sah sie fest an, »ab jenem Tag hab ich mir angewöhnt, abends ein Glas Wein zu trinken, nachdem der Jakob im Bett war. Auch, weil ich bald darauf ins Bergglühen wechselte, wie du ja in dem Brief gelesen hast. Mit der ganzen Verantwortung, nach der ich mich zuvor gesehnt hatte. Doch jetzt mit der Angst zu versagen. Und mit Melanie im Nacken, die mir Vorwürfe machte. Die mir sagte, ich sei schließlich nicht mehr in der Ausbildung, ich hätte jederzeit auch woanders einen Job finden können. Doch erstens hab ich das bezweifelt – denn wer stellt schon eine Mitarbeiterin ein, die ihren Chef angezeigt hat?« Ich legte das Gesicht in die Hände. »Und zweitens hab ich mich furchtbar geschämt. Also hab ich mich auf den Handel, den der Seniorchef mir anbot, eingelassen.«

Lydia reichte mir noch ein Kleenex. »Ich kann deine damaligen Entscheidungen gut nachvollziehen. Du wolltest das hinter dir lassen. Nicht ahnend, dass das so leicht gar nicht geht.«

Ich nickte und wischte mir über die Augen. Ihre tröstenden Worte taten mir gut. Doch das Schlimmste wusste sie ja noch gar nicht. Dass sich derzeit die Vergangenheit wiederholte, genau wie es Melanie prophezeit hatte. Dass ich aus dieser Schleife offenbar niemals herauskommen sollte. Und dass ich noch heute Morgen sicher gewesen war, dass ich daheim keinen einzigen Tag ohne mein rettendes Glas Wein überstehen würde.

»Angenommen, es geschähe ein Wunder«, holte Lydia meine Gedanken zurück. »Du könntest zwar keine Toten zurückholen und nichts aus der Vergangenheit ändern, aber dein heutiges Leben von Grund auf erneuern. Was wäre dann anders?«

»So ziemlich alles.«

Die Therapeutin reichte mir einen Block und einen Stift. »Du hast zwanzig Minuten, in denen du alles aufschreiben kannst, was dir in den Kopf schießt. Wie sähe dein ideales Leben aus? Nicht nur auf die Arbeit bezogen, sondern rundum.«

»Wenn ein Wunder geschähe?«, sprach ich nachdenklich in die Luft und drehte den Stift in Händen.

Lydia stellte auf ihrem Smartphone einen Timer ein. »Los gehts«, ermunterte sie mich.

Ich setzte den Kugelschreiber aufs Papier und schrieb los.

In meinem idealen Leben könnte ich auf irgendeine Weise noch meinen Frieden mit Melanie machen. Ich würde keinen Gedanken mehr an Alkohol verschwenden, es sei denn, es wäre mal ein Geburtstag oder Silvester. Ich würde mich sicher fühlen auf der Arbeit und meinen Job gut erledigen. Ich wäre zufrieden mit mir und meinem Körper. Ich würde gern in den Spiegel schauen. Ich hätte keine Furcht davor, was andere von mir halten. Ich ginge gerne zur Arbeit. Ich hätte gute Freundinnen und Freunde, die Wert auf meine Gesellschaft legen. Jakob und Tala würden sich nicht mehr um mich sorgen. Meine Kolleginnen und Kollegen würden mich gern um Rat fragen. Ich würde Sport treiben und es mögen, davon ausgepowert zu sein. Ich würde beim Nachhausekommen Musik anmachen, mich umziehen und erst einmal eine

*Runde tanzen. Wenn ich traurig wäre, würde ich weinen, aber es
würde auch wieder vergehen. Ich würde Freunde anrufen
können, wenn es mir nicht gutgeht, damit ich nicht alleine bin.
Ich würde regelmäßig ausgehen und neue Dinge erleben, die ich
noch nie –*

Als der Alarm ansprang, sah ich auf. »Die Zeit ist
schon um?«

Lydia nickte. »Alles, was dir in diesen zwanzig Minuten
nicht eingefallen ist, ist auch nicht so wichtig für dich.«

Ich blickte auf meine Liste. »Ach so?«

»Magst du sie mir vorlesen?«

Als ich am Ende angelangt war, lächelte ich versonnen
vor mich hin. »Ich hab einen Mann vergessen«, sagte ich.
»Ich habe in diesen zwanzig Minuten nicht daran gedacht,
dass ein Mann in meinem idealen Leben eine Rolle spielen
würde.«

»Das war auch noch in keiner unserer Sitzungen Thema.
Was nicht heißt, dass Partnerschaften für dich nicht wichtig
wären. Aber du hast genügend andere Dinge, die dich in
Atem halten. Da ist für eine neue Partnerschaft möglicherweise noch kein Raum.«

Ich sah aus dem Fenster. »Dabei wäre das doch nahelie-
gend, oder? Die Hoffnung, dass eine neue Liebe mich besser
fühlen lassen könnte. Jemanden zu haben, der sich in mich
verliebt.«

»Vielleicht musst du dich erst selbst in dich verlieben,
ehe du das wirklich zulassen kannst.« Lydia lächelte
wissend und deutete auf meine Aufzeichnungen. »Dort
steht, in deinem idealen Leben wärest du happy mit dir und
deinem Körper. Das ist eine tolle Formulierung, Carola. Die
wenigsten Menschen akzeptieren sich so wie sie sind. Sie
wollen oft anders sein. Das Haar ist zu dünn, der Po zu dick,

die Arme zu wabbelig. Aber wer sich selbst mag, der hat auch eine gute Ausstrahlung auf andere.«

»Hm hm.« Ich nickte. »Da würde ich gerne hinkommen, ja.«

Lydia deutete wieder auf meine Liste. »Hast du dich denn in der Vergangenheit schon einmal so gefühlt wie hier beschrieben?«

»Vielleicht während meiner Schulzeit. Besonders im letzten Schuljahr.«

»Was war da so schön?«

»Ich hatte viele Freunde. Ich hatte Spaß. Keine Sorgen – bis auf die üblichen Dinge, die nun einmal zum Heranwachsen dazugehören. Und ich war mit meiner ersten großen Liebe zusammen. Alexander.«

»Was war an dieser Liebe für dich herausragend?«

»Er war anders als die anderen Jungs. Man konnte sich mit ihm unterhalten. Nicht nur die ganze Zeit Witze machen. Er war so … wortgewandt und hatte zu allem eine Meinung, aber ließ auch die der anderen gelten. Zu ihm konnte ich aufschauen, aber gleichzeitig waren wir auf Augenhöhe. Ich konnte ich selbst sein. Und noch dazu, na ja, du weißt schon, die körperliche Anziehung war einfach riesig.«

»Das klingt wirklich sehr schön. Warum ging es auseinander?«

Traurig hob ich die Schultern. »Er zog mit seinen Eltern in eine andere Stadt. Er wollte Abitur machen und noch studieren. Ich blieb in Pfronten hängen. Wir haben uns aus den Augen verloren.« Ich wollte bei Lydia jetzt nicht davon anfangen, wie sehr Alexander mich damals verletzt hatte mit seinen Prophezeiungen, ich würde an der Rezeption versauern, und dass ich deshalb doch nicht die Frau seines Lebens sein konnte.

»Und dann? Wie ging es weiter mit der Liebe? Du bist

geschieden – aber es muss auch gute Zeiten mit deinem Mann gegeben haben.«

»Ich befürchte, der Hubert war eine Notlösung. Vielleicht sogar eine Flucht aus der Situation mit dem Juniorchef. Mit Hubert war es jedenfalls nicht annähernd so wie mit Alexander. Nach der Heirat habe ich mich zwischen Familie und Job aufgerieben, weil mein Mann der Meinung war, an seinem Leben müsse sich durch die Geburt unseres Sohnes nichts ändern. Aber meines war auf den Kopf gestellt. Ich stand nur noch unter Strom, um allem und allen gerecht zu werden. Und weil ich dauernd so mies drauf war, hat er mich betrogen.«

»Solche Männer sollten keinen Einfluss mehr auf dein Leben nehmen, was?«, fragte Lydia.

Immerhin: Hubert hatte ich den Laufpass gegeben. Aber wie ich den Peter loswerden sollte, ohne meinen Job zu verlieren, wusste der Teufel. Und ich liebte meine Arbeit. So anstrengend sie auch in letzter Zeit gewesen war. Ich wollte sie behalten!

Hilflos zuckte ich die Schultern. »Eigentlich nicht, nein.«

»Du weißt, welche Funktion das Wörtchen ›eigentlich‹ hat?«, fragte Lydia.

Ich überlegte. »Es schränkt ein?«

»Ja. Und deshalb ist es überflüssig.«

23

Zurück im Wohnzimmer schallte wieder Musik aus der Küche herüber. Diesmal spanische Gitarren-klänge. Rita summte leise mit.

Schmunzelnd schlich ich in den Flur und spähte in den Raum. Da stand unsere Köchin und wippte mit den Hüften. Bereitete das Mittagessen vor. Normalerweise gab es mittags eine Suppe. Nudelsuppe, Brokkoli-Rahmsuppe, Pfifferling-Cremesuppe oder auch mal eine Käse-Lauch-Suppe. Ich stellte mich auf die Zehenspitzen. Was köchelte denn da in der Pfanne? Wow.

Voller Vorfreude zog ich mich auf mein Zimmer zurück, um mich für die Joggingrunde mit Malte umzuziehen.

Auf dem Weg zum Parkplatz, wo wir verabredet waren, unternahm ich einen Abstecher zum Tiergehege. Enrico besserte wieder ein paar Latten am Zaun aus, und erstmals nahm ich die Bretter aufmerksamer unter die Lupe. Im Grunde gab es hier überhaupt nichts auszubessern. Sowohl die Holzbretter als auch die Nägel – alles schien in einem akzeptablen Zustand zu sein. Die Ziegen standen neugierig dabei und blökten mich an. Wahrscheinlich erhofften sie sich eine Karotte. Ich zog den Reißverschluss meiner Weste nach oben, noch war mir kühl. Das Joggen würde das sicher bald ändern.

»Hola Enrico«, grüßte ich den Spanier. »Qué tal?« Die Frage »Wie geht's?« hatte er uns bei unserer gemeinsamen Kochstunde beigebracht.

Der Hausmeister ließ von seiner Arbeit ab. Seine Augen blitzten. »Könnte nicht gehen besser.« Er fuhr sich durchs Haar. »Ich glaube Eis ist gebrochen mit la Rosita.«

»So vergnügt, wie ich sie gerade in der Küche gesehen habe, könntest du recht haben.«

»Heute Morgen wir waren zusammen auf der Markt«, verriet er. »Habe ich sie vorgestellt meine amigos, und habe ich ihnen gesagt, dass sie la Rita nur sollen geben beste Sachen. Und dass sie verraten sollen beste Rezepte für alles.«

»Scheint ja geklappt zu haben, gerade macht sie eine spanische Tortilla!«

Er nickte stolz. »Bloß die Fischhändler, el cabrón, er macht Probleme. Er mag la Rita nicht. Er ist Bruder von el Antonio, wo hatte mit la Lydia una Liebelei. Ich habe sie gesagt, kein Problem, kümmere ich mich um die Fisch für große Feier, aber sie will nicht.« Er hob die Schultern. »Sture Esel.« Plötzlich schaute er mich ganz erschrocken an. »Sagst du nichts zu la Lydia. Versproche?«

Welche der beiden Neuigkeiten meinte er nur? Die, dass Lydia einmal mit einem Antonio aus dem Dorf eine Liebelei gehabt haben sollte, oder die, dass eine Feier bevorstand? Allein von Berufs wegen interessierte mich Letzteres besonders.

Doch ehe ich ihn danach fragen konnte, winkte Malte mir vom Parkplatz zu. »Kommst du?«, rief er. »Oder machst du lieber Kaffeeklatsch?«

Lachend verabschiedete ich mich von Enrico und fand mich zu den Dehnübungen bei Malte ein.

»Eines wollte ich dich schon die ganze Zeit fragen«, sagte ich, während wir langsam in Richtung Straße losjoggten. »Ihr plant doch irgendeine größere Sache. ›Tag X‹ hat Julia gesagt, eben erwähnte Enrico eine Feier. Und immer soll Lydia nichts davon wissen. Aber je größer die Geheimniskrämerei, desto schwerer fällt es uns doch, keine Fragen zu stellen!«

Wir überquerten die Hauptstraße und gelangten auf den Wirtschaftsweg, der ein kurzes Stück durch den Steineichenwald führte und dann in freies Gelände überging. Die Landschaft war karg und steinig, nur ein paar halb verschneite Büsche zeigten sich hier. Auf unserem Weg warf Malte mir einen zerknirschten Blick zu. »Also gut, aber du musst versprechen, dass du dichthältst.«

Ich reckte zwei Finger in die Luft. »Ehrenwort.«

»Lydia wird nächsten Donnerstag fünfzig. Julia und ich wollten eine Überraschungsparty organisieren und Leute aus dem Dorf dazu einladen. Seit sie die Finca hier oben gekauft hat, hat sie keinen Kontakt mehr zu ihnen, lebt hier oben wie eine Einsiedlerin, kennt nur noch die Arbeit. Das muss sich wirklich ändern.« Er schnalzte mit der Zunge. »Auch wenn Lydia Rita erlaubt, hier oben essensmäßig ihr Ding durchzuziehen, liebt sie in Wahrheit die mallorquinische Küche, insbesondere Tapas. Die müssen bei der Feier also auf den Tisch, komme was wolle. Auch damit die Gäste sich hier willkommen fühlen. Also wollten Julia und ich einen mallorquinischen Caterer engagieren. Aber als Rita von der Feier Wind bekommen hat, hat sie sofort alles an sich gerissen. Sie will sich um jedes Detail kümmern – insbesondere um das ganze Essen samt Einkauf. Ich weiß nicht, was in ihrem Kopf vorgeht, dass sie immer denkt, sich helfen zu lassen wäre ein Zeichen von Schwäche, aber so ist sie anscheinend gestrickt. Sobald wir aber mitbekommen sollten, dass Rita versucht, uns Kartoffelsalat mit Wiener Würstchen oder ein popeliges Chili con Carne unterzujubeln, dann nehmen Julia und ich die Sache in die Hand. Es wird allerdings bald knapp, da sie und ich über die Feiertage zu unseren Familien nach Deutschland fliegen. Wir kommen erst am siebenundzwanzigsten zurück.« Malte setzte einen Dackelblick auf. »Echt, ich würde Rita am liebsten ein Verbot aussprechen und einfach dem Caterer den Zuschlag geben. Ich mach doch keine Überraschungsparty mit einer *schlechten* Überraschung!«

Endlich verstand ich das gestrige Missverständnis mit Rita. Sie hatte gedacht, Patrick und ich hätten das Kochprojekt initiiert, um ihr wegen dieses Events auf die Sprünge zu helfen. Und nicht wegen Enrico. Vielleicht war das sogar besser so, denn nun hatte sie wenigstens bei ihm angebissen.

Nachdenklich joggte ich weiter neben Malte her. Es war ja noch eine Woche Zeit bis zum großen Tag. Bis dahin konnte viel passieren. Hoffentlich das Richtige.

24

P atricks Fuß vibrierte beim Frühstück gegen mein Stuhlbein. Nach seinem Termin bei der Reittherapeutin am Vortag hatte er sich nur noch zum Abendessen blicken lassen und war dabei ausgesprochen wortkarg gewesen. Beim heutigen Yoga war er auch nicht erschienen. Fast hätte ich die Hand auf sein Knie gelegt, um ihm zu sagen, er solle sich doch bitte beruhigen. Immerhin kam heute nur seine Frau zu Besuch und nicht der Papst.

Da ich inzwischen über die geplante Überraschungsparty für Lydia im Bilde war, fiel mir bei Tisch kein unverfängliches Thema ein. Lydia schien heute auch nicht zu Plaudereien aufgelegt. Nur aus der Küche tönte fröhliche Musik aus dem Radio.

Patrick schaute immer wieder aus der Terrassentür zum Parkplatz hinüber. In der Nacht hatte es erneut ein bisschen Schnee gegeben, der abermals wegtaute. Seine Frau wollte sich am Flughafen ein Taxi nehmen, später würde er sie mit dem Lieferwagen an der nächstgelegenen Küste zu ihrem Hotel bringen, in dem sie sich übers Wochenende ein wenig

Wellness gönnen wollte. Interessanterweise stieg hier am Tisch nun auch meine Aufregung.

Das Knirschen von Autoreifen auf dem Kies am Parkplatz erweckte meine Aufmerksamkeit. Ein Taxi hielt mit laufendem Motor hinter dem Tor.

Patrick leerte seine Kaffeetasse und schob den Stuhl zurück. »Dann wollen wir mal.« Ein verkniffenes Lächeln umspielte seine Lippen.

Ich wünschte ihm viel Glück und blieb mit Lydia sitzen, kam aber nicht dagegen an, ihm auf seinem Weg über die Terrasse zum Parkplatz mit meinem Blick zu folgen.

Lydia räusperte sich. »Lassen wir den beiden doch ein wenig Privatsphäre, oder Caro?«

Ich tat, als hörte ich sie gar nicht.

Die Beifahrertür des Taxis öffnete sich. Ich reckte den Hals.

Da Melissa Maisch einen Beauty-Salon betrieb, hatte ich erwartet, dass sie zu den Frauen gehörte, die in einem Jumpsuit mit Pumps hinreißend aussahen. Doch die Dame, die eben aus dem Taxi stieg, sah anders aus. Na nu. Das sollte Patricks Ehefrau sein?

Mein Sparringspartner schritt zögernd durchs Tor, er blieb vor der kleinen, rundlichen Rothaarigen stehen. Sie ging ihm nur knapp bis zur Schulter. Ich konnte den Blick kaum von den beiden abwenden.

»Caro«, mahnte Lydia amüsiert.

Ich ignorierte sie weiter.

Nun umarmten sich die beiden zaghaft, ließen einander wieder los. Melissa lächelte unter zusammengepressten Lippen. Sie trug einen knielangen Trenchcoat, der sich um ihre molligen Hüften spannte. Dazu Stiefeletten. Todschick sah sie aus.

Die beiden bewegten sich nun auf die Finca zu, schritten

durchs Tor. Patricks Frau schaute sich anerkennend um, machte eine Bemerkung zum Pool und zur Terrasse, zeigte zum Himmel.

Schon betraten die beiden das Wohnzimmer.

Melissa Maisch hatte korallfarbenen Lippenstift aufgetragen, der hervorragend zu ihrem rötlichen Haar passte. Ihr Teint war glatt und gleichmäßig, die Wimpern dicht, aber nicht zu aufdringlich getuscht. Patrick half ihr aus dem Mantel, unter dem sie ein figurbetontes Strickkleid trug.

Patrick machte Lydia und seine Frau miteinander bekannt, dann deutete er auf mich. »Und das ist Caro, meine Mitinsassin.« Er zwinkerte mir gutmütig zu. »Und mein Rettungsanker.«

Geschmeichelt erhob ich mich und hielt Melissa die Hand hin.

»Freut mich, Caro.« Sie warf mir einen anerkennenden Blick zu. »Tolle Haarfarbe. Natur?«

Verlegen bejahte ich und fuhr mir über den Zopf.

Patrick nahm seine Frau beim Arm. »Komm, ich zeig dir alles. Anschließend unternehmen wir einen Abstecher in den Ort, da sind wir ungestört.« Zu Lydia sagte er: »Das gilt doch noch, dass ich den Wagen nehmen kann? Auch für später, wenn ich Melissa zu ihrem Hotel bringe?«

Lydia hob den Daumen.

»Na, was überrascht dich so?«, fragte sie, nachdem die beiden außer Hör- und Sichtweite waren.

Ich warf ihr einen unsicheren Blick zu. Wieso hatte ich angenommen, nur eine gertenschlanke Frau könnte einen Beauty-Salon betreiben? Da kam es doch auf Fachwissen an und auf die Liebe zu allem, was mit Schönheit zu tun hatte.

»Ich weiß auch nicht«, antwortete ich ratlos.

»Ist es nicht bemerkenswert, welche Vorurteile sich in

unseren Köpfen einnisten?«, fragte sie. »Und welche unnötigen Komplexe wir oft haben?«

»Schon.« Ich selbst war zwar nicht so füllig wie Melissa, aber als schlank konnte ich mich eben auch nicht mehr bezeichnen. Dabei wäre ich es so gern gewesen. Ich fühlte mich nicht richtig wohl in meiner Haut, die Lieblingskleider von früher passten mir schon lange nicht mehr, ich war schnell aus der Puste. Obwohl sich das dank des Joggens gerade änderte.

In diesem Moment tauchten Patrick und seine Frau wieder am Tor zum Parkplatz auf. Gemeinsam stapften sie zum Lieferwagen. Patrick öffnete ihr die Beifahrertür.

Lydia und ich räumten bald darauf den Tisch ab, die Therapeutin verabschiedete sich in ihr Zimmer zu einem Videocall.

Außer einer Massage am Nachmittag stand bei mir für heute nichts mehr auf dem Programm. Um die Zeit zu überbrücken, entzündete ich den Kamin und zog mich mit meiner Strickarbeit aufs Sofa zurück. Während ich Reihe um Reihe strickte, fragte ich mich, ob Patrick vielleicht versuchen würde, seine Melissa zu überreden, ihnen noch eine Chance zu geben.

Und was beunruhigte mich an diesem Gedanken?

Vielleicht, weil ich selten die erste Anlaufstelle bei jemandes Kummer war? Als Rettungsanker hatte mich jedenfalls noch niemand bezeichnet. Womöglich wurde mir das heute schon wieder genommen? Die zwei kannten sich viel länger, sie teilten eine Geschichte miteinander.

Ich sah dem Schal beim Wachsen zu, und als mir die Finger schmerzten, weil ich die Nadeln allzu verkrampft umklammert hielt, zog ich mir die Laufklamotten an und begab mich trotz Schmuddelwetters auf eine Joggingrunde. Der Matsch knirschte unter meinen Schuhen, bei dem weichen Untergrund war das Laufen anstrengender als sonst. Schon nach wenigen Hundert Metern bekam ich Seitenstechen und musste ständig innehalten. Ich war mit zu hohem Tempo gestartet. Mehr auf meine Grenzen zu achten, das musste ich eben erst lernen. Auf dem Rückweg spazierte ich nur noch. Aber wenigstens hatte ich ein wenig Zeit totschlagen können.

Selbst nach meiner Massage waren Patrick und Melissa nicht zurück. Lydia, Julia und ich saßen beim Abendessen allein beisammen, die Therapeutin verlor kein Wort über Patricks Fernbleiben.

Wahrscheinlich kam es gerade zur großen Versöhnung in Melissas Hotelzimmer. Was das hieß, wusste man ja.

»Ist alles okay?«, fragte Lydia mich mit einem Mal.

»Ich wundere mich nur, wo Patrick bleibt. Er und seine Frau wollten doch nur in den Ort.«

»Oder sie haben es sich anders überlegt und sind noch woanders hin.« Die Therapeutin lächelte in ihrer neutralen, gutmütigen Art. Meistens fand ich die gut. Gerade aber überhaupt nicht.

An diesem Abend lag ich wieder einmal lange wach. Unruhig warf ich mich von einer Seite auf die andere. Ich hatte weder Lust zu lesen noch zu stricken. Ich wollte einfach nur, dass der nächste Morgen kam, an dem ich Patrick fragen konnte, wie es gelaufen war.

Fast hätte ich bei Lydia durchgeklingelt und um das Beruhigungsmittel gebeten – doch welcher Rückschritt wäre das gewesen?

Erst nach Mitternacht schallte das Brummen des Liefer-wagens durch die Nacht. Ich musste mir wohl keine Illu-sionen darüber machen, wieso das so lange gedauert hatte.

Patricks Schritte auf dem Kiesweg hielten vor meiner

Terrasse einen Moment inne. Überlegte er, ob er bei mir anklopfen sollte?

Unter Herzklopfen stützte ich mich auf den Ellbogen ab und lauschte. Jetzt ging er weiter. Schade.

In den frühen Morgenstunden schlief ich endlich ein.

25

Wäre mir ein Mann wie Patrick im Allgäu begegnet, hätte ich wahrscheinlich keinen zweiten Blick riskiert. Bisher hatte ich bei Kerlen mit Tattoos eher die Augen verdreht. Weshalb verunstaltete jemand freiwillig seinen Körper? Was, wenn die Haut alt und schlaff wurde? Aber bei ihm … Dieser Mann übte eine immer fiebrigere Anziehungskraft auf mich aus. Besonders, seit Melissa ins Bild gerückt war. Er hatte gestern Sex gehabt mit ihr, dessen war ich mir sicher.

Zumindest an diesem Tag erschien er zum Yoga. In den letzten beiden Wochen hatte sich meine Haltung bei den Yogastellungen verbessert. Mein Körper war durchlässiger geworden, ich stöhnte nicht mehr innerlich auf vor Schmerz, wenn ich eine Asana besonders lange halten sollte. Patrick hingegen ächzte weiterhin auf diese leicht obszöne Weise vor sich hin. Unter seiner Jogginghose zeichnete sich mit jeder Bewegung ab, dass er gut ausgestattet war – einmal hatte ich sogar Julias Blick aufgefangen, die genauso wenig wegschauen konnte wie ich.

Dies war unsere letzte Yogastunde. Julia und Malte würden später zum Flughafen nach Palma aufbrechen, um die Feiertage mit ihren Familien in Deutschland zu verbringen. Weihnachten stand kurz vor der Tür. Das Fest der Liebe.

Beim Frühstück verkniff ich es mir, Patrick Fragen zu Melissas Besuch zu stellen, und direkt danach brach er zu einer Joggingrunde auf. Ich selbst hatte mein nächstes Coaching bei Lydia.

Ich hatte angenommen, wir würden bei unserer heutigen Sitzung dort fortfahren, womit wir zuletzt geendet hatten. Doch sie folgte nicht meinem inneren Protokoll.

»Melissas Besuch scheint dich aus dem Konzept gebracht zu haben«, bemerkte sie gleich nach der Begrüßung. »Möchtest du darüber sprechen?«

»Na ja, ich habe dir ja beim letzten Mal schon erzählt, dass ich gerne happy mit meinem Körper wäre – im Sinne von schlanker und durchtrainierter. Und da kommt dann eine Frau wie Melissa daher …«

»Ja?«

Ich warf die Hände in die Luft. »Ach, ich weiß auch nicht!«

»Ich muss gestehen, auch ich war von ihr beeindruckt.«

»Ach ja?«

Lydia nickte. »Ich finde es großartig, wenn eine Frau ihre Rundungen so sehr annimmt. Ihr war anzusehen, dass sie mit ihrem Körper im Reinen ist, und dass ihr die Meinung anderer darüber egal ist.«

Ja, das war wohl so.

»Und das macht diese Frau sehr attraktiv, findest du nicht?«, fuhr sie fort.

»Allerdings.«

»Was magst du an dir, Carola?«

Blinzelnd überlegte ich. »Meinen Busen finde ich ganz okay.«

»Ganz okay also?«

»Doch, ich bin einverstanden mit meinem Busen. Er hat … die richtige Größe.«

»Aus deiner Sicht oder denkst du aus der Sicht der Allgemeinheit?«

»Aus beidem?«

»Was gefällt dir noch an dir?«

»Ich könnte dir ziemlich viele Dinge aufzählen, die mir an mir nicht gefallen. Meine strammen Waden zum Beispiel, die –«

»Bleiben wir doch mal bei den Dingen, die du schön findest. Der Busen ist schön. Was noch?«

»Meine Nase ist auch ganz in Ordnung. Ich mag, dass sie gerade ist.«

Lydia zeigte auf meinen Kopf. »Und dein Haar? Die meisten Frauen würden dich darum beneiden.«

»Tja.« Tatsächlich bekam ich häufig Komplimente dafür, doch das ging meist zum einen Ohr hinein und zum anderen wieder hinaus. Früher hatte ich es ja sogar gern offen getragen. Ich hatte es gepflegt, liebte es, wenn es gut duftete. Und auch Alexander hatte allzu gern seine Nase darin vergraben. Lydia hatte recht. Ich hatte kaum einen Blick für die Dinge, die schön waren an mir, meine Haare versteckte ich sogar meistens wegen der schlechten Erinnerungen. Und dann kam eine Frau wie Melissa und strotzte vor Selbstbewusstsein. Was hatte ich all die Jahre mit meinen Speckröllchen gehadert. Dabei verlangte ich doch auch keinen Waschbrettbauch von einem Mann.

Lydia lehnte sich nach vorn. »Jede und jeder findet etwas anderes anziehend, Carola. Wir alle wünschen uns einen attraktiven Partner. Und dennoch sind die wenigsten mit einem Model zusammen. Wahre Liebe«, ihre Stimme bekam einen wehmütigen Ton, »die richtet sich nicht nach dem Aussehen, sondern danach, was der andere auch mit geschlossenen Augen in einem zum Klingen bringt.«

»Ich verstehe ehrlich gesagt nicht, wohin diese ganze Unterhaltung führen soll.«

Lydia schüttelte sich kurz, als wollte sie ihre ganz eigenen Erinnerungen vertreiben, schmunzelte dann. »Dahin, worüber wir genau letztens schon sprachen. Dass du dich zuerst einmal in dich selbst verlieben musst, bevor es jemand anderes tun kann. Melissa hat dir das voraus. Sie mag sich wie sie ist. Sie betont ihre Kurven sogar. Sie will gar nicht anders sein. Und weil sie sich mag – nicht in einem eingebildeten, sondern in einem gesunden Sinn – ist sie auch für andere attraktiv. Es geht um Ausstrahlung, Caro. Und darum, dass nun einmal jeder Mensch etwas anderes unter der Bezeichnung ›attraktiv‹ versteht. Dick, dünn, groß, klein, jeder hat doch andere Vorlieben. Es gibt Männer, die bezeichnen hochbezahlte Models als Hungerhaken. Du bist eine sehr schöne Frau, Carola. Du strahlst es nur noch nicht so richtig aus. Aber das könntest du.«

Ich zwang mich zu einem Lächeln. »Wenn du meinst.«

Lydia sah auf ihre Notizen. »Zuletzt hatten wir ja auch über deinen Juniorchef gesprochen. Und darüber, dass Männer wie er keinen Einfluss mehr auf dich haben sollten. Begegnest du ihm denn noch häufig? Und wenn ja – was macht das mit dir?«

Ich betrachtete meine Finger. »Ich versuche ihm aus dem Weg zu gehen. Die Sache wiederholt sich allerdings im Moment«, erklärte ich niedergeschlagen. »Und das macht mich ziemlich fertig. Es hat sozusagen dazu beigetragen, dass ich die Kur hier bei dir gebucht habe.«

Lydias Augen weiteten sich. »Er hat dich wieder in Bedrängnis gebracht?«

»Nein, diesmal eine junge Auszubildende. Sie hat ihn angezeigt, und jetzt …« In wenigen Worten fasste ich zusammen, dass mein Aufenthalt hier auch der Hoffnung geschuldet gewesen war, die Angelegenheit mit Annabell würde sich während meiner Abwesenheit in Luft auflösen. »Doch das ist natürlich nicht passiert. Im Gegenteil, nun wurde der Armen noch gekündigt und sie obendrein wegen Verleumdung angezeigt.« Ich senkte den Kopf. »Ihr ist genau das passiert, weswegen ich damals geschwiegen hatte.«

»Mir kommt da ein Gedanke, weißt du.« Lydia betrachtete mich nachdenklich.

»Und der wäre?«

»Angenommen, deine Schwester säße jetzt hier mit bei uns. Was würde sie wohl zu dieser Geschichte mit dem Mädchen sagen?«

»Ich weiß schon, was sie sagen würde«, erwiderte ich weinerlich. »Sie würde sagen, ich soll der Annabell beispringen.« Hilflos warf ich die Hände in die Luft. »Aber wie soll ich das schaffen, ohne mein bewährtes Hilfsmittel? Ich werde meinen Job verlieren, Lydia. Ich werde ins Gerede kommen! Im Hotel werden sie sagen, dass sie es ja schon immer gewusst haben, dass es nicht mit rechten Dingen zugegangen ist, wie ich an meine Position gekommen bin. Vielleicht unterstellen sie mir sogar, ich hätte es beim Peter darauf angelegt, um ihn damit zu erpressen.«

»Aber du bist doch nicht hingegangen und hast gesagt, ich schweige nur, wenn ihr mir diesen Job gebt – sondern es war umgekehrt, richtig?«

»Ja, der Seniorchef hat mit dem Vertrag gewedelt, und

ich konnte nicht widerstehen.« Ich legte das Gesicht in die Hände.

»Siehst du. Du hast lediglich die Herausforderung, die dieser Vertrag dir bot, angenommen. Die Warnung deiner Schwester, andere Frauen könnten diesem Kerl zum Opfer fallen, hast du aber nicht in den Wind geschlagen, weil dir diese Frauen egal waren.«

»Nein.« Ich nahm die Hände vom Gesicht. »Ich hatte gehofft, er hätte aus dieser Geschichte gelernt.«

»Doch das hat er nicht. Du hast mit deiner Einschätzung falsch gelegen. Aber nun bietet sich dir die Chance, diesen Streit mit deiner Schwester beizulegen – so, wie du es dir wünschst –, indem du dem Mädchen hilfst. Und wenn ich es richtig verstanden habe, dann hat niemand jemals wirklich gesagt, dass du für diesen Job nicht taugst. Das Hotel gibt es seit vielen Jahren unter deiner Leitung. Es ist meistens ausgebucht, sagtest du. Es ist auch nicht bankrottgegangen. Und obwohl ihr Personalmangel habt, läuft der Laden. Das bringt nur eine gute Führungspersönlichkeit hin, Carola. Das kann nicht jeder.«

Unter Tränen sah ich sie an. »Kann sein. Aber es kostet mich unendlich viel Kraft. Ich lebe für nichts anderes mehr. Und das würde ich so gerne wieder.«

»Dann bitte andere um Hilfe. Delegiere.«

Ich fuhr mir durchs Haar. »Das würde doch nur allen zeigen, dass ich es nicht draufhabe!«

»Oder es würde allen zeigen, dass du auch anderen Mitarbeitern etwas zutraust. Und ein umsichtiger Mensch bist, der mit seinen Ressourcen haushält.«

Ich ließ ihre Worte sacken. So hatte ich das noch nie gesehen. Vielleicht würde ich das sogar tun, falls ich meinen Job behielt.

»Was, wenn die Dinge daheim so anstrengend werden,

dass ich es nicht ohne Alkohol überstehe?«, fragte ich verzweifelt.

»Wir haben ja noch zwei Sitzungen vor uns«, beruhigte Lydia. »Nur Geduld. Erkenne an, was du bis heute schon erreicht hast. Wir machen eine starke Löwin aus dir, du wirst sehen.«

Ich zog die Nase kraus. »Im Moment fühle ich mich eher wie ein scheues Kätzchen.«

Auf dem Weg die Treppe hinunter löste ich das Gummiband aus meinem Zopf und wuschelte mir durchs Haar. Warf einmal den Kopf nach vorn und wieder zurück, schüttelte ihn, bis mir die Ohren klingelten. Wenn ich mich schon nicht fühlte wie eine Löwin, wollte ich wenigstens so aussehen.

Patrick saß im Wohnzimmer über das Puzzle vom Schiefen Turm gebeugt.

»Hey«, grüßte ich, »darf ich mich zu dir setzen?«

Ohne aufzusehen, rückte er ein paar Zentimeter beiseite und wühlte zwischen einzelnen Puzzleteilen herum.

»Wie geht es dir?«, sprach ich ihn von der Seite an.

»Gut.«

Länger konnte ich die Neugier nicht mehr zügeln. »Jetzt sag schon, wie war es denn gestern mit Melissa? Habt ihr euch versöhnt?«

Patrick drehte mir ruckartig den Kopf zu. Überrascht musterte er meine Mähne. »Wow«, sagte er anerkennend und fragte dann: »Versöhnt? Wie meinst du das? Wir waren ja nicht zerstritten. Wir hatten uns im Guten getrennt.«

»Seid ihr jetzt wieder zusammen?«

Er hob die Augenbrauen. »Nein. Wir haben einiges geklärt und … Das muss jetzt erst einmal alles sacken.« Demonstrativ wandte er sich wieder dem Puzzle zu.

»Okay. Alles klar.« Ich konnte ihn wohl kaum fragen, ob

sie Versöhnungssex miteinander gehabt hatten. Dabei interessierte es mich brennend. »Morgen haben wir wieder unseren freien Tag«, zwang ich mich, das Thema zu wechseln. »Wollen wir vielleicht etwas zusammen unternehmen? Wieder ... neue Pfade beschreiten?«

»So was wie die Sitzung bei der Pferdefrau?« Er tippte sich mit einem Puzzleteil an die Stirn. »Dieser blöde Gaul hat nur gebockt. Ich konnte machen, was ich wollte.« Er legte das Teil an. Auf seiner Armmuskulatur tanzten die Tattoos auf und ab.

»So ein Gaul hat vielleicht auch mal einen schlechten Tag.« Ich stieß ihn in die Seite.

Patrick verkniff sich ein Grinsen. »Welchen neuen Pfad hattest du dir denn für dich vorgestellt, falls wir einen Ausflug zusammen machen?«

»Ich dachte, ich lasse mir ein Tattoo stechen.« Eine Idee, die mich selbst überraschte.

Lachend lehnte er sich auf dem Sofa zurück und verschränkte die Arme hinter dem Kopf. »Du? Wohin denn?«

Zögernd tippte ich auf meinen Oberarm. »Hier vielleicht?«

Patrick musterte mich. »Hut ab. Da muss ich mir ja jetzt auch was Großes einfallen lassen. Mit einem Ständchen auf dem Platz wird es nicht getan sein, was?«

»Ich denk mir was Schönes für dich aus«, versprach ich.

Er schmunzelte. »Da hege ich nicht den geringsten Zweifel.«

26

Nach dem Frühstück am anderen Morgen begaben wir uns wieder auf den Weg nach Palma. Die Landschaft wechselte im Nu vom kargen Gebirge zu Orangenplantagen, auf denen die Ernte in vollem Gange war. Ich mochte die Vielseitigkeit dieser Insel.

Schließlich ging es auf die Autobahn, und bald darauf fanden Patrick und ich uns in der Fußgängerzone der Altstadt wieder. Es nieselte leicht. Die über die Straßen gespannte Weihnachtsbeleuchtung reflektierte auf dem nassen Asphalt. Das Haar trug ich heute offen. Ich hatte es in der Mitte gescheitelt, und nun fiel es mir in dicken Strähnen über die Schultern. Um meinen neuen Look zu komplettieren, bestand ich zuerst auf Shopping. Ich wollte eine Jeans mit Riss im Knie, eine lässige Hemdbluse und ein paar Chelsea Boots. Außerdem einen Trenchcoat. Es dauerte keine Stunde, da hatte ich meine Einkäufe beisammen.

Patrick zeigte sich beeindruckt. »Dass frau auch schnell Klamotten einkaufen kann, ist mir neu«, sagte er anerkennend. »Steht dir übrigens sehr gut, wenn du das Haar offen trägst. Das wirkt so anders.«

»Anders, ach ja?« Ich grinste unsicher. Anders war nicht unbedingt gut.

»Ja, und man möchte am liebsten hineinfassen.«

Mein Herz flatterte nervös. Schnell verdrängte ich den Gedanken an die Erfahrung mit Peter, diesem Arschloch. Stattdessen sagte ich »Mach doch« und neigte den Kopf wie ein Hund, der gestreichelt werden möchte.

Patrick lachte auf. »Ich hab ganz schwitzige Finger. Aber vielleicht komm ich bald mal drauf zurück.« Er zwinkerte spielerisch.

Wie sollte ich das einordnen? War mein Vorschlag absurd, oder zog er wahrhaftig mehr in Erwägung? Am liebsten hätte ich ihn gefragt, ob er sich vorstellen könnte – rein theoretisch natürlich – sich in eine Frau wie mich zu verlieben. In Melissa hatte er sich ja auch verliebt.

Jetzt rieb er sich die Hände. »Wollen wir dann mal? Du willst dich doch noch immer tätowieren lassen, oder?«

»Auf jeden Fall.« Ich nickte nachdrücklich, obwohl ich mich insgeheim fühlte wie ein kleines Mädchen, das die erste Runde mit dem Fahrrad ohne Stützräder vor sich hat. Ich war gleichzeitig ängstlich und voller Vorfreude. Dieser Tag würde alles verändern, das spürte ich. »Ich möchte mir ein Motiv aussuchen, das mich für immer an unsere Zeit hier erinnert. Es wird sicher Momente geben, in denen ich hadere – da brauche ich einen Anker.«

Patrick wackelte mit den Augenbrauen. »Einen Anker, aha. Ein klassisches Motiv, zumindest unter Seeleuten.«

Ich kicherte. Einen Anker – was hatte ich denn da gesagt?

Zielstrebig, als habe er dennoch Sorge, ich könnte es mir anders überlegen, machte Patrick sich auf den Weg; ich eilte neben ihm her.

Bei dem Walk-In-Tattoo-Studio, das wir bei unserer anderen Tour in die Hauptstadt entdeckt hatten, handelte es sich um einen ziemlich unscheinbaren Laden. Im Schaufenster waren von der Sonne verblasste Fotos von Körperteilen mit Tattoos ausgestellt. Die allermeisten fand ich grässlich. Aus welchem Grund wollten Leute freiwillig einen Totenkopf mit sich herumtragen? Oder eine Rose, deren Blätter herunterrieselten? Darüber hinaus gab es natürlich den obligatorischen majestätischen Adler.

»Hältst du diesen Schuppen für seriös?«, raunte ich Patrick zu.

Womöglich könnte ich mir hier alles Mögliche zuziehen. Eine schlimme Infektion, einen Pilz? Ob es hier wenigstens eine Aufsichtsbehörde gab, die solche Geschäfte überprüfte? Auf Mallorca existierte doch gewiss ein Gesundheitsamt?

»Seriös vermutlich schon.« Patrick betrachtete mich amüsiert. »Seit neuestem bin ich ja für jeden Spaß zu haben. Aber du solltest dir das trotzdem gut überlegen. Nicht, dass du mir später vorwirfst, ich hätte dich dazu gedrängt. Das tue ich nämlich nicht.«

»Nein, ich überlege doch schon mein ganzes Leben zu viel. Zur Abwechslung möchte ich mal einer spontanen Idee folgen.«

Schon öffnete ich die Tür des spärlich beleuchteten Ladens. Eine Anfang Zwanzigjährige saß an einem Arbeitstisch und sortierte Fotos in einen Ordner ein.

»Hola«, grüßte ich.

Sie hob den Kopf und musterte zuerst mich, dann meinen Begleiter.

»Wie kann ich Ihnen helfen?«, sprach sie Patrick auf Englisch an. Anscheinend sah sie ihm den Tattoo-Fan sofort an. Dabei lag heute all sein Hautschmuck unter dem Parka verborgen.

»Es geht um mich«, korrigierte ich und trat einen Schritt vor, schlüpfte aus meinem neuen Mantel. Ich strich mir das Haar von der Schulter und tippte auf den rechten Oberarm. »Hier hätte ich gern«, ich warf Patrick einen unsicheren Blick zu, »einen Anker.« Früher hätte ich mich für einen Engel entschieden. Jetzt nicht mehr. »Es soll nur ein ganz kleiner sein.« Ich hielt meine Finger im Abstand von fünf Zentimetern zueinander. »Nicht größer als so.«

»Kein Problem.« Die Frau zückte ihr Smartphone, presste es kurz darauf ans Ohr. Ich verstand nur das Wort »Cliente.« Als sie auflegte, übergab sie mir einen Katalog mit Tattoo-Motiven. »Mein Kollege ist in ein paar Minuten hier.« Sie deutete auf zwei Stühle.

Patrick und ich setzten uns. Gespannt schlug ich das Buch auf. Es gab einfache, plakative Anker und solche, die dreidimensional wirkten. An einem hing der Buchstabe E, das fand ich eine nette Idee. Aber welchen ersten Buchstaben welches Namens hätte ich nehmen sollen? Meines eigenen? Jakobs? Meinen Sohn hätte das vermutlich eher bestürzt als gefreut.

Patrick tippte auf ein farbenfrohes Tattoo. »Übrigens sind außer Schwarz die meisten Farben inzwischen verboten, zumindest in Europa. Solltest du also auf einen farbigen Anker spekuliert haben – daraus wird leider nichts.«

Über eine Farbe hatte ich mir noch gar keine Gedanken gemacht. Schwarz also.

Ein junger, dunkelblonder Mann mit Dreadlocks betrat den Laden. Er nickte mir zu, wechselte ein paar spanische Worte mit seiner Kollegin, dann wandte er sich an mich.

»Welches Motiv?«, fragte er auf Englisch.

Ich schlug das Buch auf und tippte auf den kleinsten und plakativsten Anker. Sein Umfang lag bei etwa drei Zentimetern. Er war mini. Unter dem Foto war eine Nummer vermerkt.

Der Junge warf einen Blick darauf, verschwand wortlos hinter einem Vorhang.

Jetzt kroch mir doch die Angst in den Nacken. Wie alt war ich eigentlich, dass ich Mutproben absolvieren wollte? Und wem vertraute ich hier meine makellose Haut an? Was, wenn die Sache schief ging? Ich hätte ja auch beim Tätowierer von Patricks Vertrauen einen Termin machen können. In Münster war ich immerhin noch niemals gewesen. Damit hätte ich einen Grund gehabt, ihn zu besuchen.

Mit einem Mal spürte ich Patricks Hand auf meiner. Überrascht sah ich ihn an.

»Das wird schon«, sagte er. »Und im allergrößten Notfall kann man Tattoos auch wieder entfernen lassen. Hab ich auch schon mal gemacht.«

Aha. Vielleicht hatte er sich mal den Namen einer Freundin stechen lassen, und inzwischen war die Sache passé. Möglicherweise sogar den von Melissa?

»Nicht was du denkst«, flüsterte er. »Ich hatte einen shitty Tätowierer.« Er zeigte mit dem Kinn auf den Vorhang, hinter dem der junge Kerl verschwunden war, der gleich bei mir Hand anlegen würde. »Irgendwie erinnert mich dieser Typ an ihn.«

Mir wurde noch flauer im Magen. Es waren bloß zwei Schritte bis zur Ladentür, damit wäre es ein Leichtes gewesen, einfach wieder zu verschwinden. Zehn Euro Trinkgeld hätten den Jungen bestimmt für das entschädigt, wovon ich ihn gerade fortgeholt hatte.

Doch bevor ich etwas in dieser Richtung vorschlagen konnte, bat der Dreadlocks-Junge mich zu sich hinter die Stoffwand. Er trug Latexhandschuhe, wie sie OP-Ärzte benutzten. Zögernd folgte ich ihm.

»Soll ich mitkommen?«, rief Patrick.

»Nein, nein.« Da musste ich alleine durch.

Hinter dem Vorhang war es unerwartet aufgeräumt. Es roch nach Desinfektionsmittel. Auf einem zierlichen Metallwagen ruhten auf Küchenkrepp eine verpackte Tätowiernadel, ein fingerhutgroßes Töpfchen mit einer klaren Flüssigkeit und das Tätowiergerät. Außerdem eine Art Blaupause, auf der das Motiv zu sehen war, das ich mir ausgesucht hatte. Der Behandlungsstuhl war mit Frischhaltefolie umwickelt. Der junge Mann zog einen Mundschutz über und wies auf den Stuhl.

Entschlossen schlüpfte ich aus dem Pullover und tippte auf meinen Oberarm, genau an die Stelle, an der üblicherweise der Ärmel meiner Dirndl abschloss. Wenn ich mich unsicher fühlte, hätte ich ihn im Blick.

Während ich es mir auf dem Behandlungsstuhl bequem machte und meinen Arm auf einer breiten Lehne ablegte, rasierte der junge Mann die wenigen Härchen an der betreffenden Stelle ab und desinfizierte anschließend die Haut.

Dann zog er eine Folie von der Vorlage und presste sie mir auf die behandelte Stelle. Als er sie löste, zeichnete sich dort der Anker ab, den ich ausgewählt hatte.

Er hielt mir einen Handspiegel hin, und ich betrachtete die vorgezeichnete Stelle. Noch konnte ich Stopp sagen. Aber es gefiel mir. Ich nickte ihm zu.

Der Junge träufelte wenige Tropfen Schwarz in den vorbereiteten Fingerhut, steckte die Nadel auf das Gerät.

»Relax.« Er tätschelte meinen Arm. Schon setzte er die leise brummende Pistole in Gang. »Es geht los«, sagte er auf Englisch.

Gebannt sah ich ihm dabei zu, wie er die Nadel ansetzte.

Ich hatte erwartet, dass es vielleicht wehtun würde. Doch das Gefühl erinnerte eher an das Kratzen mit einem spitzen

Fingernagel. Nicht schlimm. Fasziniert sah ich ihm dabei zu, wie er die vorgezeichnete Form mit feinsten Stichen nachfuhr und ausfüllte.

Gelegentlich wischte er das wenige heraustretende Blut oder verlaufene Tinte ab.

Schließlich betrachtete er sein Werk, desinfizierte die Wunde zum Abschluss und hielt mir erneut den Spiegel hin. Ob er selbst zufrieden war oder nicht, war ihm nicht anzusehen.

Ich betrachtete den kleinen Anker von allen Seiten, lächelte mir selbst im Spiegel zu. Jetzt war ich also tätowiert. *Wahnsinn.* Schließlich klebte der junge Mann eine Art Frischhaltefolie darauf, erklärte mir, ich solle sie drei bis fünf Tage auf dem Tattoo belassen, danach werde meine Haut eine Schutzschicht gebildet haben, die ich dann mit einer Creme regelmäßig behandeln solle. Mit diesen Worten überreichte er mir eine Tube Pflegecreme.

»Was ist mit Duschen?«, fragte ich.

»Keine Bäder, und halten Sie den Arm beim Duschen aus dem Strahl«, lautete die knappe Antwort.

Nun gut, darin war ich ja geübt.

Der Tätowierer erhob sich. »Hundert Euro«, bat er und öffnete die Hand.

Ich zog den Geldschein aus meinem Portemonnaie und übergab ihn ihm, schon machte er sich wieder von dannen. Die Prozedur hatte nicht länger als eine halbe Stunde gedauert.

»Donnerwetter.« Patrick musterte mich beeindruckt, als ich vor ihm stand. »Da strahlt aber jemand.«

»Ja, oder?« Noch immer ungläubig, dass ich mich das wirklich getraut hatte, fuhr ich mir mit beiden Händen übers Gesicht. Spürte dem leichten Brennen auf meinem Arm nach.

»Zeig mal«, forderte er.

Unsicher präsentierte ich ihm das Tattoo.

»Saubere Arbeit.« Anerkennend verzog er die Mundwinkel. »Hätte ich fast nicht besser hinbekommen.«

Ich stupste ihn in die Seite. Dabei fand ich, dass es wirklich nicht schlecht aussah.

Nachdem wir uns bei der jungen Frau verabschiedet und ich Pullover und Mantel wieder angezogen hatte, traten wir zurück in die festlich geschmückte Einkaufsstraße. Ich fühlte mich ganz verwegen.

Zu meiner Überraschung legte Patrick den Arm um mich und zog mich an sich. Er drückte mir einen Kuss auf die Stirn. »Gratuliere«, lobte er. »Ich war fest davon überzeugt, dass du einen Rückzieher machen würdest. Dass plötzlich die Tür aufspringt und du ›Nicht mit mir!‹ rufst.«

»Ts.« Ich wand mich aus seiner Umarmung. »Du überträgst nur auf mich, was du tun würdest, wenn du dich in einer ungewohnten Situation wiederfändest.«

»Welche sollte das sein? Da will mir gar keine einfallen. Ich habe vor nichts Angst.« Er zwinkerte. »Falls du in dieser Einkaufsstraße etwas entdeckst, von dem du glaubst, dass diese Erfahrung einen Mann wie mich an meine Grenzen bringen würde – dann los.«

Grübelnd sah ich mich um. Da vorn war der Schinkenladen, wo wir zuletzt das leckere Baguette genossen hatten, etwas weiter ein Handygeschäft. Auf der anderen Seite eine Tapasbar, dort war auch der Strickladen in der Nähe, dann ein Restaurant. Angestrengt studierte ich das Schild über dem Laden daneben. *Beauty Nails.*

Belustigt knabberte ich auf meiner Lippe. Ich hätte ihm natürlich ein paar lange Glitzernägel verpassen lassen können. Allerdings hätte ich das nicht sehr attraktiv gefunden. Im Gegensatz zu …

»Bist du an den Füßen kitzlig?«, fragte ich.

Patricks Augen weiteten sich. »Wieso fragst du?«

Ich zog ihn mit mir mit. »Lass dich überraschen.«

Kurz darauf saßen wir auf zwei bequemen Sesseln, deren Massagefunktion soeben in Gang gesetzt worden war, nebeneinander. Unsere Füße steckten in sanft sprudelnden Wasserbecken. Die Hosenbeine waren bis zu den Knien hochgeschoben. Patricks behaarte Waden hatten lange keine Sonne gesehen, so viel stand fest.

»Weißt du, wie unangenehm mir das ist?« Mit schreckgeweiteten Augen folgte er der Aufforderung der vor ihm hockenden Asiatin, einen Fuß aus dem Wasser zu heben und vor ihr auf dem Handtuch abzustellen.

Meine eigene Fußpflegerin hielt die Hornhautraspel schon bereit. Die fremdklingende Unterhaltung der beiden Frauen schallte durch den Salon.

Mit angewidertem Gesichtsausdruck beobachtete Patrick, wie die Hornhautspäne von seiner Ferse rieselten. Von meiner rieselte nicht ganz so viel. Behände knipsten die beiden Frauen Fußnägel, entfernten Nagelhaut und trugen ein duftendes Peeling mit einem Bimsstein auf.

Patricks Füße zuckten. Verzweifelt sah er mich an.

Die beiden Frauen lachten. »Ticklish?«, fragte eine.

Meinem Begleiter stand der Schweiß auf der Stirn. »Wann ist es denn endlich fertig?«

Doch erst war ja noch der andere Fuß an der Reihe.

Zum Schluss wurden unsere Füße mit Babyöl versorgt, dann durfte Patrick endlich wieder zurück in Socken und Nietenstiefel.

»Du bist natürlich eingeladen«, sagte ich beim Bezahlen.

Als wir nach draußen traten, rutschte mein Begleiter mit den Stiefeln hin und her. »Das fühlt sich komisch an. Wie auf einer Eisbahn.«

Ich mochte gepflegte, weiche Füße. Auch bei Männern. »Und jetzt?«, fragte ich.

Patrick legte wieder den Arm um mich. »Jetzt bin ich dran mit einladen.«

Mit Homemade Icetea stießen wir auf den gelungenen Tag an und genossen eine ganze Platte all der Tapas-Köstlichkeiten, die ich mir auf meiner Reise hierher erhofft hatte. Darunter waren Boquerones, wie sich die gebratenen Fischchen nannten, die man mit Kopf und Schwanz verspeisen konnte; dazu hatten wir in Knoblauch gegarte Champignons, in Meersalz geschwenkte kleine Paprikaschoten und Fischkroketten bestellt. Auf der Platte fanden sich auch Jamón Serrano, Manchego und Oliven. Zum Nachtisch orderten wir natürlich Flan.

Beim Essen fragte ich mich skeptisch, wie Rita es eigentlich nächste Woche bewerkstelligen wollte, diese ganzen Sachen allein herzustellen, wo sie es doch noch nie getan hatte? Oder mochte es Enrico inzwischen gelungen sein, sie dazu zu überreden, sich helfen zu lassen? In den letzten Tagen hatte ich nur wenig von den beiden mitbekommen. Das Radio in der Küche war auch wieder verstummt. Kein besonders gutes Zeichen.

»Ist dir eigentlich bewusst, dass morgen Weihnachten ist?« Patrick wischte sich die Finger an einer Serviette ab, als wir beide pappsatt dasaßen. »Rita wird uns Wildschweingulasch vorsetzen, hat sie mir verraten.«

»Isst sie denn wenigstens mal mit?«, fragte ich. »Oder was macht sie eigentlich privat?«

»Ich glaube nicht, dass sie hier Familie hat.« Er schwenkte die schmelzenden Eiswürfel in seinem Glas. »So oft wie sie bei uns oben ist.«

»Hm hm«, brummte ich. Wir wussten wenig von dieser Frau. Vom Rest der Belegschaft allerdings nicht viel mehr. Mein Eindruck war, dass diese Finca so etwas wie ihren spanischen Familienersatz darstellte. Auch die Überraschungsparty für Lydia sprach dafür. Enrico hatte ihren verflossenen Liebhaber erwähnt. Ob der unter den Gästen aus dem Dorf sein würde?

Auf dem Weg zum Parkhaus kamen wir an einer Kirche vorbei. Ein am Holzportal angeschlagenes Plakat informierte über die Gottesdienstzeiten zur *Noche buena*, dem Heiligen Abend. An diesem Tag war ich sonst immer mit meinen Eltern und mit Jakob in den Gottesdienst gegangen. Eine Tradition, die ich gern pflegte. Ohne die Christmesse an Heiligabend kam bei mir kein Weihnachtsfeeling auf.

»Du«, sagte ich und zog Patrick mit mir mit, »lass uns doch mal kurz nach den Zeiten schauen.«

Widerstrebend folgte er mir. »Du weißt nicht, wie lange ich in keiner Kirche war.« Er sah in die Luft. »Mindestens fünfzehn Jahre.«

»Nicht mal an Weihnachten?« Eilig studierte ich die Zeiten. »Guck mal, morgen um 23 Uhr findet eine Messe statt. Das wäre doch ein Erlebnis in einem fremden Land!«

»Katholisch bleibt katholisch«, brummte er. »Besonders exotisch ist das nicht. Da würde ich doch lieber einem Voodoo-Zauber beiwohnen.«

»Ach komm«, ich stieß ihn in die Seite, »tu's mir zuliebe.«

»Am Ende wollen die anderen auch mitkommen. Ich sehe uns schon im Konvoi von der Finca nach Palma kurven.« Er verschränkte die Arme. »Das könnt ihr auch gerne tun. Ich persönlich denke da aber eher an einen friedlichen Puzzleabend vor dem Kamin.«

Enttäuscht folgte ich ihm zum Parkhaus. Zwar hätte ich

allein fahren können. Aber das war nicht halb so schön wie mit ihm. Auch der Gedanke, stattdessen einen der anderen zu fragen, lockte mich nicht.

Noch wollte ich mich nicht geschlagen geben. »Du hast vorhin gesagt, du fürchtest dich vor nichts«, appellierte ich an seine Ehre.

»Tue ich ja auch nicht. Ich habe nur keine Lust.«

Ich klimperte mit den Wimpern, faltete obendrein die Hände. »Bitte!«

Patrick lachte auf. »Ich habe mir von wildfremden Frauen die Füße kitzeln lassen, meinst du nicht, das war Liebesbeweis genug?«

Ich versuchte es mit einem waschechten Dackelblick.

Er stupste mich mit dem Finger auf die Nase. »Du bist unverbesserlich. Meine Güte. Meinetwegen. Aber dann hab ich wieder was gut bei dir!«

Mit einem freudigen »Ja!« fiel ich ihm um den Hals.

Zwei Passanten hoben die Daumen, als sie uns so sahen. Bestimmt dachten sie, ich hätte einen Antrag bekommen.

»Jetzt mach aber mal halblang«, murmelte Patrick und löste meine Arme von seinem Hals.

Ich hakte mich bei ihm unter und kicherte in mich hinein. Dieser Tag konnte nicht mehr besser werden.

27

Die gute Laune hielt sich genau bis zum nächsten Morgen. Da schlug ich im Bett die Augen auf, dachte daran, dass heute Heiligabend war, und sehnte mich schlagartig nach meinem Sohn. Es war der erste Heilige Abend seit seiner Geburt, den ich ohne ihn war. Zwar hatte Jakob viele Jahre mit Hubert und dessen Clan auf der Berghütte gefeiert, aber zumindest davor hatten wir uns gesehen. Und nicht nur nach ihm verzehrte ich mich. Selbst den Heringssalat bei meinen Eltern mit anschließender Weihnachtsgala mit Carmen Nebel vermisste ich.

Auch Patrick wirkte niedergeschlagen. Beim Frühstück sprachen wir mal wieder nicht viel. Bestimmt fehlte ihm Melissa – vielleicht hatten sie ja auch irgendeinen Brauch an Heiligabend gehabt. Besuch bei den jeweiligen Eltern, romantische Geschenke …

Bald zog sich jeder auf sein Zimmer zurück. Ich wollte mit meinen Lieben und endlich auch mit Erika telefonieren, um ihr frohe Weihnachten zu wünschen – das war ja wohl das Mindeste –, in der Hoffnung, dass danach meine Laune nicht gänzlich auf dem Tiefpunkt landen würde.

Zuerst wählte ich Jakobs Nummer. Es war kurz vor zehn, er war hoffentlich schon wach.

Als er abnahm, hörte ich im Hintergrund Verkehrslärm.

»Na, wo erwische ich dich?«, rief ich in den Hörer.

»Letzte Weihnachtseinkäufe!« Mein Sohn lachte. »Kennst mich doch!«

Bei einem unserer letzten Abendessen hatte Lydia Patrick und mir verraten, dass man einander in Spanien an Heiligabend nichts schenkte. Genauso wenig am ersten Weihnachtsfeiertag, wie es in den USA üblich war. Hierzulande bescherte man sich erst am Dreikönigstag – am 6. Januar.

»Was habt ihr denn nun eigentlich für heute geplant?«, fragte ich weiter. »Gehst du mit Tala zu Opa und Oma, oder –?«

»Hat Oma nichts erzählt? Opa hat einen coolen Move gemacht!«

»Einen Move?«, fragte ich lachend. Mein Vater machte keine Moves.

»Ja! Tala wusste ja nicht, wie sie das ihren Eltern beibringen sollte, dass sie mit mir Weihnachten feiern möchte. Zuerst war der Plan, dass sie einfach verschwindet und es eben heimlich macht – aber das hätte anschließend riesigen Ärger gegeben. Also hatte der Opa die Idee, dort mal anzurufen. Und was glaubst du – die haben Ja gesagt.«

Wie klug von meinem Vater. »Oh, ich wäre so gern bei euch!«, rief ich sehnsüchtig.

»Bei dir ist es doch bestimmt auch super«, antwortete mein Sohn.

War es super hier? »Manchmal schon. Aber manches ist gar nicht toll. Und heute habe ich Heimweh!« Ich hätte ihm von dem Tattoo erzählen können, aber das wollte ich ihm lieber einfach zeigen, wenn wir uns wiedersahen.

Die Stimme meines Sohnes wurde undeutlich. »...icht mehr lang ... iedersehen ...«

»Ich kann dich nicht mehr gut hören!«, rief ich. »Sag schöne Grüße an Tala. Frohe Weihnachten, mein Schatz!«

Die Leitung war tot, ich hörte nichts mehr. Meine Geschenke würden die beiden und meine Eltern ohne mich auspacken. Mit Tränen in den Augen legte ich auf.

Als ich mich wieder halbwegs gefasst hatte, wählte ich die Nummer meiner Eltern. Angespannt lauschte ich in den Hörer. Was mochte sich inzwischen ereignet haben? Welche neuen Katastrophen hatten sich möglicherweise angebahnt?

»Lechner!«, schallte mir die Stimme meines Vaters entgegen.

»Hier ist deine Tochter«, begrüßte ich ihn, »wie ich gehört habe, hast du bei Talas Eltern den richtigen Riecher gehabt, und sie darf heute Abend mit euch feiern!«

»Ganz recht, mir ist eingefallen, wie das früher bei uns war, wenn man ein hübsches Madel zu sich einladen wollte. Da hat auch das Familienoberhaupt erst einmal vorgefühlt und eine offizielle Einladung ausgesprochen. Ist eigentlich schad, dass das heut nicht mehr so ist. Jedenfalls waren die Leut ganz nett. Sprechen auch ein paar Brocken Deutsch. Es gab keine Probleme mit der Verständigung.«

»Das hast du wirklich toll gemacht, Papa.«

»Dass wir einen Wein trinken werden und in die Kirche gehen, hab ich freilich nicht erwähnt. Willst jetzt die Mutter reden, ha?«, fragte er. »Die hast ja letztens einfach abgehängt.«

Mir rutschte das Herz in die Hose. Das hatte ich ganz vergessen. Wir hatten über meine Schwester geredet. Dass sie damals wegen des Geldes aus der Kasse beim Allgäuer Adler keineswegs gelogen hatte.

Schon war Mama am Apparat. »Madel. Wie geht es dir?« Ihre Stimme klang ungewohnt zärtlich. »Du hast arg aufgeregt geklungen beim letzten Mal. Wenn du wieder da bist, dann reden wir in Ruh über alles, gäh? Ich denk, das ist alles nicht fürs Telefon.«

Erstaunt betrachtete ich den Hörer. Zuletzt war sie der Meinung gewesen, die alten Dinge sollte man ruhen lassen.

»Das machen wir, Mama«, antwortete ich erleichtert. »Ich bin schon auch froh, wenn es hier wieder vorbei ist. So eine Kur ist anstrengend. Was da alles zutage tritt, weißt.«

»Wenn du zurückkommst, koch ich dir erst einmal eine kräftige Rinderbrühe«, versprach sie. »Damit du wieder zu Kräften kommst.«

»Und bei euch?«, fragte ich. »Gibt es irgendwelche Neuigkeiten?« Angstvoll erwartete ich die nächste Hiobsbotschaft.

»Meinst wegen der Annabell? Nah. Da hab ich nichts weiter gehört.«

Das war einerseits beruhigend, andererseits … »Aber sie ist jetzt daheim, richtig?«

»Du, ich bin nicht auf dem neuesten Stand. An Weihnachten ist ja jeder rundherum beschäftigt.«

»Natürlich.«

Im Hintergrund rief mein Vater nach Mama. Irgendwas mit dem Mittagessen. Meine Mutter bereitete immer schon alles in aller Frühe zu.

»Wir sehen uns ja bald«, sagte sie. »Dann erzählst auch in Ruhe, wie es dir ergangen ist. Hast eigentlich auch abgenommen?«

»Eher nicht, das Essen hier ist sehr gut. Aber ich hab

gelernt, dass ich besser zu meinen Pfunden steh. Vielleicht mag ich sie sogar.«

»Aber ja, du bist fesch wie du bist – meine Rede! Du warst diejenige, die immerzu klagt.«

»Ich versuche gerade, mir das abzugewöhnen.«

»Klingt gut.«

Wir plauderten noch einen Moment, dann musste meine Mutter zurück an ihre Kochtöpfe, und ich hatte das Gespräch mit Erika vor mir.

Nervös wählte ich die Nummer des Bergglühen. Zum Glück hatte ich unsere Hausdame gleich am Apparat.

»Gott sei Dank, meine Liebe«, sagte ich zur Begrüßung, »wenn der Peter dran gewesen wäre, hätte ich auf der Stelle wieder aufgelegt.«

»Der Peter?« Ein herzhaftes Lachen erklang. »Da brauchst keine Angst haben, der würde doch niemals an der Rezeption einspringen. Das wäre unter seiner Würde.«

Ihre Bissigkeit tat mir so gut. Vielleicht vermochte er bei Alois an meinem Stuhl zu sägen. Bei den Mitarbeitenden gelang ihm das offenbar nicht.

»Ich wollte dir eigentlich nur ein frohes Fest wünschen«, antwortete ich, »und natürlich hören, wie inzwischen die Stimmung ist bei euch.«

»Ach Gott, bei uns hier vorn könnt sie eigentlich kaum besser sein. Der Peter kriegt nämlich grad vom Alten sein Fett weg.«

»Was?«, flüsterte ich. »Wie kommt's?«

»Wegen der schlechten Publicity«, wisperte Erika in den Hörer. »Und die hat der gute Mann nicht nur wegen der Annabell, sondern da hat er schön selbst dafür gesorgt.«

Ich wusste sofort, worauf sie anspielte. Die miese Rezension. Die hatte ich erfolgreich verdrängt. »Der Alois schießt also jetzt auch gegen ihn?«, vergewisserte ich mich.

»Jawoll, da fliegen die Fetzen«, klang Erikas Stimme an mein Ohr. »Ich glaub, der Alte kann gar nicht abwarten, bis du wieder zurück bist, um den Karren aus dem Dreck zu ziehen.«

Schon bekam ich erneut weiche Knie. Wie viel höher würde sich die Arbeit bei meiner Rückkehr stapeln? Wie viele weitere Baustellen würden sich auftun? Wie stets würde alles gleichzeitig über mich hereinbrechen. Dabei wollte ich doch einen Neustart. Den brauchte ich unbedingt! Falls nicht, würden alle guten Vorsätze wie Schnee in der Wintersonne dahinschmelzen.

28

Den Rest des Tages verbrachte ich an Patricks Schal strickend im Wohnzimmer. Inzwischen war mein Werk schon beträchtlich angewachsen. Anfangs sah die Arbeit etwas unregelmäßig aus. Doch je weiter ich fortgeschritten war, desto gleichmäßiger wurde es. Am liebsten hätte ich noch mal von vorn begonnen, doch dafür war es zu spät. Am Freitag hieß es schon Abschied nehmen. In fünf Tagen. Einerseits freute ich mich auf meine Rückkehr nach Hause. Andererseits war mir aber auch furchtbar bange.

Patrick hatte sich zu einem Ausflug aufgemacht und mich nicht gefragt, ob ich ihn begleiten wollte. Ich wusste nicht, was das zwischen uns war. Einerseits fand ich ihn auf eine merkwürdige Art sexy. Und hin und wieder – so wie letztens im Wohnzimmer, als wir uns mit Flan fütterten, oder wie gestern, als wir miteinander so viel Spaß in Palma hatten –, da flackerten diese romantischen Gefühle für ihn in mir auf, die ich nicht einordnen konnte. Er kitzelte etwas in mir an, das lange geschwiegen hatte, und das genoss ich. Aber mehr war es sicher nicht.

Am Nachmittag zog ich mich aufs Zimmer zurück und widmete mich der Körperpflege. Wäre ich daheim gewesen, hätte ich ein ausgiebiges Bad genommen, bevor ich mein Körperpeeling auftrug, doch es ging auch so. Die Füße waren samtweich, da gab es nichts mehr zu tun. Ins Haar rieb ich eine Kur ein und ließ sie besonders lange einwirken. Danach föhnte ich es seidig glatt.

Wir alle hatten Rita bei den Vorbereitungen für das Weihnachtsdinner unsere Hilfe angeboten, doch sie hatte wie stets abgelehnt. Immerhin wollte sie heute wenigstens mitessen. Lydia und ich würden uns um die Tischdekoration kümmern.

Schließlich flackerte das Feuer im Kamin, am Adventskranz waren alle Kerzen entzündet, und aus den Lautsprechern schallten dezent spanische Weihnachtslieder.

Patrick kehrte erst zurück, als es dunkel war. Er hatte es sich nicht nehmen lassen, irgendwo ein Weihnachtsbäumchen samt Plastikkugeln und Lichterkette zu besorgen. Ehe Lydia ihn dafür rügen konnte, sagte er: »Gefällt war er ja nun schon. Sonst wäre er doch nur auf dem Müll gelandet.«

Zum Essen hatte er sich regelrecht in Schale geworfen. Zur dunklen Jeans trug er ein hellblaues Leinenhemd, das ihm hervorragend stand. »Hat mir meine Frau mitgebracht, damit ich mich nicht blamiere«, raunte er mir zu und betrachtete bewundernd mein Kleid. Ein graues Tweedkleid mit einem Ausschnitt, der knapp zwischen den Brüsten endete.

Als wir vier um den Tisch herumsaßen, wünschten wir einander feierlich fröhliche Weihnachten und stießen mit alkoholfreiem Sekt an.

Eines musste ich zugeben. Mit dem Wildschweingulasch

hatte Rita sich selbst übertroffen. Auch die selbstgemachten Kartoffelknödel waren ein Gedicht. Patrick, Lydia und ich waren voll des Lobes.

Rita nahm unsere Worte der Anerkennung mit einem würdigen Lächeln hin. Sie hatte sich nach dem Kochen umgezogen und für ein rotes Kleid mit Stehkragen entschieden, das ihr sehr gut stand. Heute trug sie das blonde Haar zu einer Banane aufgesteckt. Sie hatte außerdem ein blumiges Parfum aufgelegt. Zum ersten Mal konnte ich sie mir als Privatperson vorstellen.

Seit unserem gemeinsamen Kochen war ich nicht mehr mit ihr ins Gespräch gekommen. Weshalb mochte das Radio wieder verstummt sein? Auch Enrico hatte sich rargemacht. War zwischen den beiden nach der Annäherung wieder etwas vorgefallen? Ich spießte ein Stück Fleisch auf meine Gabel und fuhr damit durch die Soße. Ach – was ging es eigentlich mich an? Wir hatten getan, was wir konnten. Bald würden Patrick und ich wieder abreisen. Jeder war doch für sein eigenes Glück verantwortlich. Blieb nur zu hoffen, dass die Überraschungsparty für Lydia gelang.

»Sagt mal, Rita und Lydia«, unterbrach Patrick die Stille, in der man nur das Klappern unseres Bestecks auf den Tellern vernahm, »hättet ihr nicht Lust, nachher mit Caro und mir in Palma die Christmesse zu besuchen? Wir würden uns irrsinnig darüber freuen.«

Ich hob eine Augenbraue, denn das war gar nicht mit mir abgesprochen.

Lydia schürzte die Lippen. »Ich bin nachher noch mit ein paar alten Freunden aus Deutschland zu einem Online-Plausch verabredet. Das kann spät werden. Sonst wirklich gern.«

Ihr war an der Nasenspitze anzusehen, dass ein abendlicher Gottesdienst so gar nicht ihr Ding war.

Rita hatte keine so guten Ausflüchte parat, sie wand sich. Sie sei noch nie hier in der Kirche gewesen, außerdem habe sie damit nichts am Hut, sagte sie.

»Frag mich mal.« Patrick wackelte mit den Augenbrauen in meine Richtung. »Aber Madame hier ist es gelungen, mich dazu zu überreden. Jetzt brauche ich jemanden, mit dem ich mich zusammentun kann, wenn sie in kosmische Ergriffenheit verfällt.«

Ich lachte auf. »Du hast nur Angst, dass der Heilige Geist in dich fährt und du als Gläubiger wieder herauskommst.«

Rita hörte unserem Schlagabtausch lächelnd zu. »Ach, ich weiß nicht.«

»Wie ist das eigentlich«, fragte Patrick nun, »muss man da nicht vorher eine Beichte ablegen, bevor man mitmachen darf?«

»Müssen muss man gar nichts«, erwiderte ich. »Einige machen es zwar zu hohen Festtagen. Aber das ist keine Pflicht. Und schon gar nicht heute Abend, da hat der Pastor anderes zu tun.« Zwinkernd steckte ich mir ein Stück Knödel in den Mund. »Was hättest du denn zu beichten, mein Lieber?«

Patrick grinste. »Noch nichts. Ich hatte gehofft, das könnte man vielleicht im Voraus tun.«

Lydia musterte ihn amüsiert. »Aha?« Ihr Blick glitt zu mir. Ahnte sie, dass mein Herz furchtbar schnell schlug?

Rita seufzte. »Ich gehe lieber heim. Mit euch beiden fühle ich mich wie das fünfte Rad am Wagen.«

Patrick lehnte sich zu ihr nach vorn. »Du bist exakt das vierte Rad«, korrigierte er. »Enrico kommt nämlich auch in die Kirche.« Er zwinkerte stolz. »Und er würde sich wahnsinnig freuen, wenn du auch dabei wärst.«

Obwohl wir früh dran waren, war die Kirche gut gefüllt. Die Schritte der Menschen, das Öffnen und Schließen der Pforte – jedes Husten schallte von den Wänden des alten Gemäuers wider. Einige Besucher knieten in den Bänken, die Hände auf der Gesangbuchablage zum Gebet gefaltet. Ich kannte das alles aus meiner Heimat, und doch war es hier anders. Das fremdländische Gemurmel der Betenden. Die Gewänder der Kirchenleute. Und die so viel schicker gekleideten Spanier, die mit der ganzen Familie die Bänke belegten. Ich fühlte mich wie in einer Filmkulisse.

Enrico, der uns Plätze freihielt, winkte uns zu. Rita machte sich mit roten Wangen auf den Weg zu ihm. Patrick und ich wollten die beiden einen Moment für sich lassen und uns währenddessen in der Iglesía Santa Eulàlia umschauen. Außerdem wollte ich endlich erfahren, wie er dieses Tête-à-Tête für die zwei eingefädelt hatte.

Kaum waren wir außer Hörweite, raunte ich ihm meine Frage zu. »Und konntest du außerdem herausbekommen, ob zwischen den beiden etwas vorgefallen ist?«

Patrick sah sich nach unseren Begleitern um; diese saßen weiterhin einträchtig nebeneinander in der Bank, Enrico sprach auf Rita ein, dabei blitzten seine Augen wieder so feurig. Wie konnte die Köchin ihm nur so beharrlich widerstehen?

»Dem Enrico habe ich heute Morgen einen kurzen Besuch abgestattet«, begann Patrick, »weil ich selbst unbedingt wissen wollte, was bei den zweien eigentlich los ist. Und da hat er mir erzählt, dass sie sich nach unserem gemeinsamen Kochen zwar zuerst richtig gut verstanden haben und er sogar das Gefühl hatte, sie könnten sich endlich näher kommen. Aber dann musste er eine Verabredung absagen, bei der er sie eigentlich bei sich zu Hause bekochen wollte. Es gab irgendeinen dringenden Auftrag, der nicht warten konnte, und danach war sie so gekränkt, dass sie sich wieder in ihr Schneckenhaus zurückgezogen hat.«

»Ach je«, sagte ich.

Patrick öffnete die Hände. »Dass ihr Frauen aber auch immer so schnell beleidigt seid.«

Ich hob eine Augenbraue.

»Schon gut, du warst noch nicht beleidigt bisher. Ich nehme alles zurück.«

»Es ist jedenfalls schön, dass du die beiden wieder zusammengebracht hast«, lobte ich ihn.

In einem Erker entdeckten wir eine überdimensionale Krippe mit lebensgroßen Figuren. In meiner eigenen Wohnung stellte ich auch immer eine kleine auf. Ein altes Stück meiner Großmutter aus handgeschnitzten und -bemalten Holzfiguren, in dem ich echtes Stroh auslegte.

Patrick hielt die Hände in den Hosentaschen versenkt und betrachtete sich die Installation.

Ich nahm die drei Weisen in Augenschein, die links von Jesus an der Wiege gruppiert waren. Rechts standen Maria und Josef mit einem aufwändig gestalteten Esel. Über dem Stall schillerte der Morgenstern. Auch hier bedeckte echtes Stroh den Boden.

Patrick zupfte mich am Arm. »Hab ich einen Knick in der Optik?« Verstohlen zeigte er auf eine Figur hinter der Wiege. »Setzt dieser Kerl da einen Haufen?«

»Was?« Ich reckte den Hals. Und tatsächlich. Unter dem nackten Hintern des hockenden Männchens, das ich nie zuvor in einer Krippe gesehen hatte, war ein Kackhaufen aus braun bemaltem Pappmaschee zu erkennen.

Kichernd legte ich mir die Hand auf den Mund.

Auch Patrick unterdrückte ein Lachen. »Vielleicht hat sich der Küster einen üblen Scherz erlaubt?«

Eine Frau trat neben uns. »Das ist der Caganer«, raunte sie auf Deutsch. »In Katalonien und hier auf Mallorca findet man diesen Gesellen in ganz vielen Krippen. Die Verrichtung seiner Notdurft wird hier als Symbol des ewigen Kreislaufs des Lebens interpretiert. Die Düngung des Bodens der Krippe, die damit hoffentlich auch im nächsten Jahr wieder in voller Schönheit entstehen möge. Oder er steht als Ausdruck der Hoffnung für eine reiche Ernte im nächsten Jahr. Jedenfalls symbolisiert der Caganer gar nichts Böses.« Mit einem Gruß ging sie weiter.

Patrick und ich wechselten einen ungläubigen Blick. Ich stellte mir vor, so etwas in einer Krippe in Bayern vorzufinden. Der Skandal würde es in den Allgäuer Anzeiger schaffen.

Inzwischen war nahezu jeder Platz in der Kirche besetzt. Das Orgelspiel setzte ein. Patrick und ich rutschten zu Enrico und Rita in die Kirchenbank, ich nahm eines der ausgelegten Liederblätter zur Hand. Der Pastor und zwei Messdiener traten vor den Altar. Der Gottesdienst begann mit einem Lied. Der Gesang der vielen Menschen hallte von den Wänden der Kirche wider, und wie immer in diesen eigentümlich spirituellen Augenblicken, fragte ich mich, ob es nicht doch einen Gott geben könnte. Enrico sang voller Inbrunst mit, Rita war anzusehen, wie sehr sie ihn mochte. Selbst Patrick wirkte außergewöhnlich ergriffen. Ein paar Mal erwischte ich ihn dabei, wie er so tat, als juckten seine Augen.

Von der Predigt des Pastors schnappte ich lediglich das Wort »Jesús« auf, doch das war egal. Ich wusste ja, worum es ging.

Vor dem Portal wünschten wir alle einander »Feliz navidad« und nahmen uns in den Arm. Dabei berührte meine

Nasenspitze Patricks kurzen Bart, der nach einem aromatischen Bartöl roch.

Enrico, der wie Rita im Bergdorf wohnte, bot ihr an, sie mitzunehmen. Ich sah, wie sie sich wand. Doch dann willigte sie ein und hakte sich bei ihm ein. Unter der festlichen Beleuchtung der Innenstadt verschwanden sie in der Menge der anderen Kirchenbesucher auf ihrem Nachhauseweg. Patrick und ich lächelten einander zu und begaben uns ebenfalls auf den Heimweg. Erst nach Mitternacht kehrten wir in die Finca zurück, und ich fiel todmüde ins Bett.

Den ersten Feiertag verbrachte ich in Joggingklamotten. Zwar hatte ich gut geschlafen, doch ich war nicht zu viel mehr als ein bisschen Stricken und einem Spaziergang in der Lage. Anscheinend war ich es nicht mehr gewöhnt, so lange wach zu sein.

Ich fühlte mich seltsam bedrückt. Vielleicht war das so, weil nun wirklich allmählich der Abschied bevorstand und ich mich trotzdem noch immer nicht so fühlte, als könnte ich als brandneue Person nach Hause zurückkehren. Daran würde auch nichts ändern, dass ich neuerdings löwenartig das Haar offen oder ein Tattoo trug. Zuletzt hatte ich heimlich gehofft, dass sich durch den Konflikt zwischen Alois und Peter alle Probleme in Luft auflösen könnten. Dass ich zurück an meine Stelle kehren würde, und Peter wäre einfach weg, Annabell damit rehabilitiert. Friede, Freude, Eierkuchen. Doch Erikas Äußerung, Alois würde sich schon auf meine Rückkehr freuen, um für ihn den Karren aus dem Dreck zu ziehen, hatten diese Hoffnung zerstört. Unsere Hausdame hatte bestimmt ganz recht mit ihrer Vermutung. So richtig traute nämlich auch der Alte sich nicht, gegen seinen Sohn vorzugehen. Er könnte ja selbst sein Gesicht verlieren. Immerhin hatte er ihn jahrelang mit seinen Taten davonkommen lassen.

Ich würde wohl ein deutliches Zeichen setzen müssen – so wie ich es auf dem Pferd gelernt hatte. Doch wie nur? Wenn Alois vor mir stand, mutierte ich jedes Mal zu der schüchternen Auszubildenden, die ich einst gewesen war. Zum scheuen Kätzchen.

»So, meine Liebe«, begrüßte mich Lydia, als wir uns am zweiten Weihnachtsfeiertag zu unserer Sitzung zusammenfanden, »dein Aufenthalt hier geht dem Ende zu. Übermorgen haben wir schon unser letztes Coaching.«

»Leider, ich weiß!« Missmutig sank ich auf den Stuhl ihr gegenüber. »Und ich habe noch immer Sorge, dass ich das zu Hause alles nicht packen könnte!«

Sie schlug die Beine übereinander und sah mich abwartend an. Ihre Geduld über mein Gejammere kannte keine Grenzen. Ich bewunderte diese Frau.

»Angenommen, ich würde wirklich mit meiner Schwester ins Reine kommen, wenn ich dem Juniorchef die Stirn biete«, begann ich. »Was ich gerne würde! Aber ich weiß nicht, wie ich das schaffen soll, ohne dass ich meine Aufregung in einem Glas Wein ersäufe. Vielleicht sogar in einer ganzen Flasche!«

»Warum denkst du noch immer, dass das so sein könnte?«

»Weil er mich beschimpfen wird. Er wird mich eine Lügnerin und wahrscheinlich sogar eine Schlampe nennen!«

»Wie auch immer er dich nennen wird – es ist nicht die Wahrheit. *Er* ist derjenige, der einen Fehler gemacht hat. Und das weiß dieser Mann genau. Bitte vergiss eines nicht: Dein Juniorchef ist der Täter. Du warst sein Opfer. Die Hilflosigkeit, die du damals gespürt hat, spürst du gerade in aller Härte wieder.«

»Genau!«

»Aber du bist nicht mehr diese hilflose junge Version von dir. Du bist eine fast vierzigjährige Frau, der dieser Mann nichts mehr tun kann. Stattdessen kannst du nun dem jungen Mädchen dabei helfen, zu ihrem Recht zu kommen. Gemeinsam könnt ihr ihm die Stirn bieten. Niemand von euch muss sich mehr verstecken.«

Genau das stellte sich wohl der Alois vor. Dass ich – zusammen mit Annabell – den ganzen Zirkus für ihn übernehmen würde. Wir Frauen sollten seinen Sohn an den Pranger stellen, während er die Hände in den Schoß legen konnte. Und nachher würde ich die Geschäfte wieder aufnehmen, Annabell könnte zurück an ihren Platz, und alles wäre wie vorher.

»Ich schaffe das nicht ohne meinen geliebten Rotwein«, flüsterte ich. »Wenn du mir hier und jetzt eine Flasche hinstellen würdest, ich würde sie gerade so hinunterstürzen.«

Lydia erhob sich und öffnete die Tür ihres Sideboards. Sie zog einen noch verkorkten Rotwein hervor, dazu ein Glas und einen Korkenzieher. Sie stellte alles vor mich auf dem Tischchen ab. »Bitte sehr«, forderte sie. »Trink.«

Ich starrte sie an. Dann betrachtete ich die Flasche Wein. Mir vorzustellen, sie zu öffnen und tatsächlich davon zu trinken, widerte mich regelrecht an. Ich schüttelte den Kopf. »Ich will nicht mehr dahin. Ich will das hinter mir haben.«

»Ich weiß.« Lydia räumte Wein und Glas zurück in den Schrank. »Und das wirst du auch.«

»Dein Wort in Gottes Ohr«, murmelte ich.

»Mit Gott hat das hier nichts zu tun«, entgegnete Lydia und setzte sich wieder mir gegenüber. »Am Anfang, als du

hier warst, da sagtest du, dass Trinken zum Leben dazugehört. Inzwischen ist eine Menge geschehen. Siehst du das
noch immer so?«

»Nicht zwangsläufig«, gab ich zu. »Ich glaube, dass es
Menschen gibt, denen ohne Alkohol nichts fehlt. Aber nie
mehr einen Schluck Alkohol zu trinken … ehrlich, das kann
ich mir einfach nicht vorstellen.«

»Das Wort ›nie‹ ist ein starkes Wort. Versuche es mal mit
einer anderen Formulierung.«

Verständnislos sah ich sie an.

»Sag doch einfach: ›Ich trinke nicht.‹« Auffordernd sah
sie mich an.

»Ich trinke nicht«, wiederholte ich. Still horchte ich in
mich hinein. Räumte ein, dass es nicht so bedrohlich klang.

»Hab Geduld«, sagte Lydia. »Dass du dich ohne Alkohol
unsicher fühlst, kann noch eine Weile dauern. Aber jeder
Tag, den du durchhältst, bringt dich voran. Plane nicht
gleich die ganze Zukunft. Sondern jeden einzelnen Tag für
sich.«

»Klingt gut«, antwortete ich mit einem zaghaften
Lächeln.

29

Beim Frühstück am anderen Morgen fragte mich Patrick, ob ich nicht Lust hätte, ein letztes Mal ans Meer zu fahren. Seine Abschlusssitzung mit Lydia war erst für den Nachmittag geplant; bis dahin hatte er Leerlauf. »Mein Eindruck ist«, raunte er, als Lydia sich kurz zur Toilette entschuldigt hatte, »dass Rita die Zeit ohne uns gut gebrauchen könnte, um am Catering für die Überraschungsparty morgen Abend zu feilen.«

Deswegen musste ich zwar noch lange nicht flüchten, aber zu einem Ausflug hatte ich allemal Lust.

»Was ist denn eigentlich der Stand der Dinge bei ihr und Enrico?«, flüsterte ich zurück. »Sie sind doch nach der Kirche zusammen ins Dorf zurückgefahren. Hast du eine Ahnung, ob sie – du weißt schon.«

»Ob sie zusammen gepimpert haben, meinst du?«

Ich verdrehte die Augen. »Ich dachte da eher an einen ersten Kuss.«

»Meine Güte, wir sind doch hier nicht bei Hanni und

Nanni. Wer startet denn heutzutage noch mit einem einzigen Kuss und geht dann seiner Wege?«

»Du offenbar nicht.«

Er lachte. »Nein.«

Sprachlos sah ich ihn an. Hieß das, dass er ein Fremdgänger war? Oder interpretierte ich wieder einmal zu viel in seine Aussage hinein?

Ich räusperte mich. »Wie auch immer. Enrico. Hast du ihn heute schon gesehen?«

Patrick hob die Schultern. »Er wird sich am Tiergehege herumtreiben, vielleicht auch in der Werkstatt.«

Wir verabredeten, in einer Stunde aufzubrechen. In dieser Zeit wollte ich mich auf die Suche nach dem Hausmeister begeben. Ich war doch zu neugierig, wie die Sache zwischen ihm und Rita vorangeschritten war. Und ob für Lydias Überraschungsparty alles klar ging.

Wie von Patrick vermutet, fand ich auf meinem Weg übers Gelände Enrico in seiner Werkstatt. Er fegte Späne von irgendeiner Arbeit zusammen.

»Hola guapo«, begrüßte ich ihn überschwänglich.

Der Spanier musterte mich anerkennend.

»Weshalb ich hier bin«, kam ich eilig zur Sache, »ich wollte mal fragen, ob die Sache wegen des Festes morgen läuft. Julia und Malte kehren ja erst morgens zurück – falls etwas schiefgeht, könnten wir jetzt noch etwas tun.«

Enrico stützte sich auf dem Besenstiel ab. »Ist nicht nötig. Habe ich alles unter die Kontrolle.«

»Das heißt?«

»Das heißt, dass ich mache mit la Rita die Tapas. Es kann nichts gehen schief.«

»Ach, ich freue mich so, dass ihr euch wieder gut versteht!«, rief ich. Spontan fiel ich ihm um den Hals und zog ihn an mich.

Lachend erwiderte er meine Umarmung und drückte mir einen Schmatzer auf die Wange.

Die Tür zur Werkstatt ging auf, und Rita stand in der Tür.

Verlegen löste ich mich von Enrico.

Die Köchin sah uns ausdruckslos an. »So läuft das hier also«, sagte sie. Dann machte sie auf dem Absatz kehrt und schlug die Tür hinter sich ins Schloss.

Erschrocken wechselten Enrico und ich einen Blick. Hatte sie etwa gelauscht und mitbekommen, dass ich sichergehen wollte, ob alles gut lief? Als Vertreterin von Julia und Malte sozusagen?

»Ich kümmere mich um sie.« Eilig hetzte ich der Köchin hinterher. »Das ging doch gar nicht gegen dich«, rief ich, als ich sie vor der Hintertür zur Küche eingeholt hatte. »Ich wollte doch nur –«

Rita wandte sich um und ballte die Fäuste. »Ihr beiden könnt mir gestohlen bleiben, hört ihr?«

Enrico tauchte hinter uns auf. »Was hast du jetzt wieder verstanden falsch, Rosita?«, rief er.

Die Wangen der Köchin verfärbten sich hochrot. »Wehe, es betritt noch mal einer von euch meine Küche.« Sie öffnete die Tür zum Hintereingang. »Dann vergesse ich mich!« Mit einem Knall krachte die Tür ins Schloss.

Der Hausmeister stand kopfschüttelnd da und hob die Schultern. Dann winkte er ab und kehrte zu seiner Werkstatt zurück.

Noch immer erschüttert von dem erneuten Drama, das ich angezettelt hatte, saß ich wenig später neben Patrick im Lieferwagen. Hilflos klagte ich ihm mein Leid.

»Wahrscheinlich hat sie gar nicht gelauscht«, meinte er,

während er das Auto auf der Serpentinenstrecke Richtung Küste lenkte, »sondern sie hat gedacht, du würdest dich an ihren Enrico ranmachen.«

»Aber das war doch eine rein freundschaftliche Umarmung!«

»Schon, aber wie soll sie das wissen?«

Mir fiel ein, dass ich selbst an meinem ersten Tag die Gesten zwischen Enrico und Lydia am Tiergehege missinterpretiert hatte.

»Sie wird sich schon wieder einkriegen«, beruhigte mich Patrick. »Dass du nix mit ihm anfangen würdest, liegt ja wohl auf der Hand.«

»Ach ja?« Ich warf meinem Fahrer einen neugierigen Blick zu. »Er ist ein ansehnlicher Mann mit seinen feurigen dunklen Augen.«

»Findest du?« Er grinste zufrieden und tippte sich auf die Brust. »Das trifft auch auf mich zu, stimmt's?«

»Ähm. Man sieht dir, sagen wir mal, das Feuer nicht auf den ersten Blick an. Wohingegen Enrico –«

»Man sieht mir nicht an, dass ich ein leidenschaftlicher Typ bin?« Er warf lachend den Kopf zurück. »Willst du damit andeuten, dass ich wie ein Langweiler aussehe? Hast du beim Aufwachen beschlossen, es dir heute mit allen zu verscherzen?«

»Aber nein, ich meine das doch ganz anders! Du bist sehr attraktiv, keine Frage.«

Er wackelte mit den Augenbrauen. »Hab ich also doch die richtigen Schwingungen von dir empfangen.«

Was sollte ich dazu nun wieder sagen?

Nun landete auch noch seine Hand auf meinem Knie. »Entspann dich. Ich nehm dich doch nur hoch.« Schon waren seine Finger wieder am Lenkrad. Er zwinkerte mir zu.

Errötend sah ich aus dem Fenster.

Das Navi lotste uns heute an einen Ort im Norden der Insel. Port de Soller. Man hätte mit einer alten Straßenbahn vom Hauptort an den Strand fahren können, doch Patrick lenkte den Lieferwagen auf der Straße, die parallel zu den Schienen entlangführte, bis zu einem Parkplatz inmitten des Küstenortes. Zum Ufer waren es von dort nur wenige Hundert Meter.

Das Meer zeigte sich heute wieder stürmisch aufgewühlt. Die Wellen krachten mit Wucht ans Ufer, an dem sich nur wenige Spaziergänger tummelten. Es hatte erneut zu nieseln begonnen. Unsere Kragen hochgeschlagen, gingen wir an der Strandpromenade entlang, die ziemlich verlassen dalag. Die meisten Geschäfte waren verrammelt. Was wollten wir hier eigentlich? Und was hatte ich bloß bei Enrico und Rita angerichtet? Die Köchin hatte hinter verschlossener Küchentür nicht mehr auf mein Rufen und Bitten geantwortet.

Patrick zeigte auf ein Hotel, dessen Inneres in einem freundlichen Licht erstrahlte. »Lust auf ein zweites Frühstück?«

Ich hob die Schultern. »Warum nicht?«

Er bat mich, schon mal einen Tisch für uns auszuwählen und verschwand in Richtung der Toiletten.

Während ich auf den Kellner wartete, betrat ein griesgrämig dreinschauendes Pärchen das Café. Wortlos einigten sie sich auf einen Sitzplatz. Ich kannte diese Paare aus der Hotellerie. Seit Jahren verheiratet, hatten sie einander nichts mehr zu sagen. Dennoch fuhren sie gemeinsam in den Urlaub und langweilten sich dabei miteinander zu Tode. Oft reisten sie unter einem Vorwand einen Tag früher ab.

Der Kellner kam. Ich sagte ihm, dass gleich noch mein

Begleiter kommen würde, bestellte mir aber schon mal einen Espresso und ein Pan Tostada mit Tomate. Suchend sah ich mich nach Patrick um. Wo steckte er eigentlich?

Als mir der Toast serviert wurde, war Patrick noch immer nicht zurück. Mir blieb nichts anderes übrig, als ohne ihn anzufangen. Das geröstete Brot schmeckte lecker, hatte genau die richtige Menge an Olivenöl und geriebenen Tomaten. Köstlich.

Eine Stimme in meinem Rücken ließ mich zusammenfahren. »Ist hier noch frei?«

Erstaunt wandte ich mich zu Patrick um. Ehe ich etwas entgegnen konnte, fragte er: »Haben Sie etwas dagegen, wenn ich mich zu Ihnen setze?«

Ich schmunzelte. »Aber ganz und gar nicht.« In einer übertriebenen Geste wies ich auf den Stuhl an meiner Seite, und Patrick setzte sich. Er schlüpfte aus seinem Parka und streckte mir die Hand entgegen. »Patrick Maisch übrigens.«

»Carola Hübner, angenehm.« Ich verkniff mir ein Lachen. Schönes Spiel. Verstohlen ließ ich die Schultern kreisen und griff zu meiner Tasse, die längst leer war. Ich stellte sie wieder ab.

»Tolle Haarfarbe übrigens«, lobte er. »Für so ein natürliches Honigblond würde manche Frau einiges auf den Tisch blättern. Darf ich mal anfassen?«

Zuletzt hatte er es nicht getan wegen seiner angeblich schwitzigen Hände.

Ich schluckte und lehnte mich ihm entgegen. Patrick berührte sanft meinen Schopf.

Ich versuchte, mir meine Verlegenheit nicht anmerken zu lassen. Hoffentlich waren meine Wangen nicht allzu rot. Dies hier war ein Spiel, das durfte ich nicht vergessen. Vielleicht geriet ich ja mal in eine ganz ähnliche Situation und jemand machte mich so unverblümt an. Wenn mir der Mann dann auch noch gefiel, sollte ich locker damit umgehen können.

Spielerisch tippte ich auf Patricks Unterarm, der aus dem Shirt herausragte. »Hübsche Tattoos. Darf ich mal sehen?«

Schon schob er die Ärmel nach oben und präsentierte seine Haut. »Du darfst auch gern mal anfassen«, sagte er. »Es ist doch okay, wenn wir uns duzen?«

»Klar«, hauchte ich, »meine Freunde nennen mich Caro.«

Patrick nahm meine Hand. »Schließ mal die Augen, Caro.«

Ich tat wie geheißen und hielt den Atem an. Was hatte er vor? Patrick schob meine Hand über die weichen Härchen seines Unterarms. Unversehens bekam ich eine Gänsehaut. »Man spürt gar nichts von der Tätowierung«, flüsterte ich mit noch immer geschlossenen Augen.

Ich hörte seiner Stimme an, dass er lächelte. »Stimmt. Hast du vielleicht auch irgendwo eins?«

Blinzelnd öffnete ich die Augen. Mit der freien Hand tippte ich auf den unter meiner Bluse verborgenen Anker. »Hier.«

Die Folie, die der junge Tätowierer über dem Tattoo aufgebracht hatte, hatte ich am Abend zuvor entfernt. Die Haut hatte sich erholt, der kleine Anker sah perfekt aus.

Bedauernd betrachtete Patrick die schmal geschnittenen Ärmel der neuen Hemdbluse. »Schade, dass du es mir nicht zeigen kannst. Es sei denn, du kämst mit auf mein Zimmer.«

Ich lachte auf. Um eine aufreizende Stimme bemüht, hauchte ich: »Das würde ich sofort tun.« Fast schade, dass es keines gab.

Schon nahm Patrick wieder meine Hand. »Dann lass uns doch einfach gehen, was meinst du? Mein Zimmer mit Meerblick liegt im zweiten Stock.« Mit diesen Worten zog er mich auf die Füße.

Abermals kicherte ich. »Ich habe noch gar nicht bezahlt.«

»Längst erledigt.« Er nahm unsere Jacken und führte mich zu den Fahrstühlen. Einer stand offen. Stockend folgte ich ihm hinein. Was ging hier eigentlich vor sich?

Mein Begleiter wählte den zweiten Stock, und schon setzte sich das Ding in Bewegung. Schweigend lächelten wir einander zu.

»Wir können das dann auch jetzt –«, begann ich, doch Patrick legte mir einen Finger auf die Lippen.

»Sht«, machte er.

Die Berührung jagte mir abermals einen Schauer über den Rücken. Was hatte er vor? Und wann würde er sich vor Lachen den Bauch halten?

Schon öffneten sich die Fahrstuhltüren. Wir schritten durch einen Flur mit gemustertem Teppichboden. An einigen Zimmern hingen »Do-not-disturb«-Schilder. Patrick drehte sie um, sodass sie »Please-clean-up-the-room« anzeigten.

»Das kannst du doch nicht –«, wisperte ich, doch er zog mich weiter. Dann blieb er stehen. Mit offenem Mund schaute ich ihm dabei zu, wie er mit einer Zimmerkarte die vor uns liegende Tür entriegelte.

Er zwinkerte mir zu. »Ich bin selbst gerade erst ange-reist.« Mit einer einladenden Geste bat er mich ins Zimmer.

Ich bewegte mich nicht von der Stelle.

Patrick ging voraus, hängte Parka und Mantel an die schmale Garderobe und den Türanhänger mit der »Do-not-disturb«-Seite von außen an die Klinke. Ungläubig beobachtete ich ihn dabei.

Von hier aus war das Bett zu sehen. Ein Kingsize mit bunt drapierten Kissen. Patrick durchquerte das Zimmer und öffnete die Tür zum Balkon. Ich erkannte das Meer. Die Silhouette meines Begleiters zeichnete sich vor dem offenen

Fenster ab. So breitschultrig hatte ich ihn noch nie wahrgenommen.

»Kommst du, Caro?«, fragte er, ohne sich umzudrehen. »So war doch dein Name?«

In meinem Magen flatterte es. Ich hatte ihm anvertraut, dass ich noch nie Sex mit einem Unbekannten gehabt hatte. War das unser Spiel? Schon auf der Fahrt hierher hatte er angedeutet, er habe Schwingungen von mir empfangen. Beruhte das Herzklopfen auf Gegenseitigkeit?

Zögernd trat ich ein und schloss die Tür hinter mir.

Patrick blickte noch immer zum Meer.

Leise ließ ich meine Tasche zu Boden und streifte die Schuhe von den Füßen. Dann trat ich hinter ihn. Versuchte, das Zittern, das mich erfasst hatte, zu unterdrücken. Zaghaft legte ich die Hände auf seine Schultern und fuhr an den Seiten entlang bis zu seiner Bauchmitte, umschlang ihn, schmiegte die Wange an seinen Rücken. Patrick zog meine Arme um sich herum. So verharrten wir.

Ich weiß nicht, wie viel Zeit verging, in der wir beide dem Atem des anderen und dem Rauschen des Meeres lauschten.

Würden wir uns aus dieser Umarmung lösen und uns einander zuwenden? Würden wir uns küssen? Nun hatte ich ja schon ein paar Mal heimlich davon geträumt. Und er hatte mir gesagt, dass es bei ihm nie bei einem Kuss blieb.

Patrick löste seine Hände von meinen und wandte sich langsam zu mir um. Auf einmal wirkte er wirklich wie ein Wildfremder auf mich. Ich hatte zuvor noch nie Lust in seinen Augen gelesen. Sein Blick wanderte von meinen Augen zu meinen Lippen. Wieder legte er einen Finger darauf. Fuhr sanft daran entlang. Dann beugte er sich mir entgegen und küsste mich.

Unfähig, mich zu bewegen, ließ ich es geschehen.

Tausend kleine Nadelstiche tanzten über meine Haut, während seine Hände meine Hüften umfassten und über meinen Po streichelten.

Ich nahm sein Gesicht zwischen meine Hände, fuhr über seinen kratzigen Bart, der an meinen Lippen kitzelte. Als meine Zungenspitze auf seine traf, seufzte ich leise auf. Wie schön das war.

Patrick führte mich sanft zum Bett, ich ließ mich rücklings darauf nieder. Er schob meine Bluse nach oben und versenkte sein Gesicht auf meinem Bauch, küsste ihn zärtlich. Ein Kribbeln erfasste mich. Seine Lippen wanderten abwärts, der heiße Atem kitzelte an meiner Haut. Ich seufzte wohlig. Meine Hand fuhr zu Patricks Haar, streichelte es.

In diesem Moment ertönte ein schriller Alarm.

Wir beide lauschten. Das Schrillen hörte gar nicht mehr auf.

Feueralarm. Etwas anderes konnte es gar nicht sein. In einem an der Decke angebrachten Lautsprecher krachte es. Eine Stimme erklang zunächst auf Spanisch, dann auf Deutsch.

»Liebe Gäste. Wir fordern Sie auf, umgehend das Haus zu verlassen. Bitte bleiben Sie ruhig und folgen Sie den angegebenen Fluchtwegen.«

Patrick und ich starrten einander ungläubig an. Er rappelte sich als Erster auf die Füße. Ich rutschte vom Bett, richtete die Bluse und schlüpfte in meine Schuhe, klaubte die Handtasche vom Boden und griff nach meinem Mantel. Fehlalarm, ganz sicher. Aber man wusste nie.

Im Flur begegneten uns weitere Gäste, etliche in Bademänteln. Jeder mit dem Nötigsten unterm Arm. Es ging gesittet zu. Viele kicherten. Ein kleines Abenteuer im beschaulichen Urlaub.

Jenseits der Mauer, die das Hotel an dieser Stelle umrundete, blieben wir inmitten der anderen stehen und blickten die Hauswand nach oben. Keine Flammen, kein heraustretender Qualm. Einige Gäste schauten von ihren Balkonen zu uns hinunter und winkten.

»Hallo, schöne Unbekannte«, raunte Patrick. »Das ist ja leider gründlich in die Hose gegangen.« Er versenkte die Hände in den Taschen seiner Jeans und wippte auf und ab.

Ich hatte mich noch nicht wieder gefasst. Was wäre da gerade fast geschehen? Und wie konnten wir jetzt zurück zur Normalität finden? Es war so schön gewesen! So wohltuend. Wieso war nur dieser verdammte Alarm losgegangen?

»Hey.« Patrick fasste mich am Kinn und zwang mich, ihn anzusehen. »Keine Panik, okay?«

»Natürlich nicht, hier draußen sind wir ja in Sicherheit«, stammelte ich.

Er grinste. »Das meine ich nicht. Wegen dem eben da oben im Zimmer. Mach dir da nicht zu viele Gedanken. Das war nur ein Rollenspiel. Ich dachte, es könnte dir guttun.«

Aus der Ferne erklang ein Martinshorn.

»Mir guttun?«, fragte ich.

Er zwinkerte. »Ja, oder etwa nicht? Bei dir ist es doch schon viel zu lange her, oder?«

Fassungslos fixierte ich ihn. »Und was war mit dir? Sollte das eine selbstlose Tat von dir sein? Dabei hattest du gar keine Lust?« Ich tippte mir an die Stirn und sah mich nach einem Fluchtweg um, wollte nur noch alleine sein. Dieser Kerl hatte sie wohl nicht mehr alle. Mir guttun! Schon wandte ich mich ab Richtung Strand.

»Wo willst du denn hin?« Patrick hielt mich am Arm, doch ich schüttelte ihn ab und ging weiter.

»Fuck!«, rief er plötzlich. »Was hab ich denn jetzt wieder verbrochen?« So laut, dass ich zusammenzuckte und mich zu ihm umwandte. Und nicht nur ich, auch die anderen Hotelgäste, die mit uns hier herumstanden, starrten ihn an.

Er hatte einen hochroten Kopf. Seine Hände waren zu Fäusten geballt. Nun spannte er noch die Schultern an. Patrick sah aus wie ein Stier kurz vorm Angriff.

Mit einem Mal wandte er sich zu der Hotelmauer hinter sich um und hämmerte mit beiden Fäusten dagegen. Jetzt kamen die Füße zum Einsatz, mit aller Kraft kickte er gegen die Wand. Dabei knurrte er wie ein Tier. So hatte ich ihn noch nie gesehen, und ich wollte mir das auch nicht weiter anschauen. Jemand vom Hotel kam herbeigelaufen, sprach ihn an.

Mit wackligen Knien setzte ich meinen Weg fort, am Hotel vorbei Richtung Meer. Ich hetzte an der Promenade entlang, suchte zwischen all den geschlossenen Läden nach einem Rückzugsort. Mein Atem ging stoßweise, ich presste die Hände an die Brust.

Endlich stieß ich auf eine Frühstücksbar und plumpste an einen freien Tisch, kämpfte gegen die Tränen an. Zornig wischte ich mir mit dem Handrücken über die Nase, hatte nicht mal ein Taschentuch dabei.

Suchend scannte ich den Raum nach einem Serviettenständer ab. Mein Blick blieb an einer Flasche »El Toro«-Tequila hängen. Ein Fusel der allerschlechtesten Sorte, der so reinhaute, dass ein einziges Glas genügte. Zumindest war das so, als ich früher im Bierzelt zu später Stunde gefeiert hatte.

Mit einer zittrigen Handbewegung machte ich dem Kellner verständlich, dass ich gern einen Doppelten genau davon wollte.

Es dauerte keine fünf Minuten, bis meine Bestellung vor mir stand. Der scharfe Alkohol brannte mir in der Nase. Ich schüttelte mich, griff aber trotzdem mit zittrigen Fingern zum Glas. Betrachtete die klare Flüssigkeit darin.

Jemand nahm es mir von hinten aus der Hand. »Hier bist du also.« Patricks Stimme klang rau, er rutschte auf den Stuhl neben meinem. Dann gab er dem Kellner ein Zeichen, dass er den Agavenschnaps bitte wieder mitnehmen sollte.

Die Fingerknöchel an seiner rechten Hand waren blutig.

Wir starrten uns an.

»Mein Gott«, sagte ich schließlich kopfschüttelnd. »So ist das also, wenn du ausrastest.«

Er senkte den Kopf. Mit einem Mal zitterte sein Kinn. Eine Träne bahnte sich ihren Weg über die stoppelige Wange. Er wischte sie ab, doch es folgten weitere. Von dem Patrick, der eben noch auf die Mauer eingedroschen hatte, war nichts mehr zu sehen.

Wortlos legte ich die Hand auf seinen Arm.

»Es ist wieder passiert. Ich werde mich wohl niemals in den Griff bekommen«, flüsterte er.

Ich rückte noch näher an ihn heran und umarmte ihn. Streichelte ihm den Rücken. Verdrängte meinen Zorn auf ihn in den hintersten Winkel meines Herzens. »Vielleicht solltest du solche Aktionen wie die eben im Hotel lassen«, versuchte ich einen schwachen Scherz.

Unter Tränen sah er mich an. »Es war auch Quatsch, was ich da eben gesagt habe. Als hätte ich dir damit nur einen Gefallen tun wollen. Das stimmt nicht.«

»Eben«, sagte ich und lachte leise. »So bemitleidenswert bin ich hoffentlich noch nicht!«

»Natürlich nicht. Es ging dabei allein um mich. Um meine Bedürfnisse. Und das tut mir wirklich leid.«

Er hatte mich also ins Bett kriegen wollen. Eine schnelle Nummer schieben. Fantastisch. Ich rückte wieder ein Stück von ihm ab, schluckte die Scham, die erneut in mir hochkam, hinunter.

Patrick zog ein Papiertaschentuch aus seiner Hosentasche und schnäuzte sich die Nase. »Ich wollte mich einfach nur ablenken, schätze ich«, sprach er weiter.

»Ablenken?« Was kam denn jetzt noch? »Wovon?«

»Melissa hat mir bei ihrem Besuch eröffnet, dass sie es gern noch mal mit uns versuchen würde. Sie möchte uns jetzt, wo ich meine ganzen Baustellen angehe, eine zweite Chance geben.«

»Okay ...«

»Aber ich weiß gar nicht, ob ich das überhaupt noch möchte, Caro. Dabei hab ich sie vor dieser Kur darum angefleht.«

Ich wusste bald gar nicht mehr, was ich denken sollte. Unsicher fuhr ich mir durchs Haar. Hatte sein Zögern mit mir zu tun? Hegte er doch ähnliche Gefühle für mich wie ich für ihn? Dabei war ich mir gar nicht sicher, wie sehr ich diesen Empfindungen trauen konnte. Nach seinem Ausbruch gerade waren sie außerdem ziemlich abgekühlt.

»Wir sind hier ... in einer Ausnahmesituation«, bemühte ich mich um Sachlichkeit. »Sie weiß doch sicher auch, dass du mitten im Prozess deiner ganzen Baustellen steckst. Wollte sie direkt eine Antwort?«

»Sie geht davon aus, dass wir einen Neuanfang wagen.«

Ich wedelte nach draußen in Richtung des Hotels, in dem wir vor Kurzem noch fast miteinander geschlafen hätten. »Und das eben? Nur eine Ablenkung von ihrer Frage? Wolltest du, dass es sich damit von selbst erledigt? Oder –?«

Er hob die Schultern. »Vielleicht.«

Dass ich als Mittel zum Zweck hatte dienen sollen, fühlte sich genauso furchtbar an wie die andere Kränkung. Angenommen, wir hätten Sex gehabt. Angenommen, ich hätte mich dann richtig in ihn verliebt.

Für heute war ich bedient. Aber hier und jetzt wollte ich die Sache nicht weiter eskalieren lassen. »Weißt du was? Lass uns einfach fahren und die Sache für heute vergessen.«

Seufzend gab ich dem Kellner ein Zeichen.

30

Lydias fünfzigster Geburtstag war gekommen. Malte und Julia würden erst im Laufe des Nachmittags wieder in der Finca eintreffen, also blieben Patrick, Rita, Enrico und ich, um der Therapeutin am Frühstückstisch ein Ständchen zu bringen.

Unser Gesang versagte kläglich. Wie hätte es auch anders sein können? Wir waren vier Menschen, von denen die Hälfte nicht mehr viel miteinander sprach. Rita war mir und Enrico böse, ich hatte die Erlebnisse mit Patrick leider auch noch nicht gut weggesteckt, aber alle taten wir so, als wäre alles in bester Ordnung. Was Lydia natürlich bemerkte. Feinfühlig, wie sie war, verlor sie kein Wort darüber. Wahrscheinlich hoffte sie, dass sich das wieder einrenken würde, doch da sah ich schwarz. Die Arme ahnte zum Glück nicht, dass obendrein gerade die geplante Überraschungsparty den Bach hinunter ging.

Rita blieb nur auf einen Kaffee an der Frühstückstafel, dann verabschiedete sie sich wieder in ihre Küche. Wusste der Teufel, was sie darin fabrizieren würde. Enrico sah ihr seufzend nach. Mir schoss er einen zerknirschten Blick zu.

»Wisst ihr, was mit unserer lieben Rita los ist?«, fragte Lydia nun doch. »Mir wollte sie nicht sagen, welche Laus ihr über die Leber gelaufen ist.«

Wir drei schüttelten synchron den Kopf.

»Soll ich mal mit ihr reden?«, schlug Patrick vor.

»O ja, du hast ja so ein hervorragendes Fingerspitzengefühl«, antwortete ich.

Er verdrehte die Augen.

Lydia lächelte ihm aufmunternd zu. »Das fände ich eine gute Idee.«

Schon machte er sich auf den Weg. Enrico und ich sahen ihm hinterher.

Gestern Nachmittag hatte Patrick bei Lydia die letzte Sitzung gehabt. Ob er unserer Therapeutin erzählt haben mochte, welchen Bock er geschossen hatte? Allein bei dem Gedanken schoss mir die Röte ins Gesicht.

Wir lauschten seinem Klopfen an der Küchentür. Offen sprechen konnte er freilich nicht – Lydia durfte ja nicht erfahren, was heute auf dem Spiel stand. Sie wusste nur von einem kleinen gemütlichen Abendessen mit uns allen und nichts davon, dass zusätzliche Gäste kommen würden. Wer und wie viele vermochte auch ich nicht zu sagen.

Schon stand Patrick achselzuckend wieder bei uns. »Hat nicht geklappt.«

Enrico und ich wechselten erneut einen Blick. Vermutlich war nun doch ein Plan B vonnöten, um die Party zu retten. Julia und Malte würden toben, wenn nicht alles glattging. Wir hatten versprochen, ein Auge darauf zu haben. Und hätte ich es nicht vermasselt, wäre alles ganz wunderbar geworden!

Als Lydia mit dem Abräumen beginnen wollte,

scheuchten wir sie davon, befahlen ihr, heute keinen Finger mehr zu krümmen. Bis auf die Sitzung mit mir natürlich.

Kaum war sie aus der Tür, begannen wir drei miteinander zu flüstern.

»Die Frage ist, ob sie uns nicht für alle Zeiten böse sein wird, wenn wir einschreiten«, sagte ich.

»Weiß ich auch nicht, wie wir sollen das machen«, wandte Enrico ein. »Bei sie in Küche sind alle Sachen. Habe ich besorgt beste Fische und Fleisch. Ich weiß nicht, wie sie will machen croquetas y albondigas. Oder sonst ganze Sache.« Der Spanier sah mit seinen zusammengezogenen buschigen Augenbrauen untröstlich aus.

Nun schob ich meinen Stuhl zurück. »Also gut. Ich versuche es ein letztes Mal.«

Kurz darauf klopfte ich an der verschlossenen Küchentür. Nichts regte sich. »Rita«, begann ich leise, »bitte gib mir nur fünf Minuten. Du hast die absolut falschen Schlüsse gezogen. Ich will nichts von deinem Enrico. Ich habe mich doch nur so sehr darüber gefreut, dass endlich das Eis zwischen euch gebrochen war. Und heute ist Lydias Geburtstag, es soll doch alles schön werden. Du kannst das unmöglich allein schaffen für so viele Leute. Und Enrico ist sterbensunglücklich. Mensch!« Ich wusste gar nicht weshalb, aber ich hatte angefangen zu weinen. »Wenn man immer gleich bei jedem Pups gekränkt ist und sich abschottet und denkt, man braucht niemanden, dann bleibt man am Ende wirklich allein, und das wirst du doch nicht wollen?«

Ich hörte, wie der Schlüssel herumgedreht wurde. Rita fixierte mich aus schmalen Augen. Ihre Hände waren mehlig. »Na ja«, sagte sie. »Könnte sein, dass ich nur einen Grund gesucht habe, den Enrico aus meiner Küche zu kriegen.« Sie wischte sich mit dem Ellbogen über die Stirn. »Wenn er in meiner Nähe ist, verliere ich immer vollkommen den Kopf. Da weiß ich dann bald gar nicht mehr, was ich tu.« Verzweifelt sah sie mich an. »Und dass ich nur all diese spanischen Sachen machen soll, ohne dass ich diesen Leuten aus dem Dorf zeigen kann, was ich eigentlich auf dem Kasten habe – das macht mich auch verrückt.«

»Aber es ist doch Lydias Wunsch, heute Abend Tapas zu essen.«

»Die bekommt sie ja auch. Aber diese Mallorquiner könnten doch zur Abwechslung mal etwas anderes essen.«

Ich betrachtete sie nachdenklich. Da hatte sie eigentlich recht.

»Was hältst du davon, wenn wir die Sache zu viert in die Hand nehmen, hm?«, bot ich an. »Patrick und Enrico machen spanische Tapas, du und ich denken uns etwas anderes aus. Dann sind wir schneller fertig. Und heute Abend können wir alle zusammen feiern.«

Rita schien noch nicht überzeugt. Sie betrachtete ihre mehligen Hände. »Weißt du, warum ich diese Stelle hier in der Einöde angenommen habe? Weshalb ich mich auf eine Stelle beworben habe, in der es hieß, hier hätte ich freie Hand?«

»Nein. Wieso hat dich das so gereizt?«

»Weil man mir immer schon zurückgemeldet hat, ich sei nicht teamfähig. Dabei mag ich Leute eigentlich. Aber ich kann es eben nicht leiden, wenn man mir in alles hineinredet. Besonders bei Dingen, von denen ich weiß, dass ich sie gut kann.«

»Ach Rita«, antwortete ich. »Lass dir nichts einreden. Ich war jedenfalls beim letzten Mal gern mit dir in der Küche. Und auch sonst finde ich dich voll okay.«

»Wirklich?«

»Ja.« Ich drückte sie kurz. »Und jetzt sollten wir das Kriegsbeil begraben – oder?«

Patrick lugte hinter mir um die Ecke. »Dann müssten hier aber auch ausnahmslos alle wieder miteinander reden, finde ich.«

Ich warf ihm einen finsteren Blick zu. Seine Kränkung steckte mir noch immer in den Knochen.

Schon stand er bei mir.

Rita breitete in einer fragenden Geste die Hände aus. »Und was liegt bei euch im Argen?«

Patrick zupfte an meinem Pullover. »Können wir kurz reden? Wirklich, ich halte das sonst nicht aus.« Er zeigte auf seine wunden Knöchel. »Deswegen konnte ich seit gestern nicht an den Sandsack. Ich bin kurz vorm Überschäumen.« Er legte die Hände aufeinander. »Pleeease.«

Ich verdrehte die Augen.

»Ihr könntet mir ruhig schon den Enrico vorbeischicken«, bat Rita. Ihre Wangen waren mal wieder ganz rot.

Nun lugte der Hausmeister um die Ecke. »Anda ya. Wie gut, dass ich bin schon da.«

Patrick nahm mich bei der Hand. »Komm. Lass uns ein Stück gehen.« Zu Rita und Enrico sagte er: »Beeilt euch mit eurer Versöhnung. Wir sind gleich wieder zurück.«

»Hör zu«, raunte er, als wir beim Tiergatter angelangt und außer Hörweite waren. Die Ziegen kamen sofort an den Zaun gelaufen, in Erwartung, dass wir etwas für sie dabeihätten. »Ich möchte, dass du eines weißt«, fuhr Patrick fort. »Ich finde dich sehr attraktiv. Und das im Hotel war echt, das habe ich dir ja gestern schon gesagt. Es war aufregend und erregend, und ich bedaure es eigentlich noch immer, dass dieser verdammte Alarm losgegangen ist.«

Eine Ziege meckerte uns klagend an. Eine andere stieß sie beiseite.

»Aber?«

»Aber das mit meiner Frau ist noch nicht zu Ende. Wir

haben noch nicht alles versucht. Und ich glaube, dass ich ihren Rückhalt brauchen werde, um die Sache mit meinem Partner zu klären und weiter an mir arbeiten zu können. Ich kann mich in dieser Situation nicht in eine neue Beziehung stürzen. Damit würde ich mir selbst, vor allem aber auch dir keinen Gefallen tun.«

»Ist das bei deiner letzten Sitzung mit Lydia rausgekommen?«

»Du meinst, ob ich ihr davon erzählt habe?«

Ich deutete auf seine wunden Knöchel. »Sie wird dich doch danach gefragt haben.«

Er spreizte die Finger und verzog das Gesicht. »Ich habe ihr gesagt, dass mir die Sache mit meiner Frau zu schaffen macht. Und dass ich mich frage, ob ich nicht einen Neustart mit jemand ganz anderem wagen sollte.«

»Und davon hat sie dir abgeraten.«

»Sozusagen.« Er grinste. »Sie gibt einem ja keine Tipps, das ist ja das Schlimme. Aber so würde ich es auffassen, ja.«

Er hatte ja mit allem recht, was er sagte. Und dass er mich attraktiv fand, tat mir wohler, als ich zugeben wollte. Ich reichte ihm die Hand. »Freunde?«, fragte ich.

Patrick zog mich in seine Arme. »Freunde.«

31

D a wären wir also«, begrüßte mich Lydia, als wir
einander zu meiner Abschlusssitzung gegenübersaßen. Mit Rita hatte ich bereits mit den Vorbereitungen für unsere Pläne begonnen, später würde ich sie
wieder unterstützen. »Du kannst sehr stolz darauf sein, was
du während dieser drei Wochen alles für dich erreicht hast.
Findest du nicht auch?«

Ich klemmte mir das Haar hinter die Ohren. »Doch«,
stimmte ich zu, »vor allem, wenn man bedenkt, dass ich der
Meinung war, gar kein Problem zu haben.«

»Geahnt hast du es, glaube ich, längst. Aber es erfordert
Mut, den Dingen ins Auge zu schauen.«

»Das stimmt. Aber nun geht es eben um die Durchfüh-
rung daheim. Pläne zu machen ist das eine … Bloß fürchte
ich mich noch immer davor, dass es trotz meiner derzeitigen
Willenskraft Momente geben könnte, in denen ich schwach
werde. Gestern zum Beispiel, da war ich wieder ganz kurz
davor, etwas zu trinken.« Zur Verdeutlichung hielt ich
Daumen und Zeigefinger nur mit einem Zentimeter Abstand

zueinander »Und diesmal weiß ich nicht, ob ich es nicht wirklich getan hätte, wäre Patrick nicht eingeschritten.«

»Hatte dein Fast-Rückschlag mit ihm zu tun?«

Verlegen presste ich die Lippen aufeinander. »Die Details sind nicht wichtig. Gestern hat mir nur gezeigt, dass ich auf mich achtgeben muss. Wozu ich ja sage und wozu nein. Und daheim hab ich deine Unterstützung nicht.«

»Das wollte ich dir heute ohnehin anbieten: Du kannst dich jederzeit an mich wenden, wenn es zu Hause hart wird. Wir können uns per Videocall unterhalten. Das tue ich täglich mit Klienten. Daher nehme ich auch nie mehr als vier Personen auf. So habe ich den Rest des Tages Zeit für die Sitzungen mit denjenigen, die in der Ferne weiterhin Unterstützung benötigen. Abgesehen davon wäre es ratsam, wenn du dir bei dir vor Ort eine Therapeutin suchst, der du vertraust und die dich begleitet.«

Das klang gut. Ich brauchte einen Anker. Falls der auf meinem Oberarm nicht ausreichen sollte.

»Da gibt es etwas, das lässt mir noch immer keine Ruhe«, sagte ich nun. »Angenommen, ich habe das alles irgendwann erfolgreich hinter mich gebracht und bin mit mir im Reinen, wie du immer sagst. Sodass ich die Sehnsucht nach dem Alkohol gar nicht mehr spüre. Dann könnte ich doch bei einer Feier – bei einem Geburtstag oder zu Silvester – mal ein Glas trinken? Und es dann wieder für ein paar Wochen oder sogar Monate sein lassen?«

»Manchen gelingt das, und vielleicht gehörst du dazu. Immerhin vierzig Prozent derer, die hier waren, bekommen das sogar über einen längeren Zeitraum hin.«

»Aber nicht für immer?«

»Die wenigsten.«

»Warum?«

»Weil das Gehirn unabhängig vom Verstand arbeitet,

Caro. Du denkst – ganz logisch – wenn ich mir doch vornehme, nur ganz selten ein Glas zu trinken, und ich bin obendrein ein willensstarker Mensch – dann sollte das doch gelingen.«

»Richtig! Viele andere können das doch auch. Ich kenne reichlich Leute, die nur hin und wieder ein Glas trinken. Bei den meisten ist das so.«

»Schon. Aber die sind in der Regel niemals psychisch abhängig gewesen, haben den Alkohol nicht zum emotionalen Ausgleich missbraucht. Das Gehirn eines ehemals Abhängigen erkennt mit dem ersten Schluck, dass es hier gerade etwas bekommt, von dem es irgendwann einmal – und sei es Jahre her – gelernt hat, dass es ihm sehr guttat. Es ist wie beim ehemaligen Raucher. Unterschätze nicht die Erinnerung, die der Körper und das Gehirn abgespeichert haben. Ein einziges Glas kann dazu führen, dass der Alkohol wieder Einzug in dein Denken nimmt. Du wirst wieder mit dir selbst debattieren, wann der Zeitpunkt für ein nächstes Glas vertretbar wäre. Dich nach der nächsten Feier, dem nächsten Geburtstag, dem kommenden Wochenende oder dem Feierabend sehnen. Möchtest du dahin wieder zurück?«

Sie konnte wirklich grausam sein. »Natürlich nicht«, flüsterte ich.

»Und deshalb mein Rat: Versuche es gar nicht erst. Aber wenn du es doch tust und es sollte schiefgehen – was ich dir bei Gott nicht wünsche – dann weißt du zumindest, dass du es wieder schaffen kannst, wenn du dir Hilfe suchst.«

Von draußen drangen Stimmen zu uns herein.

»Malte und Julia sind wieder da.« Lydia rieb sich die Hände. »Pünktlich zu unserer kleinen, gemütlichen Feier heute Abend. Darauf freue ich mich!« Sie lächelte selig, beugte sich vertraulich zu mir hinüber. »Weißt du, was für mich das Schlimmste wäre, Caro? Ein Geburtstag mit viel Trubel und Leuten, die ich kaum kenne. Da würde ich mir ganz verloren vorkommen.«

Kaum dass Lydia und ich uns voneinander verabschiedet hatten – ich hatte ihr nahegelegt, sich wegen »unserer kleinen Feier« heute aus dem Wohnzimmer fernzuhalten –, stahl ich mich in die Küche. Julia und Malte hatten sich inzwischen auch dort eingefunden.

»Wir müssen die ganzen Leute wieder ausladen! Und zwar schleunigst!«, raunte ich, nachdem ich die beiden begrüßt hatte.

Die anderen sahen mich erstaunt an. Mein Blick glitt über die Platten von Köstlichkeiten, die sie in der Zwischenzeit produziert hatten. So lecker, wie das alles aussah, hätte man es verkaufen können. Und es roch so gut! In einer Pfanne stockte eine Tortilla. In einer anderen garte Paella. Hackfleischbällchen, Salsas, Datteln im Speckmantel, panierte Fischchen … Obendrein waren da noch die Platten mit den anderen Snacks, die Rita und ich zuvor ausgeheckt hatten. Unser Bastian im Bergglühen veranstaltete manchmal ein deutsches Tapas-Buffet – einige der benötigten Zutaten hatten wir in Ritas Vorratskammer in Dosen und Packungen finden können, die sie sich regelmäßig aus Deutschland liefern ließ. Nun gab es neben den mallorquinischen Spezialitäten auch Stücke von paniertem Camembert mit Preiselbeermarmelade, Weißwursthälften mit süßem Senf und kleinen Brezeln, Matjes auf Bratkartoffeln und Mett auf Graubrot. Außerdem Maultaschenviertel mit Röstzwiebeln. Wie gut das bestimmt angekommen wäre! Ach, es war ein solcher Jammer.

Enrico schürzte die Lippen. »Estás loca? Siehst du ganze Essen? Was ist passiert?«

Ich raufte mir die Haare. »Anscheinend hat niemand Lydia jemals gefragt, ob sie große Feiern überhaupt mag! Und das tut sie nicht. Sie hat mir eben gesagt, dass das, was ihr vorhabt, ihr größter Albtraum wäre.«

Julia runzelte die Stirn. »Du hast ihr verraten, dass wir sie überraschen wollen?«

»Natürlich nicht. Es war in einem anderen Zusammenhang. Aber sie will das nicht. Bitte, es ist doch ihr Geburtstag, den wünscht sie sich in kleiner Runde.«

Enrico schnalzte mit der Zunge. »Niemand wird ausgeladet. Es kommen alle die Leute, wo kennen la Lydia.« Er strahlte. »Sogar die Immobilie-Makler, wo hat sie die Finca verkauft. Und Antonio, wo war böse mit sie. Ist doch große Sache fünfzig Jahre. Anda!«

Dieser Antonio würde sogar kommen? Der, mit dem sie einst eine Liebelei hatte? Vielleicht wäre eine Versöhnung mit ihm ja Lydias Traum? Womöglich aber auch ihr Albtraum. Ich wusste es nicht! Händeringend sah ich mich um. Die Küchencrew hatte sogar alkoholfreie Drinks vorbereitet. Was würde die Dorfgemeinschaft wohl dazu sagen?

Ach Unsinn, sie würden ja gar nicht kommen.

Rita sank auf ihren Küchenhocker. »Mein Leben ist ein Trümmerfeld.«

»Aber … aber … das musst du falsch verstanden haben«, widersprach Julia.

Malte wandte sich ihr zu. »Hattest du eigentlich gar nicht vorgefühlt, wie sie dazu stehen würde? Wie genau bist du noch mal auf die Idee gekommen?«

»Weil … weil … jeder mag es doch, wenn er gefeiert wird. Oder nicht?«

»Neeeein«, antworteten wir alle im Chor.

»Und außerdem«, fuhr Julia verzweifelt fort, »leidet sie doch ganz furchtbar unter dieser Fehde. Sie war früher so gern im Dorf. Und seit wir hier oben sind, gar nicht mehr. Und wie die Sache mit Antonio auseinander ging … das tat mir eben einfach so leid.«

Patricks Kiefer mahlten. Er sah aus, als würde er wieder einmal gern irgendwo gegentreten. »Und was machen wir jetzt?«

Hilflos sah ich auf die Uhr. Es war schon Nachmittag. Da erreichten wir ja gar nicht mehr alle!

Wie sollten wir bloß diese Kuh vom Eis bekommen?

Enrico kratzte sich am Kopf. Dann fuhr sein Finger in die Luft. »Wir machen Straßensperre«, rief er. »Einer stellt sich hin und gibt alle Leute Tapas mit nach Hause. Sagen wir, ist Krankheit ausgebrochen. Corona.«

»Papperlapapp!« Wir alle sahen zu Rita, die sich von ihrem Hocker wieder aufrichtete. »Ich rede mit ihr.«

32

Manchmal schätzt man seine Mitmenschen falsch ein. Man hat ein gewisses Bild von ihnen, weil man sie in einem professionellen Kontext kennengelernt hat – und in Wahrheit sind sie auch nur Menschen und ebenso verletzlich wie man selbst.

Bei einem Arzt, der ja ganz genau weiß, wie man sich gesund hält und ernährt, erwartet man weniger, dass er ernsthaft krank wird. Und doch geschieht es. Immer wieder. Wie kommt es, dass eine Erzieherin mit dem eigenen Kind nicht zurechtkommt oder der Sohn eines Lehrers sitzen bleibt?

Und dann war da eine Heilpraktikerin für Psychotherapie, die anderen zwar aus ihren Krisen half, aber auch selbst mit ihren persönlichen Beziehungen zu kämpfen hatte. Während wir auf Rita warteten, klärten Enrico und Julia uns darüber auf, was hier vor einigen Jahren geschehen war.

Damals betrieb Lydia noch eine beschauliche Praxis im Dorf. In der Dorfgemeinde war sie integriert, da sie gut Spanisch sprach. Sie ging auf die Einheimischen zu, fragte sie um Rat und gab auch mal den ein oder anderen guten Tipp, wenn es bei den Dörflern untereinander hakte. Bis sich Antonio Gonzales in sie verliebte, ein alteingesessener Mallorquiner, der schon lange ein Auge auf die Finca in den Bergen geworfen hatte. Er hatte förmlich darauf gewartet, dass der betagte Besitzer sich zu alt fühlte, um sie weiter zu bewirtschaften. Doch weil die Vermittlung der Finca in den Händen eines deutschen Maklers lag – keinem geringeren als Simon Gareck, dessen Karte ich kurze Zeit besessen hatte –, hatte Lydia die besseren Chancen.

Aber nicht nur, weil sie Deutsche war. Sondern auch, weil sie den Sohn des alten Besitzers Jahre zuvor wegen seines Alkoholismus behandelt hatte. Nachdem der Vertrag zum Hauskauf unterzeichnet war, kehrte Antonio Gonzales ihr den Rücken zu. Entliebte sich einfach. Zu sehr war er in seinem Stolz gekränkt. Er sorgte obendrein dafür, dass Lydia im halben Dorf zur Persona non grata wurde. Nur noch wenige – einer von ihnen Enrico – waren bereit, für sie zu arbeiten. Und deshalb engagierte sie Rita.

»Wie ist es denn dann gelungen, die ganzen Leute dazu zu überreden, zu Lydias Fünfzigstem zu kommen?«

»Es war eigentlich gar nicht so schwer«, erklärte Julia. »Der Mensch ist grundsätzlich neugierig. Und eine Fehde ist eigentlich nur dann spannend, wenn es auch verschiedene Beteiligte gibt. Wenn einer sich komplett zurückzieht, ist es ja eigentlich keine Fehde mehr.«

Malte verschränkte die Arme. »Sie konnten es nur noch mit der armen Rita ausmachen, die dafür ja nun wirklich nichts kann. Und als bei den ersten die Neugier siegte, endlich mal mit eigenen Augen zu sehen, was Lydia aus der Finca gemacht hat, haben wir sie dann doch umstimmen können.«

»Und dieser Antonio Gonzales wollte ganz gewiss auch kommen?«, vergewisserte ich mich.

»Er hat zugesagt«, bekräftigte Julia. »Vielleicht kommt aber auch überhaupt niemand, und wir regen uns ganz umsonst auf.«

»Werden alle kommen«, widersprach Enrico. »Ich habe mit wichtigste Leute geredet. Auch welche, die kennen gut el Antonio. Diese Mann ist harte Kerl mit – wie sagt man – weiche Herz.« Der Hausmeister sah zur Decke. »Und er ist noch immer enamorado in Lydia. Er liebt sie noch.«

Wow. Auf diesen Mallorquiner war ich jetzt aber wirklich gespannt. Wie mochte er aussehen?

Ein Geräusch hinter uns ließ uns herumfahren. Rita war zurück. Aber nicht nur sie.

»Was habt ihr euch nur dabei gedacht?« Lydia musste sich hingelegt haben, ihr hennarotes Haar ragte in alle Richtungen. Sie trug ihren Bademantel.

Als niemand antwortete, weil wir zu überrascht waren, sie so zu sehen, drehte sie sich wieder um und ging davon. Über ihre Schulter hinweg sagte sie: »Eines ist jedenfalls sicher. Entweder ist das heute der Anfang oder das Ende.«

Wir bauten das Buffet im Wohnzimmer auf dem großen Tisch und der Anrichte auf. Teller und Besteck sowie Gläser und Softdrinks fanden auf dem Couchtisch Platz. Die Gäste waren für neunzehn Uhr eingeladen; die ersten trudelten um Viertel vor acht ein. Da standen wir schon alle hungrig und aufgeregt im Dunkeln hinter der Terrassentür, von der aus wir den Parkplatz im Blick hatten. Die Sicht war gut, der fast volle Mond strahlte von einem wolkenlosen Himmel.

Lydia sah atemberaubend aus. Sie trug ein lilafarbenes

Kleid mit Mohnblumenaufdruck. Die Blumen leuchteten mit ihrer Haarfarbe um die Wette. Um ihren Hals lag eine filigrane, matt goldene Kette, an ihrem Ringfinger schimmerte der passende Ring. Sie hatte außerdem etwas Wimperntusche und einen dezent roten Lippenstift aufgelegt. So hatte ich sie noch nie gesehen.

Ich hatte das Tweedkleid gewählt, das ich an Heiligabend angezogen hatte. Morgen, auf dem Rückflug, wollte ich das Outfit nehmen, das ich mir in Palma gekauft hatte. Damit ich auch äußerlich als neuer Mensch zurückkehrte.

Patrick war noch einmal in das Leinenhemd vom Weihnachtsabend geschlüpft, hatte dazu schwarze Jeans und Turnschuhe gewählt. Anscheinend rasierte er sich nicht mehr. Der Bart war dichter geworden, was ihm gut stand.

Julia, Malte und Rita sahen mit ihren glänzenden Stoffen so festlich aus, als wollten sie zu einer Hochzeit.

Auch die Dorfbewohner hatten sich in Schale geworfen.

»Sie sind wirklich gekommen.« Lydia setzte ein verkrampftes Lächeln auf. Doch nachdem die ersten Gäste ihr gratuliert und jeder ein Glas alkoholfreien Sekt in Händen hielt, entspannte sie sich. Ihr Blick schweifte jedoch immer wieder zur Tür.

Malte gesellte sich zu mir. In einer Serviette balancierte er eine Fischkrokette. Ich hatte selbst schon zwei von den unglaublich leckeren Dingern verdrückt. Vielleicht hatten die nächsten Klienten von Lydia mehr Glück, wenn es im Januar wieder losging. Jetzt waren alle Voraussetzungen dafür geschaffen, dass Rita sich auch einmal an etwas Landestypisches heranwagen würde. Die deutschen Tapaskreationen waren allerdings ebenfalls eine Wucht. An den anerkennenden Blicken der Dörfler, die sie sich verstohlen in den Mund schoben, erkannte ich, wie gut sie ankamen.

Rita stand abseits mit einer Spanierin, die ihr mit Händen

und Füßen etwas zu erklären versuchte. Ich erkannte eine der Händlerinnen vom Markt. Die beiden Frauen lachten, die Lage war relaxt. Eben trat Enrico mit einem Herrn im Schlepptau dazu und übersetzte. Rita betrachtete ihn bewundernd. Dann fasste sie nach seiner Hand und drückte sie.

»Wer von uns beiden hat eigentlich die Wette gewonnen?«, lenkte Malte meine Aufmerksamkeit auf sich.

Welche Wette?, lag mir auf der Zunge, doch dann fiel es mir wieder ein. »Dass ich das Joggen liebe, kann ich noch nicht behaupten«, wiegelte ich ab, »aber ich könnte es lieb gewinnen, wenn ich weitermachen würde.«

»Wirst du?«

»Vielleicht. Wenn ich eine schöne Strecke bei mir in der Gegend finde …« Ich kräuselte die Nase.

Malte schaute ernst. »Mach es. Bleib dran.«

»Ja, ja.« Ich betrachtete meine Füße. Es stand doch daheim noch so viel anderes an, das viel wichtiger war.

»Ist denn dieser Antonio schon irgendwo zu sehen?«, flüsterte ich Julia zu, als sie ebenfalls zu uns trat.

»Bis jetzt habe ich ihn noch nicht entdeckt.« Die Yogalehrerin hob die Schultern.

Der Mann wusste jedenfalls, wie man sich in Szene setzte. Als Letzter zu kommen, wenn er doch genau wissen musste, dass nicht nur Lydia, sondern die halbe Gesellschaft seiner Ankunft voller Anspannung entgegensah. Eine Liebesgeschichte, die wegen einer Finca ein abruptes Ende genommen hatte, spielte sich nicht alle Tage ab. Hoffentlich lief es auf ein Happy End hinaus.

»Was ist nur mit dir los?«, raunte Patrick plötzlich in mein Ohr. »Du bist ja nervöser als Lydia.«

»Bin ich das?« Verlegen sah ich mich nach unserer Therapeutin um, die mit einem Dörfler ins Gespräch vertieft schien.

Patrick hatte recht, ich war über alle Maßen aufgeregt. Vielleicht deshalb, weil auch ich auf einer Feier einmal sehnsüchtig auf einen Gast gewartet hatte. Es war das fünfjährige Klassentreffen nach meinem Realschulabschluss gewesen. Ich war nicht im Organisations-Komitee und wusste daher weder, ob alle aus unserem Jahrgang ausfindig zu machen gewesen waren, noch wer zugesagt hatte. Doch während der gesamten Veranstaltung sah ich unentwegt zur Tür. Hoffte, dass er kommen würde. Alexander. Und dass wir direkt dort anknüpfen würden, wo wir geendet hatten. In meiner Vorstellung sah er genauso aus wie früher. Womöglich ist das so mit alten Lieben, die man lange nicht gesehen hat – dass sie in unseren Köpfen keinen Tag altern. Doch Alexander war nicht zu dem Klassentreffen erschienen. Vielleicht waren wir – und ich – seiner nicht mehr würdig gewesen.

Ein bekanntes Gesicht unter den hiesigen Gästen holte mich aus meinen Gedanken zurück. Kurz überlegte ich, wie ich mich bestmöglich vor dem Mann mit seiner weiblichen Begleitung verborgen halten konnte, doch dann entschloss ich mich zur Offensive.

»Schön Sie zu sehen«, begrüßte ich Simon Gareck. Ich schüttelte erst seiner Frau und dann dem Immobilienmakler die Hand. »Ich hoffe, Sie sind mir nicht böse, dass ich letztens so fluchtartig aufgebrochen bin.«

»Wollten Sie in Wahrheit wegen Lydia mit mir sprechen, oder was sollte die Geschichte von der Villa mit Meerblick, die Sie angeblich suchen?« Er zwinkerte mir zu.

Verlegen wischte ich mir mit dem Handrücken über die Stirn. »Tja, ich –«

»Das könnte er sein, oder?«, riss mich Patrick aus der

Unterhaltung. Er zeigte hinaus. Am Pool war ein Mann aufgetaucht. Sein silbrig glänzendes Haar leuchtete im Mondschein. Vielleicht bildete ich es mir ein, aber ein Raunen schien durchs Wohnzimmer zu gehen. Andere hatten ihn auch bemerkt. Er stand da draußen wie einer, der auf einem Berg steht und die Umgebung in Augenschein nimmt. Für einen Spanier war er ungewöhnlich groß. Das lockige Haar war stufig geschnitten und kringelte sich hinter den Ohren. Die buschigen Augenbrauen bildeten um die dunklen Augen einen perfekten Rahmen. Er trug einen hellen Anzug. Der Mann war ein Hingucker. Eine Mischung aus Maler und Mafiaboss.

Mein Blick ging von ihm zu Lydia, die ihn auch entdeckt hatte. Sie legte sich die Hände auf die Brust und strahlte, wie ich es in den drei Wochen hier noch nie gesehen hatte.

Antonio Gonzales blieb, wo er war. Ein Macho wie er ließ sich gern feiern, Lydia wusste das sicher auch. Würde sie ihm geben, was er sich erhoffte? Wenn er schon damals nicht die Finca bekommen und sich aus gekränktem Stolz von ihr abgewandt hatte – so war es ihm heute vermutlich ein Grundbedürfnis, von ihr abgeholt zu werden. Als Wiedergutmachung. Und sie tat ihm den Gefallen. Lydia öffnete die Terrassentür und trat so feierlich auf ihn zu, als schritte sie zum Altar. Und Antonio nahm sie in Empfang. Er fasste sie bei den Schultern, betrachtete sie liebevoll. Er sagte etwas zu ihr. Vermutlich gratulierte er ihr zum Geburtstag. Lydia breitete die Arme aus und zog ihn an sich.

»Olé!«, rief jemand.

Alle lachten.

»Es ist wahrscheinlich niemals zu spät, eine alte Liebe wieder aufleben zu lassen«, raunte Patrick in mein Ohr, der noch immer neben mir stand. »Selbst nach dem allergrößten Zerwürfnis nicht.«

Überrascht wandte ich den Kopf zu ihm um. Da sagte er

was. Vielleicht hatte ich Alexanders Fernbleiben vom Klassentreffen ja ganz falsch interpretiert? Der Gedanke ließ mich angenehm erschaudern.

»Dasselbe gilt übrigens auch für berufliche Partner«, entgegnete ich und lehnte meinen Kopf an seine Schulter.

Zuversichtlich sah ich wieder nach draußen zu den beiden Menschen im Mondschein, die sich noch immer im Arm hielten.

33

Als Patrick und ich uns am nächsten Tag voneinander verabschiedeten, war mir einerseits das Herz schwer, andererseits fühlte ich mich mehr als bereit für den Abschied. Es gab so vieles, das ich daheim angehen wollte. Dinge, die ich in Ordnung bringen musste. Worte, die ich sagen wollte. Gewohnheiten, die ich durchbrechen musste. Und Menschen, nach denen ich mich sehnte.

Der Schal war gerade noch pünktlich fertig geworden. Buchstäblich die letzten Fäden vernähte ich am Morgen unserer Abreise. Ich band eine bunte Schleife darum, die Lydia aus einer Schublade fischte, und übergab ihn Patrick feierlich.

Er drückte das Ding an sich. Hatte er etwa Tränen in den Augen? Andächtig löste er das Geschenkband und wickelte sich das Teil um den Hals. Es stand ihm. Die grauen, schmalen Streifen, die ich alle paar Reihen eingearbeitet hatte, harmonierten perfekt mit seinem dunklen Kleidungsstil.

»Ich danke dir«, sagte er und umarmte mich. »Auch wenn du es vielleicht nicht glaubst, ich werde ihn in Ehren halten und jeden Tag tragen.«

»Jeden zweiten reicht auch, vor allem im Sommer«, antwortete ich zwinkernd und richtete die Kamera meines Smartphones auf ihn. »Bitte recht freundlich.«

Patrick grinste breit, dann griff er in seine Hosentasche und zog etwas hervor. »Du hast bestimmt gedacht, ich hätte es vergessen, was?«

Neugierig fasste ich den kleinen Gegenstand ins Auge. »Was ist das?«

Patrick präsentierte mir auf seinem Handteller ein bearbeitetes Stück Holz, an dem ein Metallring befestigt war.

»Du hast einen Schlüsselanhänger geschnitzt? Das hast du also als kleiner Junge gern gemacht?« Vorsichtig nahm ich das Stück zwischen zwei Finger und betrachtete es. »Ist das ein Herz?« Es war ziemlich unförmig. Aber dennoch erkennbar.

Patrick knabberte auf seiner Unterlippe. »Nicht, dass du das jetzt falsch verstehst. Das soll keine Liebesbekundung sein … also … nicht in dem Sinne jedenfalls.« Er räusperte sich, schaute ernst. »Es soll dich daran erinnern, dass du eine sehr liebenswerte Frau bist, Caro. Eine der liebenswertesten, die ich kenne.«

Ich umschloss den Anhänger mit meiner Hand. »Danke«, wisperte ich ergriffen. Dann umarmten wir uns ein letztes Mal.

Malte, Rita und Julia standen Spalier, als Patrick und ich zu Lydia ins Auto stiegen, um die Fahrt an den Flughafen anzutreten. Obwohl wir gestern lange gefeiert hatten, waren alle fit. Keiner klagte über Kopfschmerzen, niemandem war übel. Auch so ein schöner Nebeneffekt, wenn man nichts trank.

Patricks Maschine würde eine Stunde vor meiner abheben. Ich musste noch eine Weile die Zeit am Aeropuerto totschlagen, ehe es bei mir in Richtung Heimat losging.

Nachdem ich mein Gepäck aufgegeben und die Sicherheitskontrolle passiert hatte, flanierte ich durch die Geschäfte im Duty-free-Bereich. Im Lauf erhaschte ich einen Blick auf mein Spiegelbild. In Jeans und Hemdbluse mit den Boots und dem schicken Mantel sah ich so relaxt aus und jung. Die steile Falte zwischen meinen Augenbrauen fiel dank der Haare, die mein Gesicht umrahmten, gar nicht mehr auf. Verstohlen lächelte ich mir zu. Als Mitbringsel erstand ich einen bunten Seidenschal für meine Mutter und ein frisches Parfum, von dem ich hoffte, dass es Tala gefallen würde. Für Jakob kaufte ich ein Badehandtuch von den Simpsons, auf so etwas stand er. Mein Vater bekam nicht wie sonst eine Flasche Schnaps, sondern eine Tafel Herrenschokolade.

Heute fürchtete ich mich nicht vor Cafés oder Restaurants. Ich trank nicht mehr. Die Feier gestern hatte mir gezeigt, wie gut das ging. Keine Sekunde hatte ich »richtigen« Sekt oder andere alkoholische Getränke vermisst. Um mir zu beweisen, dass mich kein Glas Wein lockte, benötigte ich nicht einmal das Experiment, mich in eine gut bestückte Bar zu setzen. Ich wusste, dass ich es konnte. Damit das auch so blieb, würde ich mich wöchentlich mit Lydia zu einem Videocall verabreden, so lange, bis ich im Allgäu eine alternative Therapeutin finden würde.

Mit meinen Einkäufen beladen, begab ich mich schließlich ans Gate, setzte mich auf einen der Stühle in der Wartehalle und schlug eine GALA auf, die ich mir zum Zeitvertreib besorgt hatte.

Kaum hatte ich die neuesten und höchstwahrscheinlich unwahren Neuigkeiten von Heidi Klum und ihrem jüngeren

Ehemann erfahren, sprach mich jemand von der Seite an. »Ist hier noch frei?« Ein Herr, den ich auf Mitte Vierzig schätzte, sah mich fragend an.

»Natürlich, klar.«

Verstohlen musterte ich ihn. Ziemlich groß und schlank, das Haar noch voll, trug er über der Jeans ein hellgestreiftes Hemd, das einen hübschen Kontrast zu seinem dunklen Haar bildete. An den Füßen trug er Chelsea Boots, wie ich.

Ich sah mich nach Patrick um, ob der sich hinter einer Säule verbergen mochte und sich einen Spaß mit mir erlaubte. Hatte er diesen Herrn angesprochen und mir vorbeigeschickt? Aber nein, das war absurd. Er war ja längst in der Luft.

Der Herr neben mir zog eine Zeitschrift aus einem Rucksack. Men's health.

Ich grinste in mich hinein.

Als er meinen Blick bemerkte, hob er amüsiert eine Augenbraue. »Was ist denn so lustig, wenn ich fragen darf?«

Mit dem Kinn deutete ich auf meine Zeitschrift, dann auf seine. »So etwas liest man nur am Flughafen und beim Friseur, oder?«

Schmunzelnd blätterte er mit dem Daumen durch die Seiten. »Stimmt. Aber da freu ich mich dann auch immer drauf. Üblicherweise hat man für diese wichtigen Themen sonst ja nie Zeit.«

Ich leckte mir über die Lippen. Normalerweise hätte ich mich nun abgewendet und es bedauert, dass ich diesem Mann vermutlich nie mehr wieder begegnen würde. Stattdessen fragte ich: »Wieso – was machen Sie denn beruflich?«

Er kratzte sich in einer verlegenen Geste am Kopf. »Ich bin Physiotherapeut. Allerdings habe ich mir gerade eine zweimonatige Auszeit genommen. Das mache ich gelegentlich: Die Reißleine ziehen. Ich habe kein Interesse daran, wie etliche meiner Kolleginnen und Kollegen in einem Burn-out zu enden« Er lachte. »Und Sie? Was hat Sie um diese Jahreszeit auf die Insel verschlagen?«

Ich schlug die Beine übereinander. »Auch eine Auszeit. Eigentlich leite ich ein Hotel in Pfronten, aber da ich kurz vorm Burn-out stand, hat meine Ärztin mich für drei Wochen aus dem Verkehr gezogen.« Ich hob die Schultern. »Ich war nicht so klug wie Sie.«

Mein Sitznachbar musterte mich. »Die Auszeit ist Ihnen aber offenbar außerordentlich gut bekommen.« Er lächelte. »Das heißt, Sie wohnen im Allgäu, ja?«

Nickend strich ich mir das Haar hinter die Ohren.

Sein Blick hellte sich noch mehr auf. »Was für ein Zufall. Ich komme aus Vils.«

In diesem Augenblick wurde zum Boarding aufgerufen. Die hinteren Reihen waren als erste dran. Schon bildete sich eine Schlange.

Der Herr schulterte seine Tasche. »Wie schade«, sagte er. »Ich hätte mich gern länger mit Ihnen unterhalten.«

»Wir sehen uns ja noch bei der Gepäckausgabe«, entgegnete ich lächelnd.

Im Flieger packte ich mein Strickzeug aus. Ich würde einen neuen Schal stricken, ehe ich mich an etwas Komplizierteres wagte. Zwei links, zwei rechts ging wie im Schlaf, dabei konnte ich meinen Gedanken nachhängen und war dennoch beschäftigt.

Als die Stewardessen Getränke anboten, orderte ich einen Orangensaft und strickte weiter Reihe für Reihe.

Nach der Landung hielt ich verstohlen nach meinem Gesprächspartner von der Abflughalle Ausschau. Als sich unsere Blicke trafen, nickte ich ihm zu. Er lächelte, seine Augen umspielten sympathische Lachfältchen.

Auf dem Weg zur Gepäckausgabe dachte ich darüber

nach, ob ich ihn vielleicht noch einmal ansprechen sollte. Nach der ganzen Übung mit Patrick wäre mir das sicher gar nicht so schwergefallen.

Mein Koffer plumpste als einer der ersten aufs Gepäckband. Gerade als ich mich danach bücken wollte, um ihn herunterzuziehen, bot sich der Herr aus dem Flieger an, mir behilflich zu sein. Dankbar nahm ich sein Angebot an, das Ding war schwer. Als er ihn mir übergab, berührten sich unsere Hände. Mir war, als gäbe es einen kleinen Stromschlag zwischen uns. Augenblicklich wurde mir ganz warm.

Schon zog er einen weiteren Koffer vom Band. »Das ging ja schnell heute«, sagte er. Es klang richtig bedauernd. Unser Blick ging eine Verbindung ein. Ich blinzelte.

Nun fischte er ein Portemonnaie aus der Gesäßtasche und übergab mir eine Karte. »Hier. Ich würde mich freuen, wenn Sie sich mal melden. Vils und Pfronten – das ist ja nicht weit. Vielleicht trifft man sich mal auf ein Glas Wein?«

Mein Herz stolperte.

»Oder zu einem Spaziergang«, antwortete ich schnell.

»Klingt noch besser. Aber jetzt muss ich leider los.« Bedauernd sah er mich an und tippte auf seine Armbanduhr. »Meine Tochter holt mich ab, sie wartet bei den Kurzparkern.«

Mit diesen Worten schwang er sich den Rucksack über die Schulter und eilte nach einem Abschiedsgruß mit seinem Koffer davon. Ein letzter Blick zu mir, ein Winken, dann war er fort.

Verblüfft betrachtete ich die Karte in meiner Hand. *Victor Friedmann, Physiotherapeut.* Dabei Adresse und Telefonnummer.

34

Meine Eltern erwarteten mich hinter der Gepäckausgabe.

Die beiden standen vermutlich schon einige Zeit hier herum, in Sorge, dass sie mich verpassen könnten. Mama trug unter dem Mantel ein festliches Dirndl. So eine Fahrt an den Münchner Flughafen war etwas Besonderes. Papa winkte mir hektisch zu, als hätte er Sorge, ich könnte sie übersehen.

»Gab es die Hose nicht ohne Löcher?«, fragte Mama zur Begrüßung. »Und was ist mit deinen Haaren? So kennt man dich ja gar nicht.«

»Nicht mehr«, korrigierte ich sie. »Früher sah ich immer so aus.«

Erstaunt musterte sie mich. »Aber da warst du ja auch noch jünger.«

»Ich bin immer noch jung«, entgegnete ich und nahm das Angebot meines Vaters, meinen Koffer zu ziehen, dankbar an.

»Und die flachen Schuh?« Mama zeigte auf die Chelsea Boots. »Sind die auch neu?«

»Gut schaust jedenfalls aus«, lobte mein Vater.

Das aus seinem Mund zu hören, freute mich mehr, als ich gedacht hätte.

»Na, jetzt sag schon, wie war's denn?«, drängte Mama auf dem Weg zum Auto. »Hast dich gut erholt?«

»Auf jeden Fall. Ich hab viel gelernt. Und viel zu erzählen.«

»Jetzt fahr'n wir erst einmal heim«, sagte Papa, »die Mutter hat was gekocht, der Jakob und die Tala kommen dazu, es gibt einen feinen Begrüßungsschnaps, und du kannst alles erzählen.«

Jakob und Tala also. Wahrscheinlich hatten sie mich überraschen wollen. Wie lieb. Und umso besser. Der Jakob sollte auch alles hören. Alles was war, musste auf den Tisch. Während ich im Flugzeug Reihe um Reihe strickte, hatte ich mir einen Schlachtplan überlegt. Und eines schickte ich am besten gleich vorweg.

»Ich trinke übrigens nicht mehr, Papa, aber bei einem Glas Saft redet es sich genauso gut«, sagte ich wie beiläufig. Ich sah ihn nicht einmal an dabei.

Mein Vater blieb abrupt stehen. Fast wäre ich über meinen Koffer gestolpert. »Was willst damit sagen, du trinkst nicht mehr? Kein Begrüßungsschnäpschen?«

»Weder das noch sonst etwas.«

Meine Eltern schauten mich an, als hätte ich ihnen eröffnet, dass ich auswandern wollte.

Papa ging kopfschüttelnd weiter. »Wer hat dir denn diesen Floh ins Ohr gesetzt?« Anklagend sah er meine Mutter an. »Wir hätten ihr sagen sollen, dass sie sich auch daheim erholen kann. Hab ich dir nicht gesagt, dass sie ihr dort das Gehirn gewaschen haben, wo sie plötzlich am

Telefon von der Melanie angefangen hat? Die Leut werden immer verrückter.«

Ich fing an zu lachen. »Papa, es ist nicht verrückt, keinen Schnaps zu trinken. Wirklich nicht. Aber wir müssen das auch gar nicht ausdiskutieren. Ich trinke nichts mehr und Punkt.«

Als er wieder etwas entgegnen wollte, stieß meine Mutter ihn in die Seite. »Jetzt lass sie. Sie wird schon wieder normal.«

Die Autofahrt verlief schweigend. Es war mir ganz recht, so konnte ich mich runterfahren.

Von unterwegs informierte ich Jakob über unsere Ankunftszeit, und wir fuhren fast zeitgleich vor.

Als ich ausstieg, betrachte Tala mich mit offenem Mund. »Wow«, sagte sie. »Du bist ja …«, sie stieß Jakob in die Seite, »deine Mama sieht vielleicht gut aus, was?«

Einen Dank murmelnd schloss ich sie in die Arme und drückte ihr einen Kuss auf die Wange. »Das Kompliment kann ich nur zurückgeben, meine Schöne.«

Als wir schließlich gemeinsam um den Esstisch versammelt saßen, sahen mich alle erwartungsvoll an.

Meine Mutter hatte Saft und Wasser verteilt, der Blick meines Vaters war zum Schnaps gegangen, doch da Jakob wegen Tala auch ablehnen würde, sparte er sich einen neuen Überredungsversuch.

»Nun sag schon, wie war es denn?«, fragte Jakob ungeduldig. »Dass du dich nur einmal die Woche und dann nur so kurz melden durftest, fand ich schon irgendwie ungewöhnlich. Ist das bei einer Kur so üblich?«

»Es war eigentlich keine richtige Kur«, sagte ich, »sondern ein Alkoholentzug.«

Damit herrschte erst einmal Schweigen am Tisch. »Und ich bin auch noch nicht über den Berg, daher«, ich wandte mich an Papa, »wäre es schön, wenn du mir weder Schnaps noch sonstige alkoholische Getränke anbieten würdest. Und du Mama«, sagte ich zu ihr, »wirst dich daran gewöhnen müssen, dass das jetzt bei mir das neue ›Normal‹ ist.«

Noch immer erwiderte niemand etwas. Nur Talas Unterlippe zitterte. Ich liebte sie für ihre Empathie-Fähigkeit. Mein Blick ging zu Melanie an der Wand, die ebenso gewesen war, und die über ihren Kummer wegen allem, was vorgefallen war, mit Conny hatte sprechen wollen. Und ich hatte es ihr verboten. Ich schluckte hart und fuhr mit meiner Rede so fort, wie ich sie mir im Flugzeug zurechtgelegt hatte.

»Ich muss euch einiges erzählen. Damit ihr versteht, wie es überhaupt dazu kommen konnte, dass ich so entsetzlich abgestürzt bin«, begann ich.

Mein Vater schnalzte protestierend mit der Zunge, doch ich unterbrach ihn mit einer Handbewegung. »Ich habe dir und Mama jahrelang vorenthalten, was in mir vorging. Ich habe euch nicht gezeigt, wie ich mich gefühlt habe, weil ich euch – und auch mich – schützen wollte. Ich habe mich in die Arbeit gestürzt und bald nichts anderes mehr getan. Und wenn ich nicht gearbeitet habe, habe ich getrunken.«

Meine Mutter sah mich vollkommen entsetzt an. Hoffentlich würde sie all das hier verkraften. War es das Richtige, was ich tat? Sollte ich sie nicht weiter schonen?

Innerlich schüttelte ich den Kopf und sprach mit Blick auf das Foto von mir und meiner Schwester weiter. »Ich habe euch letztens am Telefon angedeutet, dass die Sache mit Melanie und Peter damals anders verlaufen ist. Ich habe sie dazu gedrängt, bei dieser Auseinandersetzung um den Griff in die Kasse klein beizugeben. Weil ich Angst hatte, meine Stelle zu verlieren. Weil ich Angst vorm Peter hatte.«

Meine Mutter zupfte ein Papiertaschentuch aus ihrer Dirndlschürze. »Ich hab es geahnt.«

»Du hast es geahnt, aber nichts gesagt«, sagte ich anklagend. »Wir haben alle nichts gesagt und damit noch mehr Unrecht heraufbeschworen.«

Jakob sah von einem zum anderen. »Könnt ihr mir mal sagen, wovon ihr eigentlich redet?«

Nun floss es aus mir heraus. Wie alle immer nur vorm Peter gekuscht hatten. Wie er, damals selbst erst knapp zwanzig Jahre alt, in die Kasse gegriffen und es meiner Schwester angehängt hatte. Und wie er sich an mich herangemacht hatte und erst damit aufhörte, nachdem ich verheiratet war. Und wie er, kaum dass ich geschieden war, wieder anfing. Nur rabiater diesmal. Den Rest erzählte ich sachlicher, als ich es Lydia berichtet hatte. Sie waren alle schon schockiert genug.

Mein Junge war dennoch leichenblass. »Und damit ist er davongekommen? Hat man euch etwa nicht geglaubt?«

Auch Talas Augen waren aufgerissen.

Mein Vater stand auf und goss sich wortlos ein Glas Schnaps ein, kippte es und trank noch ein zweites. Seine Augen waren gerötet. Ich sah ihm an, was in ihm vorging. Was er vielleicht tun würde, wenn ich ihn nicht daran hinderte. Womöglich hatten sie damals die Sache mit Melanie geahnt und es dem Peter um des lieben Friedens willen durchgehen lassen. Aber dies hier hätten sie niemals mitgemacht.

Unter Tränen wandte ich mich an meinen Sohn. »Ich habe ihn niemals angezeigt. Melanie wollte es, sie war außer sich vor Wut und Rachsucht. Aber dann hat der Alois mir die Stelle im Bergglühen angeboten, und ich habe zugegriffen.«

Jakob fuhr sich mit beiden Händen durchs kurze Haar. »What?«

Wieder sah ich zu dem Foto mit Melanie und mir. »Ja, so

war es. Und der Melanie hab ich ein zweites Mal den Mund verboten. Deswegen waren wir immer im Streit … Und dann ist sie verunglückt.« Mir versagte die Stimme.

Auch Mama weinte. Tala verteilte Taschentücher, in ihren Augen schimmerten ebenfalls Tränen, dabei hatte sie Melanie gar nicht gekannt. Als ich mich wieder gefasst hatte, sprach ich weiter. »Erinnert ihr euch an mein letztes Burnout? Ich habe mir nie erlaubt, um sie zu trauern, weil ich das Gefühl hatte, es stehe mir nicht zu. Ich habe versucht, für euch da zu sein und bin mit meinem Leben nicht mehr klargekommen. Irgendwann ging es besser, und es hat natürlich auch geholfen, dass ich mich um den Jakob und um unser Einkommen kümmern musste. Doch dann, als ich alleine lebte, hab ich es einfach nicht mehr geschafft, die Fassade aufrecht zu erhalten.« Ich atmete tief durch. »Und es liegt auch noch ein harter Weg vor mir, denn ich habe beschlossen, der Annabell beizustehen und auszusagen. Egal, welche Konsequenzen das nach sich ziehen sollte.«

Mein Vater schob seinen Stuhl zurück, dass es nur so krachte. »Denen schlag ich den Schädel ein!«

Mein Sohn hielt ihn am Arm fest. »Gar nichts machst, Opa. Setz dich wieder hin. Wir helfen jetzt der Mama, da stellst du mal deinen eigenen Groll zurück, hörst du?«

Mein Vater setzte sich wieder. Meine Mutter saß in sich zusammengesunken, noch immer strömten Tränen über ihr Gesicht. Sie schüttelte unablässig den Kopf. »Ich bin doch mit der Annemarie im Kirchenchor«, flüsterte sie. »Wie soll das nur alles werden?«

Annemarie war Alois' Frau.

»Du kannst für sie da sein«, sagte ich, »sie kann nämlich nichts für die Taten ihres Sohnes. Sie braucht auch Trost und Beistand. Genauso wie die Daniela. Es wird für eine Weile unruhig werden im Ort. Aber ich darf nicht mehr schweigen.

Wenn ich das weiter für mich behalte und der Annabell nicht helfe, dann stürze ich wieder ab, und diesmal für immer.«

Jakob rückte an mich heran. Er legte den Arm um mich und zog mich an sich. »Du brauchst einen guten Rechtsanwalt. Der Vater von einem Buddy kann das vielleicht übernehmen, und wenn nicht, hat er bestimmt einen Tipp.« Mein Sohn nickte mir aufmunternd zu. »Wir schaffen das, Mama.«

Ich wischte mir die Tränen von den Wangen und nahm das zweite Papiertaschentuch, das Tala mir über den Tisch hinweg reichte, dankbar an.

»Wer will denn jetzt überhaupt noch etwas von dem Rehgulasch?«, fragte Mama. »Die Knödel sind bestimmt auch schon ganz matschig. Ach, ich schmeiß gleich alles in den Müll.«

»Nah«, brummte mein Vater, »das hätt die Melanie nicht gewollt.«

Wir sahen alle zum Foto meiner Schwester, und endlich konnte ich sie wieder anschauen. Ich lächelte ihr zu und hob ihr das Saftglas entgegen. »Auf dich, Schwesterherz.«

EPILOG

Es schneit seit Tagen. Der Weihnachtsbaum im Bergglühen ist abgebaut; Erika und die Azubis haben die Kisten wieder im Keller verstaut und die Lobby mit nurmehr winterlichen Motiven geschmückt. Dazu entzünden sie jeden Tag Kerzen, und die Duftverstäuber verströmen einen dezenten Zimtgeruch. Mein Team hat mich davon überzeugen können, dass wir den Baum nächstes Jahr an einer anderen Stelle aufstellen werden. Sie haben schon recht damit, dass das riesige Ding den Blick vom Eingang zum Schwimmteich und der Aussicht übers Allgäu verdeckt. Einen Weihnachtsbaum haben die meisten Leute auch zu Hause, aber so ein Panorama eben nicht.

Von der Rezeption aus beobachte ich das Treiben der Gäste. Ihr Lachen dringt zu mir herüber, genauso wie das leise Klirren der Teetassen. Das lauthalse Gähnen eines Mannes, der vergessen hat, dass ihn von seinem Sessel aus alle hören können, schallt durchs Foyer.

Erika tritt neben mich. »Na, alles klar, Madel?«

»Alles bestens.« Dankbar lächle ich ihr zu. Mir war schon

auf Mallorca bei der Geschichte mit Rita ein Licht aufgegangen, dass nicht nur sie der Meinung sein könnte, sich helfen zu lassen, sei ein Zeichen von Schwäche. Inzwischen habe ich Erika die Verantwortung für alles überlassen, was sowieso zum Housekeeping dazugehört. Dazu zählt auch die Hoteldeko. Sie macht das mit ihrem Team hervorragend. Mich brauchen sie gar nicht dafür.

Wir haben ein langes Gespräch geführt. Sie hat mir versichert, dass niemand mich jemals für unfähig gehalten hat. »Wir haben nur gesehen, dass es dir nicht gutging und wollten dir helfen. Immer so blass und atemlos. Du bist eine gute Chefin und findest jederzeit den richtigen Ton. Im Gegensatz zum Juniorchef. Und jeder hat einmal ein Tief. Dafür sucht man sich den Zeitpunkt nicht aus. Daran, dass du das hier kannst, haben wir nie gezweifelt.«

Als ich nach Neujahr ins Hotel zurückgekehrt bin, habe ich mich natürlich auch mit dem Alois zusammengesetzt.

»Wir müssen reden«, habe ich zu ihm gesagt. »Ich werde nicht mehr länger schweigen zu dem, was damals passiert ist. Ich werde zu Annabells Gunsten aussagen. Ich will, dass du zu uns Frauen stehst. Und ich erwarte, dass du zugibst, davon gewusst zu haben. Es muss jetzt alles auf den Tisch.«

Eine ganze Weile hat er mir schweigend gegenübergesessen. »Und dann bleibst du?«, hat er schließlich gefragt.

Das konnte ich ihm versprechen. »Wenn wir das hinter uns haben, sind wir hier wieder ein hervorragendes Team.«

Er hat seinen widerwärtigen Sohn auf die Straße gesetzt. Ihm Hausverbot in beiden Hotels erteilt. Und mir interimsmäßig auch die Leitung für den Allgäuer Adler übertragen. Ein besseres Zeichen, um seinen Ruf wieder herzustellen, hätte er wohl nicht setzen können.

Nachdem bekannt geworden ist, dass ich, die Chefin, der Annabell beigesprungen bin und für sie ausgesagt habe,

haben sich noch eine Handvoll andere Angestellte hinzuge-
sellt. Drei davon kenne ich gut. Keine von uns hat jemals
etwas zur anderen gesagt. Es ist mir ein Rätsel, warum.

Natürlich weiß man nicht, wie die Sache für den Peter
ausgehen wird. Ob er ins Gefängnis gehen oder mit einem
blauen Auge davonkommen wird. Aber das ist mir im
Moment auch nicht wichtig. Bis zur Prozesseröffnung wird
noch eine Weile ins Land gehen und bis zur Urteilsverkün-
dung sowieso. Es dreht sich nicht mehr um den Peter Vogl.

Es geht jetzt um mich.

Ab nächster Woche bekomme ich eine Assistentin. Yvette
ist gelernte Bürokauffrau und hat zuletzt in einer
Eventagentur gearbeitet. Beim Vorstellungsgespräch waren
wir uns auf Anhieb sympathisch. Es wird ungewohnt sein,
nicht mehr jeden Umschlag selbst zu öffnen und jede Rechnung mit eigenen Augen zu prüfen. Aber ich freue mich
irrsinnig darauf, manche Dinge loszulassen.

Auf unserer Karte findet sich neben dem alkoholfreien
Sekt nun auch eine Auswahl an alkoholfreien Weinen,
Aperitifs und Cocktails.

Mit den alten Pfrontener Geschäftsleuten verhandelt jetzt
nur noch der Alois. Die sturen Kerle wollen einen Mann
zum Gesprächspartner – sollen sie ihn haben. Es ist schlauer,
das so zu handhaben, denn so bekommen wir eher, was wir
wollen. Win-win, oder?

Apropos Gewinn: Ich habe mir zu viele Gedanken wegen
des Fleischpreises gemacht. Deswegen wären wir noch lange
nicht bankrottgegangen. Ich hatte nur solche Angst, Fehler
zu machen, dass ich die Fakten aus dem Blick verlor.

Alois weiß, dass ich mit der Idee spiele, ein Sabbatical zu
nehmen, wenn die Zeit reif ist. Ich würde mir gern die Welt
anschauen. Noch bin ich jung genug, um das zu tun. Derzeit
benötige ich allerdings die Tagesstruktur, die mir die Arbeit

vorgibt. Ich frühstücke daheim und nicht im Auto oder hier zwischen Tür und Angel. Abends bereite ich mir ein Brot und lese am Küchentisch in einem Buch. Dreimal die Woche gehe ich zum Sport. Ich habe mir einen Personal Trainer gegönnt. Erst geht es aufs Laufband, dann stemme ich ein paar Gewichte. Ich halte mich gerader als sonst. Mit gestärktem Rücken.

Beim Fernsehen stricke ich. Mein derzeitiges Projekt ist ein weitgeschnittener Pullover mit V-Ausschnitt in der Farbe Petrol.

Gelegentlich telefoniere ich mit Patrick. Er und Melissa versuchen einen Neustart, aber so wie es aussieht, werden sie scheitern. Sie erwartet eine Menge. Zu viel für ihn. Aber mit Marius, seinem Partner, konnte er sich versöhnen. Er ist auf ihn zugegangen. Ist nicht ausgerastet, sondern hat ihm versprochen, dass er an sich arbeiten wird. Und das tut er. Er prügelt allmorgendlich auf einen Sandsack ein und führt in Münster die Therapie fort. Findet weiter heraus, warum er eigentlich immer so wütend wird. Er hat mich gefragt, ob er mich mal im Allgäu besuchen könnte, für ein Wochenende. Doch das macht keinen Sinn. Es ist, wie Lydia gesagt hat: Dass man sich in solchen Kuren emotional an diejenigen klammert, denen es ähnlich geht wie einem selbst. Aber das bringt einen nicht voran. Und dann ist da ja noch dieser Unbekannte, dessen Karte in meiner Handtasche schlummert. Den ich erst anrufen will, wenn ich das hier alles geregelt habe. Ich habe ihm nicht einmal meinen Namen genannt; er würde mich niemals finden können, selbst wenn er es wollte.

»Ich packe zusammen für heute«, sage ich zu Erika und hole meine Handtasche aus dem Büro. Jakob und Tala haben mir zu Weihnachten ein Bild von sich geschenkt, das steht auf meinem Schreibtisch. Genauso wie eines von Melanie.

Ihr strahlendes Lächeln begrüßt mich hier jeden Morgen. Auch das Bild mit meinem Namen darauf, das ich in der Malstunde auf Mallorca fabriziert habe, hängt jetzt hier. Es soll mich täglich daran erinnern, dass mein Leben nicht perfekt sein muss, dafür aber selbstbestimmt.

Ich lenke den Wagen die Serpentinen hinunter, schaue in die verschneite Landschaft und denke an den vor mir liegenden Abend. Ich bin verabredet. Mit jemandem, den ich viele Jahre nicht gesehen habe.

Daheim schließe ich die Wohnungstür auf und schlüpfe aus den Stiefeletten, hänge im Schlafzimmer das Dirndl auf einen Kleiderbügel und bringe es zum Auslüften auf den Balkon. Fröstelnd kehrte ich ins Innere zurück und husche unter die Dusche. An den Anker auf meinem Oberarm habe ich mich inzwischen gewöhnt. Er ist wie ein guter Freund für mich, auf den ich zählen kann. Nach dem Föhnen bürste ich mein Haar locker über die Schultern und schlüpfe in eine Denim Jeans und einen dunkelblauen Mohair Pullover, den ich mit Tala geshoppt habe.

Ich trage etwas Wimperntusche und einen korallfarbenen Lippenstift auf, der hat mir an Melissa so gut gefallen.

Als ich die Lobby des Allgäuer Adler betrete, winkt mir Sofia zu. Sie ist meine Stellvertreterin, wenn ich nicht vor Ort bin. Derzeit wechsele ich zwischen den beiden Hotels hin und her.

»Dein Besucher sitzt da drüben«, raunt sie mir zu, als ich nähertrete. Mit dem Kinn zeigt sie auf den Herrn am Fenster. Er schaut in sein Smartphone, hat mich noch nicht bemerkt. Auf Facebook habe ich Bilder von Frau und Kindern gesehen. Man könnte sagen, seine Frau und ich, wir sind ein ähnlicher Typ.

Hoffentlich schwitzen meine Hände nicht zu sehr. Verstohlen wische ich sie an der Jeans ab und trete näher.

»Alexander?«

Er legt das Telefon ab und schaut mich an. Seine Augen blitzen. Das Haar ist lichter geworden. Bald wird er seinen Kopf rasieren müssen.

Er steht auf, und wir schauen uns unsicher an, entschließen uns zu einer Umarmung. Sein Körper fühlt sich anders an, und er benutzt einen neuen Duft. Ich ja auch.

»Wie geht es dir?«, fragen wir beide aus einem Mund, und wir lachen.

Wir plaudern ein bisschen. Alexander hat bei einer Frankfurter Privatbank Karriere gemacht, ist dort im Führungskreis. Facebook hat mir verraten, dass er seit zwölf Jahren verheiratet ist und zwei kleine Kinder hat. Ob seine Frau weiß, dass er sich heute mit seiner Jugendliebe trifft?

»Lass uns ins Restaurant hinüber gehen«, bitte ich ihn, und kurz darauf sitzen wir uns dort gegenüber.

Ich bestelle einen alkoholfreien Sekt für mich, er trinkt einen Aperol Spritz. Wir stoßen an.

»Gratulation zu deinem Erfolg!« Er schaut sich bewundernd um. »Wer hätte das damals gedacht, oder? Dass du mal so zwei große Schuppen managen wirst.« Er beugt sich zu mir hinüber. »Könnten wir vielleicht ins Geschäft kommen?« Er lacht.

Schon in diesen ersten Minuten weiß ich, dass da nichts mehr zwischen uns ist. Nie mehr sein wird. Ich habe einer Erinnerung hinterher getrauert, die mehr mit meinem alten Ich zu tun hatte, das ich schmerzlich vermisste.

»Mit unserer Hausbank läuft alles bestens, danke«, antworte ich.

Mit dem Finger fährt er das Muster auf der Tischdecke nach. »Ist nicht mehr so leicht heute im Bankgeschäft«, sagt er. »Das hab ich mir anders vorgestellt, als ich nach Frankfurt ging. Damals waren Investmentbanker gemachte Leute.

Heute darf man kaum mehr sagen, was man beruflich macht, man wird fast angeguckt, als wäre man kriminell.«

»Du Armer.« Die spöttische Bemerkung rutscht mir heraus, ehe ich mich stoppen kann. Verlegen schauen wir uns an. Eigentlich hatte ich mit ihm darüber sprechen wollen, was mich damals so sehr verletzte, als er ging. Seine Prophezeiung, aus mir würde nie mehr werden als das Madel an der Rezeption. Hatte ich vielleicht sogar seinetwegen dem Handel mit Alois zugestimmt, als es um die Leitung im Bergglühen ging? Weil ich auf keinen Fall wollte, dass er recht behielt? Dieser Gedanke kommt mir erst jetzt.

Im Augenwinkel nehme ich ein Paar wahr, das mir bekannt vorkommt. Ich wende den Kopf zu ihnen um.

»Was macht ihr denn hier?«, frage ich überrascht, als ich Maja und Sebastian erkenne.

»Wir haben heute unseren Paarabend! Und da es bei euch das beste Wild gibt, sind wir hier.« Maja lacht, die zwei treten näher, wir schütteln Hände, ich stelle Alexander die beiden als »meine guten Freunde« vor.

Ich hatte immer gedacht, Sebastian und Alexander sähen sich ähnlich. Doch bis auf die Größe und die Haarfarbe trifft das nicht zu.

Maja schießt mir einen neugierigen Blick zu, doch ich schüttele schnell den Kopf.

Ich weiß, was sie denkt. Sie glaubt, dass dieser Mann ein Blind Date sein könnte. Nach meiner Rückkehr aus der Kur hat sie mir das Versprechen abgenommen, mich bei Tinder, bei Parship und obendrein bei ElitePartner anzumelden.

Habe ich aber noch nicht. Brauche ich ja vielleicht auch nicht.

Die beiden setzen sich an einen Tisch weit genug fort von uns, sodass wir ungestört reden können.

Doch so viel gibt es da eigentlich gar nicht zu sagen.

Während Alexander ein ums andere Glas Wein trinkt – »Ich muss ja nicht mehr fahren« –, erzählt er von seiner wunderbaren Frau Anne, die er während des Studiums kennengelernt hat. Sie ist Betriebswirtin wie er, doch seit sie Kinder haben, kümmert sie sich um Haus und Garten in irgendeinem Ort im Taunus, in dem es im Winter auch immer schneit wie hier. Und Skifahren könne man ganz in der Nähe obendrein. Nur die Infrastruktur sei durch die Nähe zu Frankfurt so viel besser.

Staunend sehe ich ihm dabei zu, wie er sich das fünfte Glas Rotwein bestellt. Man merkt ihm nichts davon an.

Als wir uns verabschieden, weiß Alexander nicht einmal, dass ich einen Sohn habe. Er war so damit beschäftigt, von sich und den sauteuren Reitstunden seiner Töchter zu erzählen, dass wir gar nicht dazu kamen. Ach, und der Hund, ein Labradoodle, die haaren nicht, sonst würde die Anne verrückt.

Er lässt es sich nicht nehmen, die Rechnung für unser Essen zu bezahlen. Als er sein Portemonnaie wegsteckt, fragt er: »Magst du noch mit auf einen Absacker auf mein Zimmer kommen?«

Er blinzelt nicht einmal bei diesem Angebot.

Ich huste trocken, mir fehlen die Worte.

Mit Bedauern im Blick schüttelt er meine Hand, dann macht er sich auf den Weg zu den Fahrstühlen.

Ich sehe dabei zu, wie sich die Türen hinter ihm schließen. Menschen können sich verändern, denke ich. Manche legen sogar eine Drehung von einhundertachtzig Grad hin. Ich weiß nicht, was geschehen ist, was Alexander von einem für mich so außergewöhnlich liebevollen Jungen in einen vollkommen durchschnittlichen Mann verwandelt hat. Nicht ich muss ihm leidtun.

Auch ich habe mich verändert. Endlich.

Als ich nach Hause komme, ist es nicht einmal zehn Uhr. Ich schlüpfe in bequeme Kleidung und mache es mir mit einer Tasse Tee auf dem Sofa bequem. Das Strickzeug liegt schon neben mir bereit.

Dann krame ich die Visitenkarte aus der Tasche. Sie ist ganz zerfleddert, so oft habe ich sie in den letzten Wochen angeschaut. Ich habe diesen Wildfremden gar nicht ansprechen müssen. Er hat es getan. Aus freien Stücken.

»Viktor Friedmann«, meldet er sich nach dem zweiten Klingeln.

Vielversprechender könnte ein Name gar nicht klingen. Seine Stimme geht mir direkt unter die Haut.

»Hier spricht Caro Hübner«, sage ich. »Die Frau aus der Wartehalle in Palma. Ich wollte mal fragen, wann wir uns zum Spazieren gehen verabreden wollen.«

NACHWORT

Liebe Leserinnen und Leser, einige von Ihnen verfolgen meine Romanreihen schon länger und wissen, dass immer wieder Nebenfiguren auftauchen, die in einem Folgeroman eine Hauptrolle ergattern. Ich liebe das, und hoffe, Sie tun es auch. Daher werden Sie in einer meiner nächsten Geschichten natürlich erfahren, wie es mit Carola und Viktor weitergeht, und auch von Patrick werden Sie bestimmt wieder etwas hören. Falls Sie Carolas Vorgeschichte noch nicht kennen, empfehle ich Ihnen bis dahin die Romane **Vanille, Punsch und Winterzauber** sowie **GIPFELglühen** (am besten auch in dieser Reihenfolge). In beiden Büchern begegnen Ihnen obendrein Maja und Sebastian sowie Conny, der Mann, der vor Jahren mit Caros Schwester Melanie zusammen war. Ich hoffe, ich kann Sie weiter mit meinen Geschichten begeistern und danke Ihnen für Ihre Treue!

Herzlich,

Ihre Stina Jensen

REZEPT FÜR ACHT PORTIONEN
FLAN

Zutaten:

180 g Zucker

3 EL Wasser

4 Eier

1 TL Vanilleextrakt

500 ml Milch

Zur Vorbereitung befülle ein tiefes Backblech oder eine große Auflaufform ca. 2 cm mit Wasser und heize es im Backofen auf 150 °C Umluft vor. Stelle außerdem acht feuerfeste Förmchen bereit.

Für **die Karamellsoße** gib 100 g Zucker mit dem Wasser in einen Topf und koche die Mischung bei geschlossenem Deckel auf. Lasse die Mischung weiter köcheln, bis nach und nach das Wasser verdampft und erst Zuckersirup und dann Karamell entsteht. Rühre dabei **nicht** um. Sobald das Karamell die richtige goldbraune Farbe hat, gieße es direkt aus dem Topf in die Förmchen, bis der Boden jeweils bedeckt ist. Den benutzten Topf **nicht** ausspülen!

Für **die Vanillecreme** verrühre die Eier, den restlichen Zucker und das Vanilleextrakt, bis alles eine Masse ist. Erwärme jetzt die Milch in demselben Topf, in dem du das Karamell hergestellt hast – so nimmt die Milch den Karamell-Geschmack an. Die Milch sollte nicht kochen, nur erhitzen. Wenn sie richtig heiß ist, gib sie langsam zur Eier-Zucker-Mischung und verrühre die Zutaten dabei so lange, bis sich alle Klümpchen aufgelöst haben. Anschließend kannst du die Creme in die Förmchen auf das Karamell geben.

Stelle die Förmchen in das warme Wasser im Backofen und **backe sie bei 150 °C**, bis die Masse fest ist. (Die Dauer hängt von den verwendeten Formen ab – zwischen 25 und 40 Minuten können es sein.) Danach nimm die Förmchen aus dem Wasser und lasse sie bei Raumtemperatur abkühlen. Gib den Flan anschließend für mindestens 3 Stunden in den Kühlschrank.

Jetzt geht es ans Servieren! Nachdem du den Flan vorsichtig mit einem Messer vom Rand der Form gelöst hast, legst du einen passenden Teller darauf und stürzt ihn um. Die Karamellsoße verteilt sich so auf der festen Vanillecreme. Hhhhmmmm …

Guten Appetit!